ダッシュエックス文庫

JN178273

ユリシーズ
ジャンヌ・ダルクと錬金の騎士 IV

春日みかげ

人物相関図

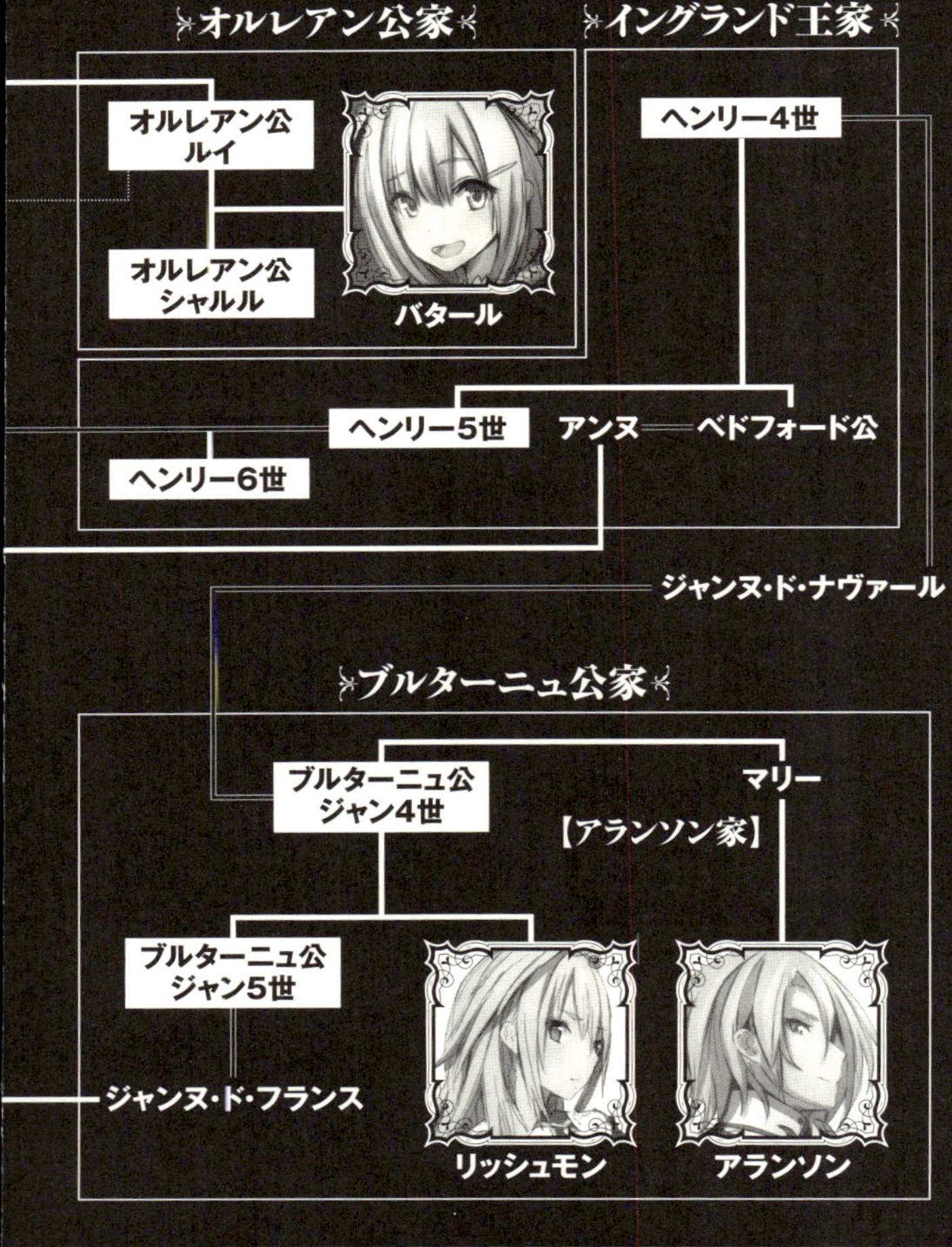
オルレアン公家
イングランド王家
オルレアン公
ルイ
オルレアン公
シャルル
バタール
ヘンリー4世
ヘンリー5世
アンヌ
ベドフォード公
ヘンリー6世
ジャンヌ・ド・ナヴァール
ブルターニュ公家
ブルターニュ公
ジャン4世
マリー
【アランソン家】
ブルターニュ公
ジャン5世
ジャンヌ・ド・フランス
リッシュモン
アランソン

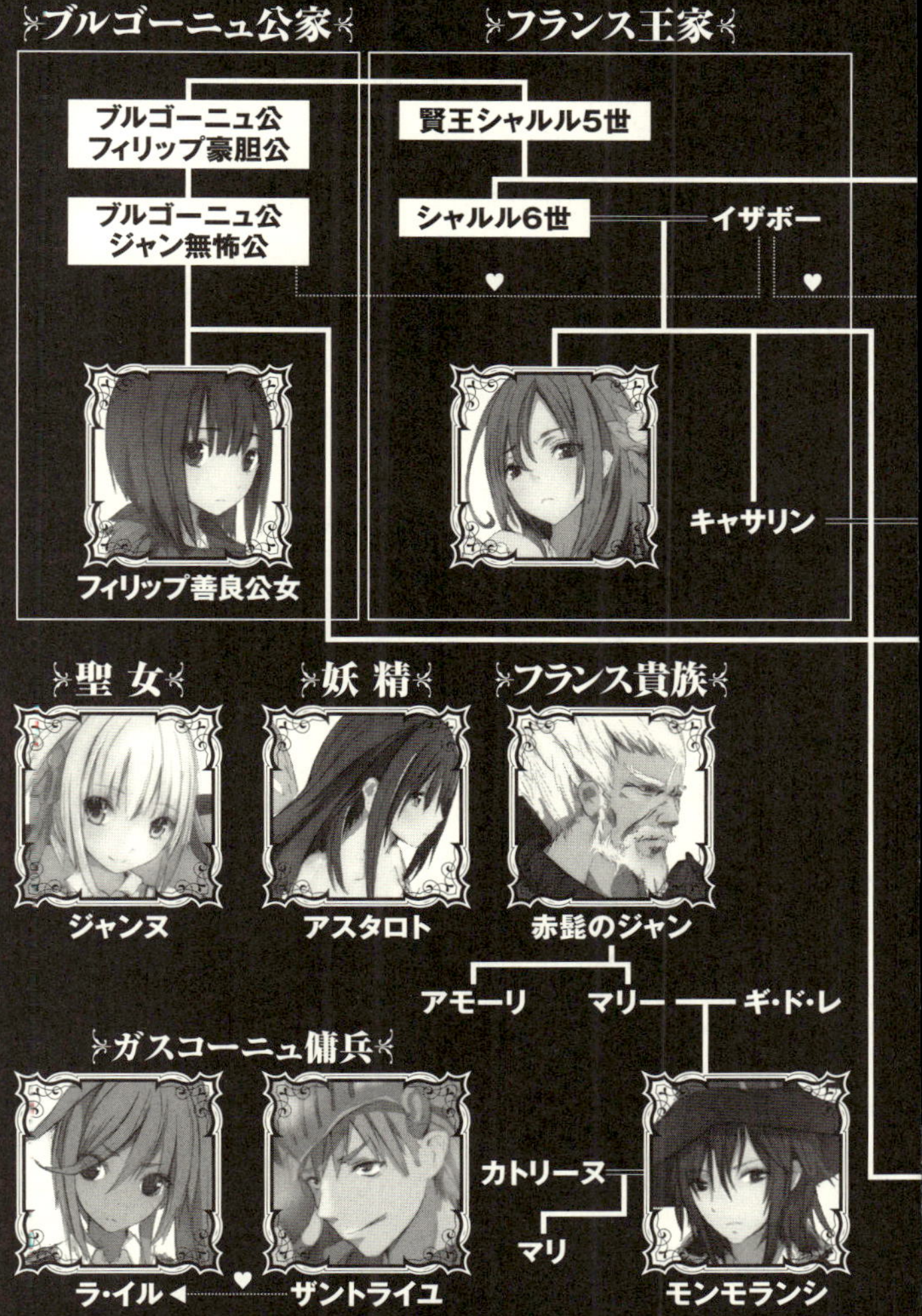
ブルゴーニュ公家
フランス王家
ブルゴーニュ公
フィリップ豪胆公
賢王シャルル5世
ブルゴーニュ公
ジャン無怖公
シャルル6世
イザボー
フィリップ善良公女
キャサリン
聖 女
妖 精
フランス貴族
ジャンヌ
アスタロト
赤髭のジャン
アモーリ
マリー
ギ・ド・レ
ガスコーニュ傭兵
カトリーヌ
マリ
ラ・イル
ザントライユ
モンモランシ

「コンピエーニュの戦い」前後のヨーロッパ地図

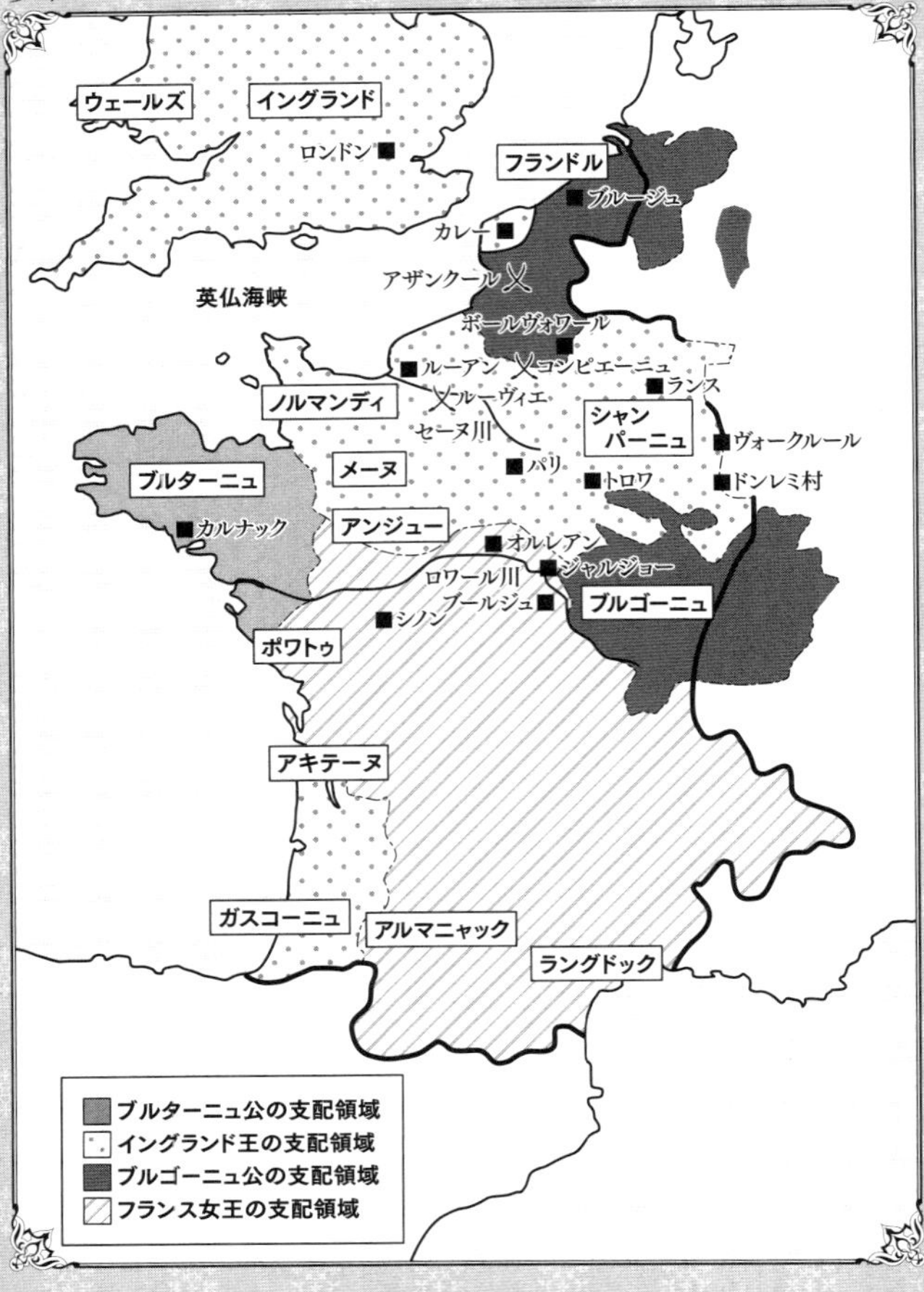
ウェールズ
イングランド
ロンドン
フランドル
ブルージュ
カレー
アザンクール
英仏海峡
ボールヴォワール
ルーアン
コンピエーニュ
ランス
ルーヴィエ
ノルマンディ
セーヌ川
シャンパーニュ
ヴォークルール
メーヌ
パリ
トロワ
ドンレミ村
ブルターニュ
カルナック
アンジュー
オルレアン
ジャルジョー
ロワール川
ブールジュ
シノン
ブルゴーニュ
ポワトゥ
アキテーヌ
ガスコーニュ
アルマニャック
ラングドック
ブルターニュ公の支配領域
イングランド王の支配領域
ブルゴーニュ公の支配領域
フランス女王の支配領域

0　ブロセリアンド

ブルトン人の国にして、アルチュール王伝説の世界、ブルターニュ。

カルナックの巨石群に秘密の「入り口」はあった。その入り口から、リッシュモンはコリガン族の長老《バルド》に連れられて長い長い地下道を進み、かのブロセリアンドの森の最奥部へと到達していた。森には、人間には到達できない「結界」が張られたエリアがある。そのエリアに、石造りの古い「塔《トゥール》」が建っていた。

「ここから先は、お一人で。第二のアルチュールさま」

この塔は。

まるで誰かを幽閉《ゆうへい》しているかのような……。

アルチュール・ド・リッシュモンは、その「塔」の中へと足を踏み入れていた。

塔の内部は吹き抜け構造となっていた。薄暗く、光がほとんど届かない。

違和感。

身体が重くなり、そして、知覚だけが鋭敏になった。

いわゆる「魔力」が強いのだろうか？　と現実家のリッシュモンですら思った。

それほどに、今まで生きてきた「空間」とは、質が異なる。

「塔の中には、誰もいない。無人なのか。私は誰の指導に従って、賢者の石《ピエール・フィロゾファル》を——エスカリボールを制御する術《すべ》を学べばいい？　私は急いでいる。ジャンヌの運命を変えなければならない。彼女は、仏英戦争を終結させるために『生贄《いけにえ》の子羊』になるつもりだ……！」

塔の最上部から、「声」が響いてきた。

無機質な声。まるで作り物のような。

『このブロセリアンドの塔は、アルチュール王に仕《つか》えた魔術師メルランが妖精の女王によって幽閉された特別な結界。ここに入ることを許されている者は、アルチュール王か、さもなくば、アルチュール王の再臨と女王が認めた有資格者——魔剣《サーブル・マジック》エスカリボールを操り『漆黒《しっこく》の天船《あまふね》』から光を放つことのできる破壊者でなければならない。そなたが、アルチュール王の再臨と呼ばれる者か？』

かの魔術師メルランの声？　アルチュール王に仕えていた魔術師にして占星術師、そして錬金術師《アルシミスト》！　妖精の手でブロセリアンドの森に閉じ込められてしまったという！　まだ生きていたのか？　とリッシュモンは驚き、周辺を見渡した。しかし、誰もいない。

『新たなるアルチュールよ。メルランはこの塔で死んだ。肉体は風化し、魂は地上の世界から離れた。メルランはいにしえの神代《かみよ》の技術を弄《もてあそ》ぶことには熱中したが、自《みずか》らはユリスにならなかった。ユリスとしての素養が低かったからだ。私は、あくまでもメルランの記憶だ——』

「記憶？」

『メルランは術を用いて、この塔に自らの記憶と知識と思考のパターンを記録していったのだ。嫉妬《しっと》の感情によって闇《やみ》に堕《お》ちつつあったアルチュール王が未来において破滅しようとも、エスカリボールの力を所有する者はいずれ必ず現れる。アルチュール王の再臨と呼ばれる者が。その者に同じ過《あやま》ちを繰り返させぬよう、メルランは自分の記憶を塔に残した』

「……私を導き、エスカリボールの力の副作用を克服させ、力を制御させるために？」

『そういうことになる、新たなるアルチュールよ。私が目覚めたということは、メルランが幽閉されアルチュール王と湖の騎士ランスロの対立が不可避になったあの日々は、はるか過去の伝説になっているということ。メルランは、この塔の中では途方もなく長い年月を生きることができたのだから……外の世界では、円卓の騎士の時代からすでに数百年が経過したということ。間違いないな？』

　間違いない。今は十五世紀だ、ブルターニュはイングランドとフランスとの間に挟まれてかろうじて半独立を保っている、とリッシュモンは「声」に答えていた。

『円卓の騎士は滅びたか。アルチュール王はヨーロッパの再統一を果たせずに倒れたか』

「……滅びた。王はカムランの戦場で死んだ。王を裏切ったランスロは、騎士《シュヴァリエ》の身分を捨てて修道院へ……だが、円卓の騎士の伝説と騎士道精神は、決して滅びなかった。それどころか、ヨーロッパ全土を覆《おお》い尽くしている。イングランド王家も、アルチュール王の伝説を王権を正当化させるために政治利用している。そして私は、アルチュール王の再来にしてイングランドを滅ぼす者という予言を与えられ、イングランド王家から恐れられている。フランス人からは、ブリテン島から来たブルトン人は、またフランスを裏切ると疑われている……私はアルチュール王というよりも、ランスロの再来なのだ。ブリテン島に出自を持ちながら、フランスのために生きねばならないという、二重性の矛盾《むじゅん》。八十年も続いているこの仏英戦争は、元はと言えばブリテン島のブルトン人の王であったアルチュール王と、アルチュール王に臣従していたはずのブルターニュ人のランスロとの立場の違いによる衝突が、なおも繰り返されていることを意味している。イングランドとフランスは常に、ブルターニュを巡って相争うのだ。私はイングランド人であることを捨てたが、フランス人にもなりきれない。母はなおも、イングランドに捕らわれたままだ。どこにも、安住の地がない……」

イングランド王にして義兄《あに》のヘンリー五世は、まだしもリッシュモンを「妹」として扱った。捕らえた母親を盾《たて》に取って強引に臣従させるような冷酷な男だったが、妹に対する最低限の「礼」は失しなかった。しかしヘンリー五世の弟ベドフォード公ともなると、すでにリッシュモンを自分の「妹」とは意識しなかった。リッシュモンは「王ヘンリー五世の妹」ではあれど、「イングランド王家の妹」ではなかったからだ。少なくとも、ヘンリー五世とベドフォード公の意識はまったく異なっていた。だからこそ、ベドフォード公はリッシュモンに男女の関係を迫った——。

ヘンリー五世が死に、ベドフォード公が自分を穢《けが》そうと襲ってきたことによって、リッシュモンはイングランドを捨ててフランスへと舞い戻った。本来の宗主国であるフランスに忠誠を尽くすために。だが、ブルゴーニュ派にして和平派の貴族ラ・トレムイユの陰謀によって、元《げん》帥《すい》でありながらフランス宮廷を追放される憂《う》き目に遭《あ》った。

　リッシュモンはその複雑な出自と「アルチュール」という重すぎる名前のため、どこへ行っても、「裏切りの騎士」扱いされた。

　そしてついに、魔剣エスカリボールを手に入れた。アルチュール王と同じ力。ヨーロッパを破壊し尽くせるほどの強大な力を。同時に、アルチュール王を滅ぼした「嫉妬心の増幅」という呪わしい副作用を。

「……うっ……頭が……過去の、忌《い》まわしい記憶が……ベドフォード公の息づかいが……これは？」

『そなたの脳が見せている、脳に刻まれた記憶だ。この塔は、妖精の女王の知識をもとにメルランが造りあげた特別な結界。〝弱いバビロンの穴〟だ。ここでは時間の体感速度が遅くなり、外界と時間の進み方に大きなズレが生じる。当然、結界内部に入っている者の精神にも多少なりとも影響を及ぼす。過去の記憶が突如《とつじょ》現実であるかのように蘇《よみがえ》るのは、そのためだ。しかしながら、ここではさまざまな術の成功率が高まる。たとえば、エリクシルの錬成。たとえば、エスカリボールの分割や加工。カトリックの教会網《もう》システムによる逆結界の影響を排除し、神々の時代に近いレベルまで錬金術《アルシミー》の精度を戻すことができる』

「〝弱いバビロンの穴〟？」

『ソロモン王が指輪を用いて開閉した、ほんものの〝バビロンの穴〟を参考にして、内部に封じられた者の脳に損傷を与えないレベルにまで〝封じ込める力の強さ〟を調整した結界だ。本来は、この〝弱いバビロンの穴〟は賢者の石の秘密をどこまでも解き明かそうと暴走した魔術師メルランを封印するために作成されたのではない。あくまでも、錬金術の作業所として造られた。賢者の石の加工も、エリクシルの錬成も、年月を追うごとに、困難になっていたのだ。
神々の力を封じようとしてきたカトリック勢力によって』
「……だが、最終的にはアスタロトによって、魔術師メルランはこの〝弱いバビロンの穴〟に封じられた、ということか」
『メルランは、人間と妖精族の落とし子《メティス》。千年に一人生まれるかどうかという珍しい存在だったが、精神は人間寄りだった。むしろ人間的でありすぎようとした。アルチュール王をユリスとして強化したいがために、あまりにも技術を追い求めすぎた。あの天船の制御と発動は、妖精の女王の逆鱗《げきりん》に触れた。王は力を制御できず、天船の一撃でサクソン兵数百人を焼き殺した
――メルランが封印されたのも、やむを得ない処置だ』
私も、力を制御する術を身につけられねば、この塔を出てはならないのだ、とリッシュモンは思った。だが、時間の進み方がズレていくのだとすれば、この塔で一年を過ごすうちに外の世界ではいったい何年が経過してしまうのだろう？　少なくとも、数年。しかもリッシュモンはユリスになっているから、エリクシルが涸《か》れるまでは老いない。たとえば五年、十年を費やしたとしよう。ならば、地上の世界に戻ってきた時にはもう、数十年が経過している……!?
まずい。ならば、一年も籠《こ》もってはいられない。急がなければ、ジャンヌの運命が定まってしまう！

だが。

「……うう……！」

焦《あせ》れば焦るほど。

過去の忌まわしい記憶と感情が、次々とリッシュモンを襲ってくる。幻のベドフォード公が。仮面を被《かぶ》ったＣ・Ｒ・Ｃ《クリスチャン・ローゼンクロイツ》が。自分を「裏切りの騎士」と蔑《さげす》むラ・トレムイユとフランスの貴族たち。そして、自分を救いに来てくれなかったモンモランシ。

『その者は、妖精の女王と錬金術の工房に籠もっていたのだな？　ならば、女王は工房に〝弱いバビロンの穴〟の結界を張っていたのかもしれない。術師の才能が大ならばともかく、小ならばそのくらいの補助が必要になる。とりわけ、円卓の騎士の時代から数百年を経《へ》てしまっているのならば、カトリックの反古代技術結界の力はいよいよ増大しているだろう』

「……そうか!?　それでは、私がアザンクールの戦いでイングランド軍に捕らえられたあと、モンモランシが七年も姿を見せてくれなかったのは……七年も錬金術の工房に籠もっていたのは……？」

『〝弱いバビロンの穴〟の力の強さにもよる。人間に耐えられる限界まで力を引き上げているこの塔よりも、時間のズレは小さいだろう。だが、その者自身の体感時間は、確実に遅くなっていた。工房に入っている間は、数倍の速度で外界の時間が進んでいたのだ』

「たしか、当時は実験に没頭するあまり時間の感覚がなくなっていた、とモンモランシは言っていた。私は、言い訳だと怒ったが……言い訳ではなかったのか。もっと、彼の話を聞いていれば……私はいつもこうだ。どうして……どうして、こんなに……！」

　時間が大幅にズレていることに最後まで気づかなかったその者の間抜けさにも責任がある、気に病《や》むことはない、と「メルランの記憶」はリッシュモンを慰《なぐさ》めた。ただし、「記憶」には「感情」がない。そこに魂も人格も残ってはいないのだから。生前のメルランがどのような者だったのかは、もう、リッシュモンには推察できなかった。ただ……。

「……人間と妖精族の落とし子《メティス》、か……ほんとうにそのような存在が？」

『本来、両者の交配によって新たな命が生まれるということはありえない。なんらかの奇跡が起きたのだろう。妖精族に流れる錬金術師《アルシミスト》としての卓越した才能と、人間としての身体と意識をともに引き継いでしまったメルランは、自分が何者であるかがわからず、ずっと悩み続けていた。アルチュール王という人間の王を育成してその参謀として働くことで、人間になろうとしていた。その結果、過剰《かじょう》に人間になりきりすぎた。ブロセリアンドの森にアヴァロンなる理想郷を復活させていた妖精族を切り捨ててもよし、ブルターニュを併合《へいごう》してヨーロッパの再統一戦を開始すべし、と賢者の石の副作用で人格が変質しつつあったアルチュール王をけしかけ続けた。だから、女王に封印されたのだ。女王は、人間と妖精の共存を夢見ていた。大洪水時代以前の世界は、そうだったと、女王はいつも語っていた』

――……過剰に、人間になりきりすぎた……私もそうかもしれない……過剰に、フランスの騎士になろうと……」

『時間は逆行しないが、歴史は繰り返す。それが、メルランが到達したこの世界の真理だ。女王が自分を殺すことなく塔に封じた理由も、メルランは理解していた。いずれアルチュール王自身か、あるいは第二のアルチュール王が塔を訪れ、力を制御する術を学びに来る。生きていればメルランが、朽《く》ちていればメルランの記憶が、アルチュールをこんどこそ教え導き、その魂を救う。それが、メルランの贖罪《しょくざい》であり、アルチュールの救済となる。メルランはこの、時間の流れが遅くなる塔の中で、〝弱いバビロンの穴〟の中で、エスカリボールの制御法を研究し続けていたのだ。身体が朽ちて魂が消え果ててもなお、メルランの記憶がその任務を続行した――方法論は確立している。あとは、新たなアルチュール、そなたの精神力次第だ』

そうだ。リッシュモンは、思い出した。工房に籠もったモンモランシにとっては、その期間は「ほんの数ヶ月」という感覚だったという。たしかに、モンモランシはそう言っていた。そんな馬鹿な話があるか、とその時は信じなかった。しかし、真実だった。数ヶ月という体感時間を過ごしたリッシュモン。だが、実際には七年が過ぎ去っていたのだ。ならば、時間のズレは、数十倍……！

この「塔」では、そんなモンモランシの工房よりも、さらに「時間のズレ」が大きいのだという。

一年も修行すれば、数十年、下手《へた》をすれば百年が過ぎてしまう……！

「再度問う、メルランの記憶よ。修行時間を短縮できないか？　ジャンヌを救うために！　ジャンヌが犠牲になれば、仏英戦争は終結へ向かっても、モンモランシが救われなくなる……！　彼には、ジャンヌが必要なんだ。『妹を守りきった兄』になれなければ、モンモランシは、その先へ進むことができない！　『男』に成長できないんだ。彼は、自分で自分自身にそのような呪いをかけてしまっている……！　私は……！」

『そなた次第だ、新たなるアルチュールよ。だが、自分で自分に呪いをかけているのは、そなたも同じだ。すべてを犠牲にしてでも、戦争を止める。その覚悟がそなたにあるか？　ジャンヌやモンモランシに心を囚《とら》われている限り、そなたは魔剣を制御できない』

「……救うためには、捨てなければならない、ということか……？」

『左様。そなたの心に燃え盛るアムールは、東洋の仏陀《ぶった》が言うところの、煩悩《ぼんのう》でもある。ありうるべき姿。復元すべき過去の黄金時代。理想の自分自身。あるべき未来。そのようなものに、知恵を持つ生き物はみな、固執《こしつ》する。妖精の女王自身が、神と人と妖精とが共存していたキエンギの世界を復興するという煩悩に憑《つ》かれて、自らの時間を止める呪いを自らにかけたのと同じに……メルランは塔でひとり瞑想《めいそう》を続けることで、かかる輪廻《りんね》解脱《げだつ》の境地へと到達した。捨てねばならない。新しきアルチュールよ。そなたの時間を再び動かすために』

黄金時代とも言うべき、パリでの騎士養成学校の日々も。

モンモランシやフィリップ、リッシュモンたちと手を取り合って誰もが幸福を摑むという理想の未来も。

いったん、「煩悩」として捨て去らねばならない。

アムールの炎が燃えている限り、魔剣の強大な力は制御できない。

ベドフォード公に襲われたあの夜の忌まわしい記憶を捨てられる代わりに。

怒りや哀《かな》しみだけでなく、アムールすら、ひとたび手放さなければならない。激しいアムールもまた、「賢者の石」を触媒《しょくばい》として人間の時間を止めてしまう……。

　そういうことか、とリッシュモンはメルランの記憶が説く「方法論」を理解していた。

『おそらく、ジャンヌという者の運命を変えることはできない。一日でそなたが魔剣を制御するという超人的な奇跡を為しても、なお。なぜならば、時間の流れのズレが大きすぎる。それでも、たとえジャンヌを救えなくても、闇に堕ちぬと誓えるか。ブルターニュの独立が失われることになろうとも戦争を終わらせるために騎士として戦うと誓えるか。もしもモンモランシが闇に堕ちてしまっていてもなお、戦えると。モンモランシと戦って倒すことができると——愛するものを葬り去ってでも、仏英戦争を終結させられるか』

　できないとは言えない。できると言うしかない、とリッシュモンは目を閉じて答えていた。あらゆる激情が襲ってくる。あらゆる過去の記憶。あらゆる喜怒哀楽。

『そなたが誰よりも愛する者モンモランシを殺し、そなたの祖国ブルターニュを滅ぼし、それでもなおフランスの騎士として戦争終結という目的を遂行《すいこう》できるか。フランスという国家が、フランス人たちが、ブルトン人でありながらフランスを救ったそなたを救国の英雄などとは決して認めず、忌まわしく黒い歴史として記憶から抹殺《まっさつ》しても』

　それは手遅れになってからの話だ。私は今、ジャンヌを救いたいのだ、とリッシュモンはメルランの記憶へ訴えたかった。しかし、そのような煩悩を明かせば、貴重な「時間」をさらに無為に浪費するだけだ、と気づいた。耐えなければならなかった。

『新たなるアルチュールよ。できぬのならば――あまりにも過酷すぎる運命を背負いきれぬのならば――この塔に留《とど》まり続けてもよい。エリクシルが涸れるまで、永遠の処女《ヴィエルジュ》として生きるもよい。人間の歴史が終わったその時に、塔を出て新たなイブとして再び現実の世界を生きるのもよい。人間はいずれ、自ら開拓した技術によって、自滅するだろう。彼らは、元素のさらにその内部を構成している微粒子の世界までをも操ろうとする。賢者の石が秘めた力の真相に、いずれ人間は到達する。メルランの記憶は、すでにその地点に到達している。ならば時間を経れば、人間も到達する。それは、人間の世界そのものを破壊する力を人間が手に入れるということを意味する――あの大洪水を上回る破局を、人間自身が招くことになる。妖精の女王が築いたこの塔は、あるいは第二の箱船なのかもしれない。かつて第一の箱船に生き物の種を積んで命を救った者は、女王自身なのだ』

永遠の処女、か。

決して穢されることのないこの「塔」に、自分を封印して――。

いや。違う。

私は、すでに魔剣の力を得た。

ならばこの力を、「今生きている人々」のために正しく用いねばならない。その義務が、騎士にはある。エスカリボールを石から抜いたその時から、私は「人間」である前に「騎士」として生きる道を自ら選択したのだ！

ジャンヌ。

私は……！

あなたを。ジャンヌを救うために、ジャンヌへのアムールをいちど手放す。手放さなければ、私は、ここから一歩も前へ進めない。

なんという厳しい試練だ、とリッシュモンは震えた。

「情熱」こそ、彼女がどうしても捨てきれない感情なのだから。

「メルランの記憶よ。私は、自分自身の時間を止めることはない。前へと、歩み続ける！　たとえ世俗に塗《まみ》れても。汚れても。ブルターニュに滅びをもたらし、フランスの人々から忘れ去られても……！　モンモランシの愛を、手に入れられなくとも……！　なにも私のものにならなくても……！　それでも！　アルチュール王が成し遂げられなかった『戦争終結』という騎士としての使命を！　正義を！　私は……！」

承知した、これより「課程」へと進む、とメルランの記憶が告げていた。

リッシュモンは、「忘れ去られる英雄」になる運命を、選択した。

I　パリ

十五世紀。仏英百年戦争時代のフランス。

シャルロット姫太子がランスで戴冠《たいかん》し「フランス女王シャルル七世」となったその日が、ジャンヌ・ダルクとモンモランシにとって運命の転機となった。

オルレアン解放、パテーでの会戦での大敗に続き、シャルロットがランスで戴冠式を強行して正式なフランスの女王になったことは、フランス王位を狙っていたイングランドにとっては大きな痛手だった。ヘンリー五世の遺児ヘンリー六世は幼く、いまだフランスを訪れたことがなかったのだ。

パテーで主力部隊の多くを失ったイングランド軍は、独力で「王都」パリを守りきる自信がなかった。摂政《せっしょう》ベドフォード公はパリに守備隊を残して、自《みずか》らはノルマンディのルーアンまで撤退《てったい》している。パリの防衛がなるか否《いな》かは、ブルゴーニュ公・フィリップ善良公女の動向にかかっていた。

この戦争の勝敗の鍵を握っているフィリップの立場は微妙で複雑なものだった。父ジャン無《む》怖公《ふこう》を暗殺した貴族陣営は、なおもシャルロットの宮廷に留《とど》まっている。ならばシャルロットは父親の敵《かたき》なのである。だが、シャルロット自身に罪がないことはフィリップも理解していた。また、フィリップの妹アンヌはベドフォード公に嫁《とつ》いでいるが、これはイングランドとの関係を良好にするためというよりも、ベドフォード公の首に鈴をつけたようなものだった。

　フィリップは「善良公女」であり、戦争の拡大・継続を望んでいない。

　父の夢は、ブルゴーニュを独立させてフランスとドイツの狭間《はざま》にかつての中フランク王国を復興し「第三帝国」となす、というものであって、フランスを早急に滅ぼそうとは考えていなかった。フィリップ自身も、フランス女王となったシャルロットやブルターニュ公国を支えている姫騎士《シュヴァリエール》リッシュモンとの友情を取り戻したいと願っている。懐《なつ》かしいパリ時代。騎士《シュヴァリエ》養成学校時代。あの頃のように——その時こそ、この戦争は終わる。

　しかし、ジャンヌだけは別だった。

　初恋の人モンモランシを錬金術《アルシミー》と魔術《マジー》と妖精の世界へ連れ去ってしまった、永遠の《乙女《ラ・ピュセル》》。あの《乙女》がいる限り、モンモランシは「人間の世界」へは戻ってこない。《乙女》自身にはその自覚がなくても、だ。きっと、取り返しがつかないことになる。すでにオルレアンで、モンモランシは危うく「魔王」へ堕《お》ちそうになったではないか。

　ジャン無怖公から受け継いだ聖杯《グラール》を被《かぶ》って「ユリス・ノワール」になる時、フィリップは「ジャンヌをモンモランシのもとから引き離さなければ」という衝動を抑えられなくなる。金羊毛騎士団《トワゾン・ドール》を設立し、パテーに参戦したのも、フランス軍を破るためというよりはジャンヌを倒すためだった。

かくしてパリの開城を巡り、フィリップ善良公女と、シャルロットとの間で、ラ・トレムイユを介した政治的な駆け引きが続けられていたまさにその時。

モンモランシとシャルロットが「密通」したと誤解したジャンヌは、シャルロットとフィリップとの間での休戦協定交渉を無視して、百合《ド・リス》の旗をかざしながら「パリ進軍」を開始した。

すでにジャンヌはフランスの歴史に名を刻んだ《聖女》である。陥落寸前だったオルレアンを解放し、不義の子シャルロットをランスで戴冠させた伝説の《救世主》である。そのジャンヌの号令のもと、怒濤《どとう》の如《ごと》く兵士が集まり、即座にパリ目指して行軍を開始した。

「パリへ！　王都パリへ！」

もはや、《乙女》ジャンヌとその信奉者たちの行軍は、誰にも止められなかった。

戦術的には、ジャンヌは間違ってはいない。ランス戴冠を果たして「不義の子」から「フランスの正統な女王」へとステージを駆けあがった今、シャルロットがなすべきことはなによりも「王都パリへの凱旋《がいせん》」なのである。

しかも、イングランド軍は弱体化している。

だが戦略的には――パリに駐屯《ちゅうとん》しているブルゴーニュ軍を外交によってパリから撤退《てったい》させ、平和裏にパリを手に入れるというラ・トレムイユの判断のほうにも、表向きの合理性はあった。

しかし実のところ、モンモランシを「錬金術の世界」に縛り付けているジャンヌがいる限り、フィリップはフランスと和睦《わぼく》できない。

故《ゆえ》に、両軍のパリにおける武力激突は、結局のところは避けられない運命だったのだ――。

ジャンヌを《救世主》と崇《あが》める「パリ解放軍」は、すでにパリの北方、サン＝ドニまで前進している。

アランソン。ラ・イル。ザントライユ。そしてモンモランシ。ジャンヌとともに戦ってきた盟友たちも、激情を抑えられなくなっているジャンヌを案じながら従軍していた。

なかんずく、ジャンヌの突然の暴走を目《ま》の当たりにしたモンモランシは、必死だった。この夜も、住民から部屋を借りていたジャンヌのもとを一人で訪れてけんめいに説得にあたった。

「ジャンヌ。お前は、賢者《ピエール・フィロソファル》の石の副作用で感情の制御が効かなくなっているんだ。お前は他のユリスと違って、力を用いるたびにエリクシルを補給しなければならなかった。つまり、すでに膨大《ぼうだい》な量のエリクシルを消費している。その分、副作用もでかい……だから『傲慢《ごうまん》』の感情がとんでもなく増大しているんだ」

ジャンヌはしかし、室内でも甲冑《かっちゅう》に身を包み「男装」したまま、機嫌を直さない。

男装などをはじめたのは、モンモランシに「触らないで」と主張するためだろう。

言うまでもないが、ジャンヌに「戦術能力」はない。パリを攻略するにしても、フランス軍の足並みがまったく揃《そろ》わないまま、しかも独断専行で攻撃を開始しようなど、無謀にも程がある。なにしろ長らくイングランドに肩入れし続けてきたパリ市民たちは、オルレアンで魔物どもを召喚し、パテーで「神の光」を地上へ落としたと信じられているジャンヌを「ほんものの魔女」だと信じて怯《おび》えきっており、魔女に殺されるくらいならばと徹底抗戦する構えなのだ。

モンモランシには、まるでジャンヌが戦いに敗北して自《みずか》ら破滅しようとしているようにしか見えなかった。

あたかも、シャルロットのランス戴冠によって自分自身が果たすべき使命は終わり、あとはもう破滅するだけだ、と言わんばかりである。

「なあ、ジャンヌ。優しかったドンレミ村の頃のお前に戻ってくれ。妖精たちの死に涙していたあの頃の気持ちを思い出してくれ。俺だってもともとは、戦争なんかをさせるためにお前をユリスにしたんじゃないんだ。なにもかも、石の副作用なんだ」

「『傲慢』の感情？　それはモンモランシのほうだよね？　戴冠式の前夜、シャルロットとの間でなにがあったのか、正直に打ち明けてくれる？　できないよねっ！」

そうか、とモンモランシはやっと気づいた。

ジャンヌがなにに怒り、なにに失望し、「パリ攻略」という無謀へと突き進んでいるかを。

が、そのモンモランシはなお、理解できていなかった。ジャンヌの最後の目的が「破滅」そのものだということに。それは一時的な怒りによってもたらされたものではなく、「この戦争を終わらせる」というモンモランシの願いを果たすために選び取った受難の道だということに。

無理もないことだった。

ジャンヌ自身もまた、その「決断」に対する恐怖と逡巡《しゅんじゅん》、そして自分の想いに報《むく》いてくれないモンモランシへの怒りと嫉妬《しっと》によって激しく混乱していたのだから。

「俺とシャルロットはそんな関係じゃない。それは誤解なんだ、ジャンヌ。俺はお前に仕《つか》える錬金の騎士だぜ。誓ったはずだ」

「じゃあ、シャルロットが首に巻いていたスカーフはなに？　キスマーク隠しでなければ、なんなの？　説明して」

「……それは……ええと……どう説明すればいいのか……」

モンモランシは、弁明に窮《きゅう》した。

まさか「シャルロットの生き血を吸った」などとは打ち明けられなかった。

幼い身体《からだ》の中に不完全なエリクシルを与えられたジャンヌが、常にエリクシルの枯渇《こかつ》に苦しむようになったのと同様に、モンモランシもまたエリクシルを体内で錬成するごとに「餓《う》え」に苦しむ身体になっている。しかも、モンモランシの正気を繋《つな》ぎ止めるために必要なものは、エリクシルではなく、よりにもよって「処女の血《ヴィエルジュ》」だったのだ。

パリが誇る偉大な錬金術師《アルシミスト》ニコラ・フラメルは、完全なるエリクシルの錬成には「男と女」のペアとなる錬金術師が必要だ、と解き明かした。錬金術師たちがこれまで錬成に成功しなかったのは、錬金術の世界を男だけで独占してきたからなのだと。ニコラ・フラメルは、愛する妻と二人で協力し合ってはじめてエリクシルの錬成に成功したのである。妻の死後には、もうエリクシルを錬成することはできなかった。

モンモランシが妖精アスタロトとともに錬成したエリクシルは――完全なものではなかった。「男性性」のみで成り立っていて、「女性性」が足りていないのだ。

すでに大人の女性になっているラ・イルやリッシュモンたちには、不具合は生じていない。自らの身体が「女性性」を補っているからだ。フィリップは年齢の割には身体が未成熟だが、ユリス・ノワールの力を放つ際には「女性性」が高まり、体型が大人の女性のものに変化する。

しかし、ジャンヌはまだ「大人の女性」になっていない。

だから、体内のエリクシルが安定せず、エリクシルがすぐに枯渇してしまう。「女性性」を自ら供給できないからだった。

しかも、いったんユリスとなった者の肉体は、体内のエリクシルが切れるまで成長しない――ジャンヌはエリクシルが切れると衰弱して死んでしまうので、常に補給しないといけない――すなわち、ジャンヌの身体は「成長」しないのだ。

かくしてジャンヌが「永遠の《乙女》」、「永遠の子供」という呪いをかけられたのと同じに。「女性性」を持たない不完全なエリクシルを体内で永遠に錬成する「器《うつわ》」となってしまったモンモランシもまた、呪いを受けたのだ。

そう、戴冠式の前夜。

あの夜――シャルロットとの合意のもとに、モンモランシは、ヴァンパイアになった。

処女の血を供給しなければ生きられない、人間としての自我を保てない「吸血鬼」に。

（なんてこった。あれほど、「善《よ》き人間」になろうと、俺は……だが今の俺はもう、処女の生き血をすするバケモノじゃねえか。野獣じゃねえか。どうすれば、正常な身体に戻れる？　いったいどうすれば、正しい、完全なエリクシルを錬成できる身体になれる？　今の中途半端なエリクシルを錬成するのに、七年もかかったんだ。こんどだって、何年かかるかわからない。十年か。二十年か。もっとかかるかもしれない。しかもその間も、ジャンヌへのエリクシル供給は止められない。つまり……ジャンヌが生きている間、俺はヴァンパイアであり続けなければならないってことだ。ジャンヌを無二の親友と愛してやまないシャルロットは、「あなたたちのために、ずっと処女でいるよ。いつでもシャルの血を吸っていいんだよ、苦しまなくていいんだよ、モンモランシ」と誓ってくれた、が……とても、こんなこと、ジャンヌには……）

言えなかった。

まだ、密通した、という話のほうが、ましだった。

（もしも真実を告白して、ジャンヌからバケモノを見るような目を向けられることになったら、俺は……）

今のジャンヌは、賢者の石の副作用で、常のジャンヌではなくなっている。

だがそれでも、「ほんとうのジャンヌ」の心を失ったわけではない。

ジャンヌを信じて、真実を告げるべきなのか。

「どうして黙ってるの？　答えてよ、モンモランシ！」

ジャンヌの目に、涙が溢《あふ》れていた。

そうだ。ジャンヌに隠し事など。

ジャンヌを信頼しよう。俺とシャルロットとジャンヌの三人で、この苦境を分かち合い、乗り越えていこうと訴えよう。

「……ジャンヌ。実は、俺は」

そっとジャンヌの手を握って、真実を打ち明けようとしたその時。

ジャンヌもまた、モンモランシのその手を振りほどこうとはせず、ぎゅっと握り返していた。

新たな「受難」をともに分かち合うと約束する、そんな和解の時が訪れるはずだった。

しかし。

二人の運命は、一人の使者がもたらした報告によって、暗転した。

その使者は、モンモランシに仕えて彼の城を守っていた家臣の一人だった。

「ここにおられましたか、ご主君。カトリーヌ奥様からの伝言を持って参りました」

こんな時に……ジャンヌの顔色が青ざめている……とモンモランシは頭を抱《かか》えたくなった。

シャルロットとの密通を疑って怒っているジャンヌのもとに、モンモランシの「妻」からの報告を持ち込んでくるだなんて。モンモランシはこの間《ま》の悪い使者を蹴り飛ばしてでも、ジャンヌの部屋から追い出すべきだった。が、それができない優しさが、徒《あだ》になった。

モンモランシの妻といっても、カトリーヌはモンモランシの幼なじみの従妹《いとこ》であり妹的な存在なのだ。赤髭《あかひげ》のジャンから家督《かとく》を奪い、「ジル・ド・レ騎士団」の指揮権を手に入れるために、形の上で「夫婦」になっただけだ。いつしか成長していたカトリーヌはモンモランシを今では「男」として愛しているが、モンモランシがまだ「男」になっていないこと、今はジャンヌという「妹」を守るために精一杯戦っていることも理解してくれていた。

だから、二人の間には「男女の関係」はない。

ないのだが、それでも形式的には「夫婦」だ。

ジャンヌにとっては受け入れがたい「現実」である。

しかも、使者が持ち込んできた知らせは、ジャンヌとモンモランシにとって、決定的な凶報だった――。

「カトリーヌ奥様が、ご懐妊《かいにん》なされました。近々、ご主君のお世継ぎが生まれます」

奥様は、生まれてきた子が男の子ならばアンリ、女の子ならばマリと名付けるご予定です、と使者は告げたのだった。

モンモランシは、その使者の言葉の意味をしばらく理解できなかった。

ようやく理解すると同時に、

「そんなバカな！　俺とカトリーヌとの間には、なにもない……誓って、俺は童貞だ！　子供ができるはずがない！」

と素《す》っ頓狂《とんきょう》な叫び声をあげていた。

「で、ですが、たしかにご懐妊なされたのです」

「ありえない。なにかの間違いだ！　想像妊娠じゃねえのか？」

「そ、それがしは医師ではありませんので、なんとも……」

かつてのモンモランシだったら、それで終わりだっただろう。

だが、すでにモンモランシは《ソ・ドゥ・サロモン》の指輪の力を手にし、「傲慢」の感情を増幅され、しかも常に処女の血に餓《う》え渇《かわ》いて悶《もだ》えながら生きねばならないヴァンパイアである。

狼狽《ろうばい》と困惑《こんわく》は、彼自身が気づかないうちに「衝動的な殺意」と化していた。

使者は、モンモランシが自分に向けてきたおぞましい視線に気づき、（殺される）と直感して、慌《あわ》てて部屋から逃げだしていた。

ジャンヌとモンモランシの二人だけが、室内に残された——。

ジャンヌの心の内側で、なにかが完全に決壊したのは、この「カトリーヌ懐妊」の報告を耳にした瞬間だった。

すでにジャンヌは決断している。フランスとイングランドの戦争を終わらせるため、ジェズユ・クリの如《ごと》く「生贄《いえにえ》の子羊」として死ぬことを。

もちろん、わざと敗《やぶ》れるつもりはない。が、このまま戦い続ければ自分はいずれブルゴーニュ軍に打ち倒され、イングランドに《魔女》として処刑されるだろう。ジャンヌはすでに賢者の石を手に入れてユリスとなり、何度も戦場で奇跡という名の魔術を起こしている。「異端の魔女」と認定するのは簡単である。

自分がイングランドの手で処刑されれば、フランスの人々は——今はシャルコットの王権を認めないノルマンディのルーアンやパリの人々ですら、「すでにフランスとイングランドという『異国』の別々の国となっている。フランスはフランス人の国であって、イングランドは侵略を認めてはならない」と目覚めてくれるはずだとジャンヌは信じている。たとえ時間はかかっても、リッシュモン、シャルロット、フィリップの三人の姫が「フランス」というひとつの「国」のもとに手を取り合って、イングランド軍をドーヴァー海峡の向こうへと追い返してくれる時が来ると信じている。ブルゴーニュ、ブルターニュ、フランスは仏英戦争を終結させ大陸に平和をもたらすべく、ひとつにまとまるのだ。

が、そこへ至る道程《みちのり》は困難だった。

だからそのために、どうしても《聖女》が「殉教《じゅんきょう》」しなければならなかった。

自ら十字架を背負ってゴルゴダの丘に登ったジェズュ・クリのように。

オルレアンを解放してフランスを救った《聖女》がイングランド軍の手で裁かれ殺されたその時、分裂してきたフランスの王侯貴族と民衆は、はじめてひとつになれるはずだった。

戦争を終わらせるために、「おまけの命」を、等価交換する。

そのために、自分は生かされてきた。

幼いジャンヌはもちろん、その自らの決断を、自らの運命を、恐れている。「死」は何度も味わった。だからもう、「死」そのものはさほど恐ろしくはない。しかし、モンモランシたちと引き離されて二度と会えなくなることが、怖くて辛《つら》くて哀《かな》しくてたまらない。

それなのに、モンモランシはシャルロットと疑惑《ぎわく》の夜を過ごし、そしてまた、「形だけの妻」であり「妹」だと言っていたカトリーヌを懐妊させたのだ。

「……モンモランシ。もう弁解しなくていいよ。モンモランシはわたしの騎士さまじゃなかったってことだよね？　湖の騎士ランスロのように、裏切ったんだね」

ランスロ。アルチュール王を破滅へと追いやった「裏切りの騎士」。ジャンヌに仕える「騎士」モンモランシにとって、そのランスロになぞらえられるということは、「騎士失格」だとジャンヌに通告されたに等しい。

「違う。ジャンヌ。ほんとうに俺は童貞なんだ。カトリーヌを懐妊させるような真似はいっさいやっていない！　これはなにかの間違い……俺を錬金術の世界から引き離したがっている赤髭のジャンの野郎が、またぞろなにか企《たくら》んでいるのか、それとも」

「『それとも』とか、もういいよっ！　口ではなんとでも言えるし、わたしは人の言葉をなんでも信じちゃうから、どうとでも言いくるめられるよね！　でも、モンモランシの『行動』は……！　いったい何度わたしを裏切れば、満足するの？　モンモランシは、やっぱりシャルロットとも……」

「いや、シャルロットだって処女だ！　ああ……畜生……きっとこれは赤髭のジャンの野郎の陰謀だ！　カトリーヌが、こんな嘘をつくはずがない！」

円卓の騎士たちは——後世に語り継がれる騎士道物語《ロマンス》の「お手本」となったアルチュール王の円卓騎士団は、湖の騎士ランスロと王妃との「不倫」によって崩壊したという。同じことが、このフランスで繰り返されようとしている。女王となったシャルロット。シャルロットに仕える姫騎士ジャンヌ。そしてモンモランシ。

モンモランシは、（こんな誤解からなにもかもが……このままじゃジャンヌが破滅してしまう……）と頭を抱えた。

なぜ人間には、男と女がいるのか。別の種族だと言ってもいいくらいに異なる二つの性があるのか。エリクシルも賢者の石も、男と女が揃わなければ「ほんもの」になることはない。古代の世界は、どうだったのだろう。まだ神々がエリクシルと賢者の石を扱っていた、いにしえの時代は。「大地」や「大気」からエリクシルをふんだんに集められた神々の世界では、まだ、男だの女だのを意識せずともあの巨石遺跡を操って純粋なエリクシルを集めることが可能だったのだろうか。

妖精たちのように。フェイ族のように、人間が「単性」の種族だったならば。

円卓の騎士たちも。

俺たちも。

モンモランシは、（俺は「男になる」と誓ってここまで来たはずなのに。また、追い詰められたら古代の錬金術の世界へ逃げようとしている）と気づいた。

ああ。

たとえ、「バケモノ」を見るような目を向けられることになろうとも。

やはりジャンヌに、すべてを打ち明けなければならない。

しかし――。

「シャルロットとなにもなく一夜を過ごしただなんて、ありえないよね！　そんなこと、子供のわたしにだってわかるよ。わたしは身体は子供のままだけれど、心は成長しているんだよ！シャルロットの顔を見ればわかるよ！　一晩で別人になったもん！　まるで大人の女性のような表情に！　あくまでも潔白だと言い張るなら、わたしに、シャルロットにしたのと同じことをしてみせてよ！」

ジャンヌのその「要求」を、モンモランシは受け入れることができなかった。

どうしても。

ジャンヌの首筋に嚙みついて、血を吸う、など。

ジャンヌはまだ「女性」になっていないから、血を吸っても餓えは満たされない、という理屈だけではない。

感情が、モンモランシに警告していた。

ジャンヌの血を吸えば、自分はその瞬間に、知ってはならない領域へと踏み込む。

ほんもののヴァンパイアに堕ちる。

ほんとうに、人間ではなくなってしまう。

「バビロンの穴」に封じられているあの神々と同じなにかに、なる。

奴らも、かつては高い知性を持っていたという。

「バビロンの穴」に封じられたために、脳を損傷して、理性のタガが外れたのだ。望まずして野獣となったのだ。

だが、それは「事故」のようなものだ。彼ら自身の意志で野獣に落ちたのではない。

翻《ひるがえ》って、俺は。

「……ジャンヌ。同じことは、できない……『男女の交わり』ではないんだ。俺とシャルロットが行った儀式は……もっとおぞましく罪深い行為なんだ……だが、俺が俺として生き続けるためには、どうしても必要だったたんだ」

「どういうこと？　シャルロットとはできて、わたしとはできないの？」

「……どうしても……できない……そもそも、意味がない……ほんとうはシャルロットとだって、あんなことはしてはいけなかったんだ。お前に、あんな真似をしたら……俺はこんどこそ、ぶっ壊れる……『魔王』になっちまう。はっきりとわかる」

「……でも！　オルレアンの橋の上で……モンモランシは……石の力の暴走と……自分と戦いながら、最後までわたしを庇《かば》ってくれたよ？」

「あれは、ラ・イルが救ってくれたからだ。俺はほんとうならば、あの時」

「なんでもいいよ！　お願い……！　わたしはモンモランシにだったら、どんなことをされても構わない。だからモンモランシを信じさせて……！　わたし、このままじゃ、もうモンモランシを信じられなくなっちゃうよ……！　そんなのはイヤ……！」

「ジャンヌ」

ああ。俺は——錬金術に近づいたことによって野獣になる運命にあったのだ、ヴァンパイアになる定めだったのだ、ここでジャンヌを庇ってもいずれは逃れられない運命の罠《わな》に落ちる。すべては、「あるべきところ」に収束する。

モンモランシは、しかし、耐えた。耐え続けた。どれほどジャンヌに誤解されようとも、この子の血を吸ってはいけない、最後の一線を踏み越えてはならない、と。ジャンヌは「処女」

ではなく「子供」なのだ。子供の血を吸っても、この身体の渇きは満たされない。ただ「快楽」を満たすための吸血行為になってしまう。いちど「快楽」を求めて吸えば、二度も三度も四度も、同じことを繰り返すことになる。それは許されない。ダメだ。そんな真似をすれば、ジャンヌは俺の――。

「……ダメなんだね、モンモランシ……これほどお願いしても……」

二人が「訣別《けつべつ》」しようとしたその時だった。

「いよーっ！　なんだか修羅場《しゅらば》になってるみてーだな、ご両人っ！　兄妹《きょうだい》で痴話《ちわ》ゲンカかっ？　ザントライユさまが、ニシンの差し入れを持ってきてやったぜーっ！」

笑顔を浮かべた傭兵《メルスネール》ザントライユが、樽《たる》を担《かつ》いでジャンヌの部屋へと飛び込んできた。

深刻な空気を一瞬で蹴散らしてしまう陽気さが、ガスコーニュ育ちのザントライユにはある。

なにしろ、イングランド軍の捕虜タルボットと意気投合して飲み歩いているような男なのだ。

「あーっ！　ザントライユ！　聞いてよ！　モンモランシの奥さんが赤ちゃん孕《はら》んだんだって！　モンモランシをどう思う？　許せないよね、浮気者だよね！」

「なんだってえええええ～？　やっちまったなあああ、モンモランシぃ～！　たしか新妻《にいづま》のもとに泊まったのは一晩だったよなあ？　それで一発懐妊たあ、やるねえ！　この色男！　エチエンヌも、これでおめーのハーレムに入るという夢から覚めるだろうよ！　ヒャッホー！」

「違うっ！　俺は童貞だっ！　オルレアンでジャンヌが死の危機に瀕《ひん》していた最中に、そんなことするかっ！　だいいち俺はまだ師匠《ししょう》のもとで修行している途中なんだぜっ！　『男』になっちゃいないんだよ！」

ジャンヌとベーゼを繰り返すうちに、どうも妙な気分になってきたため、「俺はジャンヌにおかしな真似をするような性癖《せいへき》を持ちたくない」と悩んだモンモランシは、ザントライユを師匠と仰ぎ、巨乳好きの世界に入門したのだ。

「なーんだ。じゃ、遠征中に新妻に浮気されたのか。寝取られたのか。『寝取られの騎士』とはクソダセーな、モンモランシ〜！　はっはっはー！　んじゃ、揉《も》めることねーじゃん。ニシン食おうぜ！」

なんだか誤魔化された気がするー、と頬を膨《ふく》らませて、ジャンヌはニシンにかぶりついた。

が、もう、爆発した感情を抑えることができない。

モンモランシへの怒りを、「パリ攻略」を成し遂《と》げるという戦意に置き換えなければ、ジャンヌは収まらなかった。いずれにせよ、ジャンヌは「生贄の子羊」になるためにいずれ「破滅」しなければならないのだ。その運命への恐怖は、日に日に増し続けている。今この激情に身を委《ゆだ》ねなければ、二度と機会を得られないかもしれないのだ。

「シャルロットの到着を待つつもりはないよ、ザントライユ。明日の朝、全軍でパリへと突撃するから！」

「え？　い、いや、ちょっと待ってくれよジャンヌ？　女王が到着してからにしようぜ。なにしろパリの城壁は固いんだぜ。しかもブルゴーニュ軍まで駐屯しているんだ。あいつらは手強《てごわ》い。ばらばらに戦ってちゃあ、各個撃破されちまう」

「ううん！　もう待たないっ！　わたしとシャルロットとモンモランシは、三角関係に陥《おちい》ったんだからっ！　それにシャルロットは、どうせフィリップと和平を結ぶつもりで、本気でパリを攻略するつもりなんてないよ！　それじゃあ戦況は今までと同じままで、なにも変わらない！　わたしたちは、あくまでも戦争を終結させるために戦うよ！」

ザントライユに「モンモランシ～！　おめー、ジャンヌを止めろよう！」と尻を蹴り上げられながら、モンモランシは（なにか嫌な予感がする……ジャンヌはただ「傲慢」の感情に駆り立てられて戦場へ向かおうとしているのではない……そんな気がしてきた……そうだとも。そもそもジャンヌはそんな子じゃない。なにかがおかしいぜ）とようやくジャンヌに生じている「想定外」の異変に気づきはじめていた。

「オルレアンの時のような無断出撃はなしだぜ、ジャンヌ。あの時は期せずして見事な奇襲となって効いたが、今回は事情が違う。王都パリの守りは万全なんだ。そして、こちらが切れる戦術カードはもうことごとく切っちまっている。手の内は見透かされているってことだ」

「……だからこそ、だよ。モンモランシ……」

「ジャンヌ？」

どういうことなんだ。

ジャンヌは、なにをしようとしているんだ。

が、モンモランシが尋《たず》ねても、ジャンヌは口を閉ざして答えなかった。シャルロットとの関係を打ち明けない限り、シャルロットにしたことをジャンヌにもしない限り、ジャンヌが「秘密」を俺に打ち明けることはないのだろう、とモンモランシは思った。

（……すれ違い、だな……このままじゃ、いつまでも……どうすりゃいいんだ……）

※

翌日。かつては騎士養成学校が設立されていた、王都パリ。

姫太子になる以前のシャルロットも。ブルターニュ公になる以前のフィリップも。イングランドに捕らわれる以前のリッシュモンも。アランソンやバタール、そしてモンモランシも。子供時代のうちでもっとも美しく楽しい時間を、このパリで過ごしたのだ。

極度に気が弱く、お漏《も》らし癖《ぐせ》があったフィリップ。リッシュモンから「お世話係」に任命されたモンモランシがかいがいしくそんなフィリップの面倒を見る。華のジョスト大会では、無敵無敗のリッシュモンに勝つためにシャルロットがせこい手ばかり使って彼女を激怒させたりもしていた。

だがその王都パリはいまや、反シャルロット陣営の牙城《がじょう》となっている。

あのアザンクールの戦いでアルマニャック派が壊滅したあと、騎士養成学校は閉鎖《へいさ》。アルマニャック伯は暴徒に殺されてパリはブルゴーニュ派の手に落ち、ついにはイングランド軍に占《せん》拠《きょ》されてしまった。

「魔女が来たぞ……！」

「悪魔を召喚し、神の光を天空から降らせる真の魔女が！」

「魔女に殺されたら、魂そのものが消滅してしまうという！」

「だったら、フランス軍の騎士と戦って死んだほうがましだ！　天国に行けるかもしれねえからな！」

パリ死守を誓うイングランド軍とブルゴーニュ軍、そしてパリ市民たちの士気は高かった。

かつてパリ市民は、アルマニャック派が姫太子として担ぎ上げたシャルロットを「不義の子」として認めず、追放した。だから女王「シャルル七世」となったシャルロットの報復を恐れている。しかも、パリ市民の意識はすでに、数年に及びパリを統治してきた「イングランド」と一体化している。摂政《せっしょう》べドフォード公は戦争は苦手だが、内政手腕には長《た》けていたのだ。

もしも、トロワでやったようにジャンヌが百合《ド・リス》の旗を掲《かか》げて平和裏に「説得」しても、パリ市民は開城に応じなかっただろう。少なくとも、魔女ジャンヌを倒し捕縛するように、とフィリップから「至上命令」を受けているブルゴーニュ軍が駐屯している限りは。

戦う以外に、王都を奪還する道はなかった。

「《乙女》《ラ・ピュセル》ジャンヌちゃんの伝説はこれからが本番だぜえええ！」

「乙女義勇軍諸君！　王都パリに女王を！　戦争はこの一戦で終わる！　ジャンヌちゃんの夢を叶《かな》える時が来たのだあああ！」

「ジャンヌちゃんを二度と戦場に立たせるんじゃねえ！　これが乙女義勇軍最後の戦いだあああ！」

本陣で作戦を練っていたモンモランシたちがジャンヌ出撃を知った時には、もうジャンヌは義勇軍の野郎どもを引き連れてサン＝ドニ門へと攻めかかっていた。

「なんだって？　今日中にも、本隊を率いたシャルロットが到着するというのに。どうして待てなかったんだ、ジャンヌ!?」

「モンモランシ。僕は丘陵《きゅうりょう》に大砲を設置して後方から支援します。ジャンヌの様子がランス戴冠式以来、ずっと妙です。金羊毛騎士団《トワゾン・ドール》はまだ全滅していないというのに、自ら先陣を切るだなんて」

「わかったアランソン。俺はラ・イル、ザントライユとともにジャンヌに合流する！」

「だあああ！　なにやってんだよ？　一晩中一緒にいて見張っていなきゃダメだろ、モンモランシ！」

「それがよう。いろいろあったんだ、エチエンヌ。モンモランシのせいじゃねー」

「モンモランシの嫡子《ちゃくし》ご懐妊ってやつか？　これでモンモランシ家も将来安泰《あんたい》で、めでたい話じゃないか。そりゃ、あたしがご懐妊一番乗りできなかったのはちょっと悔しいけどさ。それよりも腹が減った！　ニシンをよこせっザントライユ！」

ラ・イルは朝から「そっかあ！　モンモランシもう立派な男になったんだなあ。世継ぎを作るという当主としての義務は果たした。これで第二夫人を迎える日も近づいたな！」とうなずいている。いくら「違うんだ俺は童貞だ」「モンモランシはまだ巨乳の世界に入門したばかりなんだ、卒業はまだ遠いんだぜエチエンヌ」と男二人で弁明しても、なぜか納得しない。結婚＝初夜＝ご懐妊、という流れは乙女心溢れるラ・イルにとっては絶対らしい。結婚まではなにがなんでも純潔を保たなければならないと信じている一方、よりによって初夜に新妻に手をつけないでそそくさと出ていってしまう夫など、想像できないのだろう。

が、今はそんな話をしている時ではなかった。

ラ・イルとザントライユとともにジャンヌのもとへ急行しながら、モンモランシは「サン＝ドニ門を攻めるのは無理だ」と叫んでいた。

「いくら士気が高くても、ゴリ押しでサン＝ドニ門を突破するなんて不可能だ。パリは数々の異民族や敵国からの襲来に備えて防御を固め続けてきたフランスの王都。オルレアンのようなわけにはいかねえ。迂回《うかい》してサントノレ門を攻めるほうがまだ、突破できる可能性がある！」

モンモランシのその「声」は、戦場の最前線で百合の旗をかざして将兵たちを鼓舞し続けていたジャンヌの耳にも届いた。ユリスの力を放ってはいないが、モンモランシの声に関してはいつだってジャンヌの知覚は鋭敏になっている。大砲やマスケット銃が炸裂《さくれつ》する騒乱の中でも、その声を聞き分けられた。

戦って敗れ、イングランド軍に「生贄の子羊」として処刑される。《聖女》がジェズュ・クリの如く殺されたその時こそ、フランスの王族・貴族・人民が一体となる。

それがジャンヌがなすべき「最後の選択」であり「最後の使命」であった。

だが、モンモランシたちとともに今日このパリを奪回できれば――もしも奪回できれば――ジャンヌには、もうひとつの「可能性」が開ける。ジャンヌが「生贄」にならずとも、女王が王都パリへ帰還すれば、この戦争は終結へと向かうだろう。

まだユリスの力を解き放っていないジャンヌは、オルレアン以来ともに戦ってきた義勇軍の男たちが目の前で倒れていく光景を目の当《ま》たりにして、「傲慢」の感情を鎮《しず》め、ほんとうのジャンヌ自身の心を取り戻していた。

（そうだよ。わたし、どうして、戦って敗れることばかり考えていたんだろう。モンモランシも……ラ・イルも。ザントライユも。義勇軍のみんなも。命を懸《か》けて、一緒に戦ってくれている。わたしの身を案じてくれている。このパリ攻めで、わたしを信じてくれた多くの仲間が倒れている。それなのに、わたしは勝敗を度外視して命を安易に捨てようとしている……これじゃダメ。この戦いに勝てば。パリを奪回すれば。たとえモンモランシと結ばれることはなくても、モンモランシたちと一緒にまだ生き続けられるかもしれない……義勇軍のみんなだって、わたしが生き続けることを望んでいるからこそ、命を捨てて戦ってくれているというのに）

ランス以来惑《まど》い続けていたジャンヌはいまや、目を覚ましていた。

あれほどの大喧嘩をしたのに、モンモランシは最前線へと突進してジャンヌを守ろうとしている。無断出撃を咎《とが》めるどころか、ジャンヌに「勝利」を届けようとしている。

「裏切りの騎士」呼ばわりまでされたのに。

おそらくは、必死の形相《ぎょうそう》で……。

(モンモランシ。奥さんの懐妊は……なにか、理由があるんだね……ごめんね、モンモランシにあんなに辛くあたって……)

ジャンヌは、少しでも可能性があるのならば、ぎりぎりまで「生きる希望」「勝つ可能性」に懸けよう、とうなずくと、

「全軍、サントノレ門へ!」

と迂回を開始していた。

サントノレ門は、パリの表玄関とも言えるサン゠ドニ門に比べれば守備が薄く、まだ突破できる可能性はあった。だが、いずれにしても複数張られている水堀をことごとく突破せねばならず、攻略困難であることに変わりはない。

「ちきしょう、さすが王都パリだ!」

「ここまで迂回してもなお、守りが固いぜ!」

「馬はもちろん、人間の脚でこの水堀を越えるのは難しいぜ、ジャンヌちゃん!」

「……わたしが行くよ。『ユリス』の力を解き放って、水堀を突破して城門へと辿《たど》り着く。みんなは、わたしの後についてきて!」

「たとえ加速しても、ジャンヌちゃんの身体にクロスボウが当たらないわけじゃない! あれだけの数のクロスボウをいちどに放たれたら、門へ到達する前に何本かは当たっちまう!」

乙女義勇軍の野郎たちはジャンヌを引き留《と》めたが、ジャンヌは静かに首を横に振っていた。

「これは、わたしがはじめた戦いだから。わたしが先頭に立って道を切り開かなくちゃ。もう……『解放戦』じゃないんだよね、この戦いは……オルレアンでは、イングランド軍に包囲されて餓えている市民のみんなを救うために戦った。でも……パリは違うんだね……パリ市民は、フランス軍を敵だと思っている……わたしを、魔女だと信じて恐れ、憎んでいる」

そう。フランスの《聖女》は、イングランドにとっては魔女。すなわちイングランドに帰属したパリ市民たちにとっても、ジャンヌはほんものの魔女なのだ。そして、ブルゴーニュ公国を率いるフィリップにとっても。

（ずいぶんと遠くまで来ちゃったね。わたしとモンモランシの旅は……）

のどかだった故郷ドンレミ村の光景を瞼《まぶた》の裏に思い浮かべながら。

ジャンヌは、ユリスの力を開放した。

「――加速《アクセレラション》！」

サントレノ門を目指して。

一直線に、駆けた。

あの門を開けば、シャルロットを王都パリへ帰還させ、戦争を終結へと導ける。そして、ジャンヌ自身もまた、生きられる。

あと少し。

行く手を阻《はば》む水堀を、跳躍して乗り越えようとしたその時。

「ジャンヌの姿が消えた！　『加速』した！」

「金羊毛騎士団は、死なず」

「善良公女さまは、命じられた」

「フランス軍と決戦することはならない。パリを固く守れと」

「しかしながら」

「突撃してくるであろうジャンヌだけは、必ず捕らえよ、と」

パテーで辛《から》くも生き延びた金羊毛騎士団の姫騎士《シュヴァリエール》たちが、突如として加速中のジャンヌの前に「壁」として出現していた。

四人、五人、六人。

彼女たちは水堀の中に潜《もぐ》って、ジャンヌが飛び込んでくる瞬間をじっと待ち続けていたのだ。

（数が多い！　全員を突破するのは無理！　わたしは、加速しながらの攻撃はできない！）

ジャンヌは、金羊毛騎士団の姫騎士たちと戦うために、水堀を越えようとしていた最中に加速を停止しなければならなかった。

その瞬間。

城壁の向こうから、クロスボウが雨のように降り注いできた。

金羊毛騎士団の姫騎士たちごと、ジャンヌを撃ち抜くために。

「……ぐっ……！」

ジャンヌの太股《ふともも》に、クロスボウの矢が突き刺さった。

まだまだ！　とジャンヌは叫びながら、姫騎士たちの中へと突撃していく。

剣を抜いて、姫騎士たちの壁を突破しようとなおも戦い続けた。

「私たちは、針鼠《はりねずみ》にされようとも疑似聖杯《ぎじグラール》の力で再生する」

「疑似聖杯は、治癒《ちゆ》能力に特化している」

「だからジャンヌ、あなたよりも回復が早い」

「リッシュモンがいない今、あなたは私たちには勝てない」

ああ。

やっぱり。

黒騎士の星《ブラック・スター》を操るリッシュモンさまがいなければ、この戦争を勝ち抜くことはできない。

ジャンヌは、体内のエリクシルが急激に涸れていく感覚に震えながら、それでもなお前進をやめなかった。

「最後まで！　勝利の可能性があるならば！　諦《あきら》めない！　わたしは、まだ……生きることを諦めない！　ノワールに伝えろ、わたしは自ら進んで生贄の子羊になるつもりはない、その選択肢を自ら選ぶことはない、と！」

「ならば」

「実力であなたを捕らえるのみ」

「捕らわれれば、あなたが生き延びる可能性はまったくないと知りなさい」

ジャンヌの危機を見かねた乙女義勇軍の男たちがいっせいに、

「ジャンヌちゃあああん！」

「撤退《てったい》してくれえええ！」

「相手は金羊毛騎士団のユリスたちだあああ！」

「一人で戦うなんて、無茶だあああ！」

とジャンヌを連れ戻すために水堀を乗り越えようと前進を開始。しかしあまりに無謀だった。彼らはいまや、クロスボウの的《まと》である。

ジャンヌは（みんなが!?）と青ざめていた。生き延びるための可能性を掴み取るために、突進した。しかし、自分の命のために彼らを——ジャンヌを信じてここまでともに戦ってきてくれた仲間たちを無駄死にさせてはならない。それは「罪」だ。撤退しなければならない。たとえジャンヌ自身の「死」の運命が確定するとしても——。

だが。

「……しまった……エリクシルが……切れ……て……」

ジャンヌの体内のエリクシルは、姫騎士たちとの激闘によって、消耗《しょうもう》し尽くしていた。

再加速して撤退することもできない。

この時、ジャンヌは「死」を覚悟した。

負けるために戦うという絶望から立ち直って戦った。でも、どの選択肢を取ろうとも、結末は同じだった。やっぱり、わたしは「生贄の子羊」として殺されなければならない運命に。

「脚の傷の再生が、止まった！」

「ユリスの力が切れたのね」

「捕らえなさい！」

脚が焼けるように痛む。ユリスになっていた時には興奮のあまり感じなかった激痛が、今になって襲ってくる。

もう、立っていられない。

（……ごめんね、みんな……モンモランシ……）

水堀に転落しようとしたジャンヌの身体を、支えていたものがあった。

目には見えない、「空気の壁《ミュール・デール》」だった。

「間に合った、ジャンヌ！　わずかな間だけだが、こいつら金羊毛騎士団の連中を『空気の壁』で包囲して動きを止める！　撤退するぞ！」

モンモランシだった。

「……モンモランシ……？　まさか、指輪を……石を、飲んじゃったの？」

「いや！　飲んじゃいない、『バビロンの穴』を開く『力』は使えないからだいじょうぶだ！　お前を守りたいと祈ったら、勝手に壁ができあがっていた！　指輪を持っているだけで、この程度の『力』ならば使えるようになったらしい！　どうやら指輪は、俺を正式な所有者と認めたようだな！」

モンモランシは、かつてオルレアンでも「空気の壁」を用いてジャンヌを守ってくれた。

しかし、あの時よりもはるかにユリスとしての「力」が増している。

「たかが、硬化させた空気など！」

「五体の骨が粉砕されようとも、突破してみせる！」

「疑似聖杯の硬度をもってして、壁を粉砕する！」

見えない結界に閉じ込められた金羊毛騎士団の姫騎士たちが、自らの頭を打ち付け、あるいは剣を振るって結界を破ろうとする。

だが、いたずらに身体を損傷するばかりで、突破できなかった。

モンモランシの「力」が以前より増している理由は、ジャンヌにもわからなかった。

確実なことは――「力」を全力で振り絞っているモンモランシの犬歯が今までよりも長く伸びているということだけだ。

あの指輪を飲んでいないのに？　宝具《ホリック》の型に加工してもいないのに？

それは、とても悪いことのように、ジャンヌには思われた。

なにか、とてつもなく悪い運命が、モンモランシに降りかかろうとしているかのような。

「ジャンヌ。いったん撤退して脚を治療するぞ。エリクシルを補給すれば、すぐに治る。俺の『力』は飛躍的に強くなった。あいつらはしばらく動きが取れねえ。俺の背中におぶされ！」

ジャンヌは、馬上から手を伸ばしてきたモンモランシに、自らの小さな手を重ね合わせ、握りしめていた。

「……勝手に出撃して、ごめんね……モンモランシ……仲間を……たくさん怪我《けが》させて、死なせちゃったよ……わたし……やっぱり……ブルゴーニュ軍には、勝てないよ……」

「いや、まだ戦いは序盤だ。ここからは作戦を立てて組織的にパリを攻略しよう。シャルロットがそろそろ前線へ到着する。だいじょうぶだ、ジャンヌ！」

モンモランシ率いるジル・ド・レ騎士団。

さらに、ラ・イルとザントライユが率いるガスコーニュ傭兵団。

続々と、サントノレ門戦線へと援軍が駆けつけ——。

乙女義勇軍の男たちも、壊滅を免《まぬか》れた。

かくして、両者の間での戦闘はいったん中断となった。

時間にして三十秒以上もの間、モンモランシは金羊毛騎士団の姫騎士たち全員を「空気の壁」の内部へと閉じ込めていたのである。

「モンモランシ！　なんだよ。見えない結界を張りやがって。『必中《ク・ディレクト》』の力を乗せたあたしのマスケット銃の弾《たま》が連中に当たらないじゃないか！　ユリスの力を無駄使いしちまった！」

ラ・イルが「どれだけ硬いんだよ、あの空気の壁は？」とジャンヌを背負って最前線から帰還してきたモンモランシに文句を言ったが、モンモランシは「さあな。俺にもわからない」と苦笑いを浮かべるばかりだった——が、その口元の「犬歯」を見て、さすがのラ・イルも「えっ!?」と声をあげていた。

「モンモランシ。おおお前。なんだか、獣《けもの》みたいな鋭い牙《きば》が生えて……オルレアンの橋《ポン》の上で見た時よりもやばくなってねーか？　それって、『石』の副作用じゃないのか？　だいじょうぶなのかよ？」

「……一時的なものだ。ユリスの力を使わなければ、犬歯はいずれ元に戻る。気にするならラ・イル。村に引き返してジャンヌを治療したら、そのまま作戦会議を開くぜ」

「でも。お前、エリクシルの『器』なんだろう？　石を飲まなくても『力』を使えるようになったなら……お前が暴走しても、あたしが弾を操って口から石を吐かせて、人間に戻すという救出方法はもう使えないぞ？」

「いや。石の力をすべて引き出せるわけじゃない。以前やらかしたようにソロモンの指輪を間違って飲み込まなきゃ、問題はないさ。遠くへ石を運んじまえば、力は無効になるしな」

「遠くにって、どこまでだ？　神々を召喚して暴れるお前からどうやって石を奪う？」

　モンモランシの背中におぶさっていたジャンヌは、脚の傷口から全身へと響いてくる激しい痛みと戦いながら、モンモランシが徐々に取り返しのつかない運命へと進んでいる予感に憑かれていた。

　理由はわからないが、モンモランシの「力」は、明らかに以前よりも強くなっている。が、それは一時的とはいえ犬歯の肥大というおぞましい「等価交換《ソ・ドゥ・サロモン》」を支払った上での強さだ。

　モンモランシは、最後には自分を救うためにソロモンの指輪を飲み込んで文字通りの「魔王」になってしまうのではないだろうか？

　これ以上モンモランシに「力」を使わせてはならない。戦争を続けさせてはならない。そんな気がしてならなかった。

　だが、ジャンヌ自身が《聖女》として戦う限り、モンモランシはジャンヌを守るためにともに戦い続けるだろう。ジャンヌに仕える「錬金の騎士」として。どれほど裏切りの騎士と罵《ののし》っても、いざとなれば愚直に駆けつけてきて、なにを犠牲にしてでもジャンヌを守り続ける。

その先には、モンモランシの破滅が待っている。ジャンヌ自身は、モンモランシが「石」の副作用に心を黒化《ニグレド》されて魔王になろうとも、モンモランシを決して見捨てたりはしない。だが、世間の人々は……「現実の世界」、「人間の世界」に生きる人々は……モンモランシを、「怪物」と恐れ、狩ろうとするだろう。

（やっぱりわたし……敗れ去る運命にあるんだろうな……後ろへ逃げても、前へと突き進んでも、どちらにしろ「生贄の子羊」になる運命からは逃れられないよ……この戦いで、仲間たちがたくさん死んだり怪我しちゃったのも、わたしのわがままのせいだよね。ごめんね……）


負傷したジャンヌを背負ったモンモランシたちは、いったんパリ郊外の村へと退却した。

パリでの戦闘は、わずかな時間だった。全体的に見れば死傷者の数はさほどでもない。

まだまだ序盤戦である。

こっそりエリクシルを補給されて回復したジャンヌを中心に、ただちに作戦会議が開かれた。

「金羊毛騎士団の姫騎士たちがパリに入っているのが痛いな。だが、俺は指輪を飲まずとも『空気の壁』を使えるようになっている。オルレアンで飲んだ時に、指輪の所有権を手に入れていたのかもしれない。いや、あるいは……」

あるいは、に続く言葉を、ジャンヌは恐れた。もしかしたらシャルロットとの「儀式」とは、モンモランシの「力」を増大させる儀式だったのかもしれない。だが、モンモランシは「力」を増大させると同時に、人間ではないなにかに近づいているような……。

「おめーほんとにバカだなーっモンモランシーっ！　さっさと気づけよーっ！　パテーでだって、その力を使おうと思えば使えていたんじゃねーのかっ？」

「ザントライユ、済んだことだ！　混ぜっ返すな！　ラ・イルのマスケット銃に、俺の『空気の壁』、そしてジャンヌの加速。対ユリス戦に有効な、火力攻撃・防御・速度という三つの力がすべて揃った！　数では金羊毛騎士団のほうが勝るが、三人のユリスが連携すれば突破してパリ市内へ突入することができるぜ！」

「しかし、ジャンヌを決して戦わせるなとシャルロットは、いいえ、女王陛下《へいか》は仰《おお》せでしたが……いいんですか、モンモランシ？」

「アランソン。俺もそうしたいが、金羊毛騎士団がいる限り、ジャンヌの加速の力を用いなければ攻略は難しい。だいじょうぶだ、俺は強くなっている。文字通りの錬金の騎士として誇れるほどに。俺の『空気の壁』の結界で金羊毛騎士団を足止めし、ジャンヌを守る！　そして解除すると同時にラ・イルの必中のマスケット銃で、金羊毛騎士団を仕留《しと》める」

彼女たちだって、もともとはこの戦争に絶望して金羊毛騎士団に入った戦災孤児だったはずなのに、今のモンモランシはまるで躊躇《ちゅうちょ》していない。ほんとうのモンモランシは誰よりも優しい人だったのに。わたしが彼女たちに傷つけられ捕らえられようとした光景を見たからだ。モンモランシは、わたしに勝利を届けるため、わたしを救い守るためならば、どんな戦いであってもいっさい躊躇しない人になってしまう、とジャンヌは再び震えた。

だが、たしかに「勝機」は見えてきた。

ここでアランソンが、リッシュモン譲りの戦略眼を発揮した。アランソンは実戦を重ねるごとに成長している。いまや戦術立案能力に関しては、モンモランシよりもアランソンのほうが一枚も二枚も上回っていた。しかも、今のアランソンは戦場での死を恐れない。ジャンヌのためならば、冷静沈着さを保ったままどのような死地にでも平然と飛び込める、そんなひとかどの「騎士」になっていた。

「ならば僕は、決死隊を率いて水堀に橋を築きましょう。ユリスの力には稼働時間の制限がありますから、難関である水堀を乗り越える段階までは、あくまでも軍の組織力によって作戦を成し遂げるべきです。架橋《かきょう》した直後に、ジャンヌ、ラ・イルたちユリス三人衆を含めた奇襲部隊が突進します――これでどうでしょう？」

「いいなアランソン。どこから奇襲しても金羊毛騎士団の連中はユリスの力を放ってすぐに駆けつけてくるだろうが、大兵力を誇る一般兵たちの裏をかければ、その分戦闘は有利になる」

難敵の金羊毛騎士団さえ攻略し、あとは数々の戦場でともに戦ってきた歴戦の勇者と兵士たちが連携すれば、パリは早晩攻略できる。悲惨な攻城戦《こうじょうせん》に移らずとも、金羊毛騎士団という大戦力を削《そ》いでしまえば、パリ市民たちも諦めるだろう。最終的には平和裏に開城させられる。

それで、この長い長い戦争は、終わりへと近づく――。

そのはずだった。

しかし、そうはならなかった。

ジャンヌの身を案じながら最前線へ合流したシャルロットが、ジャンヌの負傷をラ・トレムイユから知らされるや否や、

「嘘でしょう？　向こうにはまだ、金羊毛騎士団の生き残りがいるというのに……！　絶対にジャンヌを前線に立たせない、戦わせないという話はどうなったの？　いやあああああっ！」

と恐慌状態に陥り、すかさず「この戦いは中断いたしましょう」とラ・トレムイユに勧《すす》められるがままに、

「パリ攻略は中止。全軍、ロワール方面へと撤退。遠征軍は解散」

との王命を即座に下したからだった。

アランソンが開始していた架橋作戦すら中止を命じられ、なおもアランソンが「冗談じゃありません！　王命とはいえ、聞けませんね！」と命令をはねつけたため、造りかけの橋を味方であるはずのフランス軍本隊に破壊されるという異様な事態となった。

ここにパリ攻略戦は、わずか一日で中断されたのである。

※

後方へと退却した遠征軍本陣――教会の聖堂で。

「女王陛下。恐れながら、撤退命令には従いかねます。緒戦《しょせん》ではたしかに金羊毛騎士団の残党出現によって苦戦しましたが、サントノレ門を攻略するめどはすでに立っているんです！　僕とモンモランシとで、具体的な戦術も練っています。あと一ヶ月、パリ攻略の時間をください。ブルゴーニュと和睦《わぼく》を結ぶだけでは、パリは奪回できません。たとえフィリップがパリの明け渡しを認めても、イングランドのベドフォード公が認めるはずがないからです！」

いつもは冷静沈着なアランソンが、シャルロットに猛抗議を繰り返していた。まるで従姉《いとこ》のリッシュモンの情熱が乗り移ったかのような激しさで。架橋作戦を力ずくで中止されてしまったことが許せないらしい。

「そうだよ。ジャンヌを怪我させちまったのは、あたしたちの手落ちだったけどさ。これからは問題ない。モンモランシがユリスとして強くなったからな。指輪を飲まずに『空気の壁《ミュール・デール》』を操れるようになったんだ！　だから、パリは落とせる！　ブルゴーニュと和平協定を結ぶのはパリを奪回してからだ！」

「細かいことは俺にはよくわかんねえけどよーっ！　俺たちがイングランド軍と何十年戦ってると思ってんだよ？　敵さんの一方と和平を結ぶだけで王都が戻ってくると思ってるんだったら、女王陛下、あんたお人好しにも程があるぜえ！　ジャンヌちゃんとモンモランシを信じろ！　あと、愛《いと》しのエチエンヌもなーっ！」

「シャルロットさま……い、いえ、陛下。ランス戴冠を果たした今が、パリを奪回する絶好の機会です。今を逃せば、この戦争はさらに長引きますよう。難敵の金羊毛騎士団はパテーで消耗しているんです。時間を与えれば完全に回復してしまいます。ここで退《ひ》くのはいたずらに戦争を長引かせる悪手ですよ。さらに何十年も続くことに」

ラ・イルも、ザントライユも、シャルロットに副官として付き添っているバタールも、みんなこの突然の撤退命令を承服しかねている。

しかし、フランス女王「シャルル七世」となったシャルロットは、誰になんと言われようとも首を縦《たて》に振らない。

「ジャンヌを決して戦わせないと約束したはずよ。あなたたちはその約束を守れなかった！」

シャルロットは震えながら全員を叱責《しっせき》した。激しい怒りと恐怖に、シャルロットは囚《とら》われている。ジャンヌ負傷という事態を前にしたシャルロットは、正常な判断力を失っていた。

「あげく、ジャンヌに怪我をさせて……もしも敵方に捕らわれていたら、どうなったと思うの？　もしもイングランド軍がジャンヌを捕らえたら、どれほどの身《み》の代金《しろきん》を積んでも決して解放しないわ。異端裁判にかけて魔女として焼き殺すに決まっている。大敗を繰り返しているイングランド軍が形勢を立て直すには、《魔女》ジャンヌを殺す以外にないのだから……だから！　シャルは二度と、ジャンヌを戦わせない！」

シャルロットにとっては、少女時代の思い出の地パリへの帰還よりも、無二の親友にして「女王陛下に仕える騎士」ジャンヌの命のほうがだいじだったのだ。

「僕は断じて承服できません！　陛下はこの仏英戦争をなんだと思っておられるのですか!?　ジャンヌも僕たちも、ともに戦ってきた兵士たちも、この長い長い厄災《やくさい》を終わらせるためにイングランド軍を大陸からブリテン島へ追い払おうとこれまで戦ってきたんですよ。あと一歩なんです。パリさえ奪回してしまえば、そこからは外交でもなんでもやればいいんです！　パリをイングランドに押さえられたまま外交だけで戦争を終わらせるなんて、不可能ですよ！」

　誰よりも激しい怒りを発している者は、意外にもアランソンだった。

　モンモランシですら説得できないシャルロットを、執拗《しつよう》に問い詰め続けた。

「陛下。これは、ジャンヌのためです！　オルレアン、パテー、ランスとジャンヌは奇跡を起こし続けました。だが、ひとたびパリ攻略に失敗してしまえば、その《聖女》としての名声も民《たみ》からの期待も地に落ちてしまいます！　最高潮に達しているフランス軍と人民の士気が低下してしまいます。翻《ひるがえ》ってイングランド軍は、ジャンヌは《聖女》でもなんでもなかったと勢いづきます！　ジャンヌを守りたいというのならば、彼女に『パリ攻略に失敗した』という黒星をつけさせたまま、戦場から遠ざけるのは愚策中の愚策です！　ジャンヌは勝ち続けなければならないのです！」

　モンモランシには、そこまではとても言えなかった。シャルロットの気持ちもわかるのだ。たしかに、今日の戦闘は危うかった。もしも、突如としてモンモランシが「空気の壁」を操る力に目覚めていなければ……ジャンヌが救われたのは、ほとんど幸運といっていい。

「シャルロットの気持ちは嬉しいけれど、パリを奪回しなくちゃ戦争は終わらないよ……それに、危険なのはわたし一人じゃないんだよ。みんな、命を懸けて戦っているんだよ？」

　聖堂の隅っこで〈わたしのわがままと激情のために、仲間たちが大勢傷ついたり死んだりした……）とうなだれていたジャンヌが、口を開いた。（モンモランシとシャルロットが密通した。許せない）という「私情」によって戦端を開いてしまったのはジャンヌ自身だ。だから、今まで黙っていた。が、アランソンとシャルロットがこのままでは決裂してしまうと案じて、意見を挟もうと決めたのだ。

冷静さを取り戻したジャンヌは、自分がシャルロットの戦略を破綻《はたん》させていることに気づいている。

だから、どうしても戦闘継続を強くは主張できなかった。

しかしそれでも、「パリ」だけはどうしても女王のもとに奪還しなければならない。なんとなれば、パリはフランス王国の王都なのだ。王都を失ったままの女王など、不安定な立場であることに変わりはない。

パリ奪還なくして、終戦はない。

そのことは、アランソンの言葉を通してはっきりとジャンヌにも理解できた。

だから、ジャンヌは胸の痛みに耐えながら「戦闘継続」を主張しなければならなかった。

シャルロットは、「これ以上人の血を流したくない。戦いたくない」という思いと「戦わなければならない」という義務感の板挟みになっているジャンヌを見かね、思わずジャンヌのもとに駆けよっていった。

脚の治療のため、甲冑を外して身軽になっていたジャンヌの細い身体を、そっと抱きしめる。

「……ジャンヌ。金羊毛騎士団は倒しても倒しても次々と補充されるのよ。いちどパリを奪回しても、フィリップがその気になれば守り通せないわ。少なくともリッシュモンが戻ってくるまでの間は、ブルゴーニュとは和平を結ばなければいけないの」

「でも、シャルロット」

「シャルとフィリップとの間で、ラ・トレムイユを介してブルゴーニュとの和平交渉を再開するわ。パリをフランスに返還してもらう代わりに、こちらはコンピエーニュをブルゴーニュへと返還する。シャルはいまやフランスの女王。女王としてジャン無怖公暗殺の罪を正式に謝罪し、フィリップとの遺恨《いこん》をきれいに清算するの。シャンパーニュ地方をブルゴーニュに割譲《かつじょう》することになるけれど、それでもいい。あなたの命には代えられない。フィリップは、なぜかジャンヌを執拗《しつよう》に狙っているから……フィリップにはフランスを滅ぼす意図はないし、パリの防衛にも興味はない。パリを餌《えさ》に、あなたを捕らえようとしているのよ」

「……でも。フィリップが、わたしを狙っている理由は……わたしがいる限り……シャルロットとフィリップは和解できないよ……」

「いいのよジャンヌ。相手がたとえフィリップであろうとも、決してあなたに手出しさせない。こんどは、シャルがジャンヌを守る番よ。だいじょうぶ。シャルに任せて。いずれ新たな『賢者の石《ピエール・フィロゾファル》』が手に入ったら、シャル自身がユリスになってジャンヌの代わりに戦うから」

　じゃあ、やっぱりシャルロットはモンモランシとベーゼをかわしたんだ、と思うと、ジャンヌの胸がずきんと痛んだ。

　エリクシルを手に入れるには、モンモランシとベーゼする以外に方法がないはずだ。

例外は、疑似聖杯《グラール》からフィリップによって疑似エリクシルを与えられている金羊毛騎士団の姫騎士たちだけである。

「……モンモランシが奥さんに赤ちゃんを孕ませたのに、シャルロットはそのことは怒らないんだね」

「ジャンヌ。世継ぎを残すのは貴族の義務だから……世継ぎ不在こそ、家を乱れさせる最大の元凶になるんだよ。ヴァロワ王家も、そうだった。本家であるカペー家が断絶したために、この戦争がはじまってしまったんだから」

「そうなんだ……貴族って、面倒なんだね……わたしは、村娘のままでいたかったな」

「それに、モンモランシはジャンヌに仕える騎士《シュヴァリエ》よ。あなたを裏切るようなことは絶対にしていないわ。奥さんが身籠《みご》もったという赤ちゃんはきっと……それに、シャルとモンモランシだって、あなたを裏切ったりはしてないと誓うわ。ジャンヌ。あなたはなにか誤解しているの」

「……じゃあ、シャルロット？　戴冠式の前夜に、なにがあったの？　ほんものの『聖油《クレーム》』を手に入れたんだよね？」

「そ、それは、公《おおやけ》の場では口にはできないわ。それに、モンモランシの承諾《しょうだく》がなければ……」

シャルロットが、二人を見守っているモンモランシに視線を送った。

モンモランシは（ここじゃ人が多すぎる。打ち明けるならば、誰もいないところでなければ）と目で訴えていた。

なにしろ、この場にはモンモランシ失脚を狙っているラ・トレムイユがいる。一緒に戦ってきた仲間たちはともかく、モンモランシがヴァンパイアになってしまったことをラ・トレムイユに知られれば、モンモランシは「異端の黒魔術士」としてこんどこそ逮捕され処刑されてしまう。そうなれば、むろんジャンヌも同罪だ。

そうね、とシャルロットがうなずく。

ジャンヌは、（言葉なしに視線だけで会話している。やっぱり二人の間には、幼なじみという関係を越えた深い絆《きずな》が）と痛感し、また痛みはじめた小さな胸を押さえた。

これが、「嫉妬」……そっか。シャルロットには「嫉妬心」がないんだね。ううん。あったとしても、とっても薄いんだ。だから、モンモランシが赤ちゃんを作ったと聞いても動揺していないんだ。やっぱり、生まれながらの王家のお姫さま。女王さまなんだ……。

「ジャンヌ。遠征軍はここで解散。お互いに、しばらく心身を休めて冷静になりましょう」

わたしは勝利を得られず、「死に時」も逸した。パリも奪回できず、「生贄の子羊」としてゴルゴダの丘に登る機会も失った。これじゃ、戦争はずっとずっと続くよ。わたしが後方でぬくぬくとシャルロットに守られて過ごしている間に、もっともっと多くの人たちの血が流れる。それにシャルロットが「賢者の石」を手に入れてユリスになったら、シャルロットとフィリップが互いに戦場で殺し合うことになってしまう。

シャルロットの騎士であるわたしのために、シャルロットを幼なじみと戦わせることに。

（ダメだよ、そんなの）

わたしはこれからどうすればいいんだろう。やっぱり死にたくはないよ、モンモランシやシャルロットたちと永遠にお別れするのは怖い。でもこのままなにもしないで貴族として生き続けるだなんて、そんなのはわたしを《救世主》や《聖女》と信じて戦争終結という希望を抱いてくれたフランスの人々に対する「裏切り」でしかない……とジャンヌが途方に暮れていると。

ころはよし、と見た和平派筆頭《ひっとう》のラ・トレムイユが、すっ……とモンモランシたち抗戦派の面々の前に歩を進め、

「武断派諸君。ランスへの行軍で、陛下の王室は軍資金を使い果たした。もう、この一万を越える遠征軍を維持する銭が国庫にはないのだよ。タダで働く傭兵《メルスネール》などいないのだから。従って、どのみち遠征軍は本日をもって解散するしかないのだ」

と、せせら笑っていた。

「ジャンヌが戦線に出撃して負傷した」という一報をシャルロットのもとに届けたその瞬間、和平派のラ・トレムイユは抗戦派との政争に勝ったのだ。

ラ・トレムイユは、ジャンヌが戦場のただ中でエリクシルを涸らして危うく捕縛されかけた、と知って混乱し恐慌に陥ったシャルロットの耳元に「ここから先はこのラ・トレムイユにお任せあれ、陛下。いっそ遠征軍を解散してしまいましょう」と吹き込んで、「遠征軍解散」を即座に宣言させてしまったのだ。

なにがなんでも、ラ・トレムイユは戦争を回避して外交だけによって「勝利」を収めるつもりだった。なにしろパテーではあの憎むべき政敵リッシュモンが大活躍するさまを見せつけられ、幼い頃からの宿敵と言っていいモンモランシはこともあろうにフランス軍の元帥《げんすい》に抜擢《ばってき》さ

れている。ラ・トレムイユはすでに、フランス王家のために働いているというよりも、「和平による解決」という自分自身の信念に固執している。現実など、半ば見失っていた。

進軍中のシャルロットは、「ジャンヌが。ジャンヌが捕らわれて殺されてしまう」と青ざめて震え続けていた。とても政策を判断できるような状態ではなかった。かろうじて生還したジャンヌとこうして聖堂で再会するまでは、ほとんどまともに会話をすることすらできないくらい狼狽していたのだ。

故に――。

シャルロットの名前によってこの聖堂でラ・トレムイユが下した「王命」は、すべてラ・トレムイユ自身が私怨《しえん》によって捻《ひね》りだしたものだった。

「ブルゴーニュとの和を乱す元凶となっている遠征部隊は、ただ今をもって解散。王都パリは、わたくしがフィリップさまと交渉して平和裏に開城させてみせよう。アランソン公とガスコーニュ傭兵隊たちには、それぞれの手勢を率いてイングランド軍の本拠地・ノルマンディへの遠征を命じる。バタールはオルレアンへと帰還して、オルレアン公の代行として再び守備隊長の任務に戻るよう。モンモランシは、そうだな、奥さんが間男と密通していないかどうかを確認するために、故郷へいったん引き返してみるのがよかろう。貴殿は巨万の富の持ち主だ。このままでは、どこの誰の子種かもわからん嫡子に資産を奪われるぞ。貴殿が『子作り』などできるとは、わたくしも陛下もにわかには信じがたいのでね……そして、パリ攻略に失敗したジャンヌ・ダルクには」

戦線からの離脱と無期限の休養を命じる。以後、王命なくして戦場に立つことを認めない。これは陛下の絶対命令である、とラ・トレムイユは宣告した。

これは完全な「左遷《させん》人事」だった。ジャンヌを中心に戦ってきた遠征軍の面々をばらばらに引き裂いて、二度と合流できないようにしてしまう。それがラ・トレムイユの狙いだった。

女王の命令には耐えてきたが、この時点で遠征軍の解散と分断を決めた張本人がラ・トレムイユだと気づき激昂《げっこう》したラ・イルとザントライユがラ・トレムイユに詰め寄った。

「待てよ、おい！　このうらなり野郎！　ジャンヌが失敗したんじゃない！　てめーらが勝手に撤退を決めただけじゃねえか！　あたしはこんな愚策中の愚策、認めねえからな！」

「そうだそうだ！　だいいち、遠征軍を解散しちまって、俺らの手勢だけでノルマンディを攻めろだとぉ？　ノルマンディの都ルーアンをそんな少人数で落とせと言うのかよう？　無茶言うんじゃねえ、このド素人《しろうと》がああああ！　しかも！　モンモランシとジャンヌを引き離そうたぁ、どういう魂胆だ！」

だが、

「もともとランス戴冠のあと、フィリップさまと陛下との間で和平交渉が成立してパリは平和裏に返還される予定だったのだよ。諸君が暴走して話をぶち壊してくれたにすぎないのだ。わたくしは、乱れた政局を元に戻すだけだ」

とラ・トレムイユは自信たっぷりに胸を張っていた。

　なにしろ、シャルロットがジャンヌを戦場に立たせることに異常なほど恐怖するさまを、ラ・トレムイユはその目で見ている。もはや抗戦派の諸将がなにを言おうとも、シャルロットはうなずかない。まして、ジャンヌをパリ攻略戦の主力として用いようなど、論外である。

　ラ・トレムイユには「こんどこそわたくしが主導権を握った」という自信があった。

　なによりも、あの「天敵」とも言える正義の人・リッシュモンがいないのだ。

　リッシュモンがいれば、ジャンヌがたとえ王命を受け入れようとも、「今ここでパリを落とさなければ戦争はさらに長引くんだ！」と退かなかっただろう。誰と対立しようとも自分の中の「正義」を絶対に貫《つらぬ》こうとするあの姫騎士《シュヴァリエール》ならば。いよいよとなれば、ラ・トレムイユを斬り殺しかねない。

　しかし、アランソンやバタールは違う。どれほど怒ろうとも、そこまでの激烈さ、果断さはない。良くも悪くも貴族育ちなのだ。リッシュモンのほうが異常と言っていい。

　そして、厄介《やっかい》なモンモランシは「嫡子問題」が生じたために、今はジャンヌに対して強く出られない。実の兄妹以上に親密だったはずのジャンヌとモンモランシの間に微妙な距離が生じていることを、ラ・トレムイユは見逃さなかった。

　少なくともリッシュモンが戻ってくるまでの一年間——怪《あや》しげな修行とやらが一年で済むかどうかもわからないが——ラ・トレムイユがついに取り戻した宮廷における主導権を手放す恐れはなかった。致命的な失策さえ犯さなければ。

そう。

「ジャンヌを失う恐怖」

にシャルロットが取り憑かれている限りは。

「たしかに、諸君が暴走してパリを攻撃したことによって、話がこじれた。ブルゴーニュとの和平はすぐにはまとまらなくなったかもしれない。フィリップさまは、どういうわけか《乙女》ジャンヌに固執されておられるのでね。ただ……モンモランシとジャンヌを引き離してさえおけば、今いちど聞く耳を持ってくれる。再び交渉のテーブルに着いてくれそうなのだよ。わたくしにも、フィリップさまの真意はよくわからないのだが、異端の疑惑があるジャンヌを戦線に留《とど》める限りフランスとブルゴーニュの戦いは終わらない。それだけはたしかだ」

ジャンヌには、よくわかっている。フィリップがどうして自分にこだわり続けているのかが。それは、ただフィリップが敬虔《けいけん》なカトリック教徒だからではなく……。

（ほんとうにパリが戻ってくるかもしれないのならば、わたしはしばらく、我慢しなくちゃ。戦うのは、交渉ではパリは戻らないと確定した後……結局は戦うことになるとしても……それに、これ以上シャルロットを困らせたくない。こんなにも、怯えてる。わたしのために……）

わかったよ、戦線から外れる……とジャンヌがうなずいたために、ラ・イルもザントライユもそしてアランソンも、それ以上抗議することはできなかった。

「おや。ずいぶんとしおらしくなられたようだ、《乙女》。すでにあなたはフランスのれっきとした貴族の一員にして陛下の姫騎士。いくらわたくしといえども、《聖女》ジャンヌ・ダルクを追放したり殺したりはできん。だが、ブルゴーニュやイングランドの刺客《しかく》があなたを襲う可能性はある。そうなれば、わたくしが陛下からお咎《とが》めを受ける。それこそ、陛下のご不興を買って処刑されてしまうだろう。陛下はそれほどにあなたを案じておられるのだ。故に、あなたをしばらく安全圏のブールジュに匿《かくま》わせていただく。永遠に、とは言わんよ。モンモランシが実家のごたごたを片付けるまで、だ。その間に、わたくしは政治生命を懸けて必ずフィリップさまとの和平を成立させよう。それでよろしいか、モンモランシ？」

「ブールジュはパリを失陥《しっかん》して以来、事実上のフランス王国の王都だ。たしかにもっとも安全な場所だが……罠じゃないだろうな？」

と、モンモランシが念押しした。

モンモランシも、本心ではジャンヌをできれば戦場に立たせたくないのだ。だからこそ、ついに説得に折れてパリよりもジャンヌを取った。

この選択がかえってジャンヌの運命を確定してしまうことになるとは、モンモランシも、そして二人にとっての仇敵《きゅうてき》であるはずのラ・トレムイユも、知る由《よし》もない。

ラ・トレムイユとしても、モンモランシとジャンヌを引き離している間は、モンモランシに成り代わってジャンヌの安全を保障しその身柄と命とを守り続けなければならないのだ。

「ふん。罠なものか。ジャンヌを害すれば、陛下は激怒なされるし、貴殿もためらうことなくわたくしを殺すだろう。わたくしは、貴殿の本質を誰よりもよく知っているからな……わたくしが陛下と貴殿から『殺すべき悪党』と断罪されて死ねば、フランス王宮は武断派に乗っ取られてしまい、果てしない戦いの道を突き進むばかりだ。そんな愚かな真似などせんよ。むしろ逆だ。この停戦期間中、姫騎士ジャンヌ・ダルクの命を守り通さなければ、わたくし自身が破滅してしまう」

「……皮肉なもんだな」

「ふん。仕方がない。そもそも、貴族と平民とでは身分が違う。すでにれっきとした貴族となったジャンヌ・ダルクは丁重に扱われねばならん。それが世の定めだ……それほど心配ならば、さっさと奥方との問題を処理することだな。ジル・ド・レ騎士団を乗っ取られれば、それこそ戦いたくても戦えんぞ。帰郷を急ぐのだなモンモランシ」

ラ・トレムイユもまた、（妖精と少女を連れ歩いてフランスを彷徨《さまよ》う「永遠の子供」になり果てたモンモランシが妻を懐妊させせられるはずがない。赤髭のジャン絡《がら》みの、なんらかの陰謀だろう）と推測している。

「この件が騎士団と資産目当ての陰謀だとしたら厄介かもしれないよモンモランシ。あなたは王家よりも裕福な、フランス有数の大富豪なんだから。しかも、ニコラ・フラメルに並ぶ高名な錬金術師《アルシミスト》でもある。賢者の石をモンモランシが手に入れているという噂はもう、フランスだけでなくヨーロッパ中に広まっているの。いつ何時《なんどき》、テンプル騎士団がそうなったように、陰謀に巻き込まれて資産を奪われるかわからないよ。イングランドの手が伸びているのかもしれない。もしも手に負えない事態になったら、シャルと王室が力になるから」

この「嫡子問題」が発生していなければ、モンモランシは断固としてパリ攻略を主張し続けていただろう。ジャンヌを危険な戦地に立たせるという、己の気持ちに反する決断をしてでも、なお。だが、今は「嫡子問題」の渦中にいるカトリーヌが心配だった。赤髭のジャンは、資産を守るためならばなんでもやる男だ。その不安が、ほんとうはジャンヌを戦場に立たせたくない、というモンモランシの感情を後押ししていた。

「ジャンヌ。俺はこのごたごたを片付けたらすぐに戻る。少しの間だけ、おとなしく待っていてくれ……老い先短い赤髭野郎が錯乱して最悪の事態になっていなければいいんだが。やれやれだぜ」

「……うん。早く戻ってきてね……モンモランシ」

わたしもモンモランシの赤ちゃんを産みたかったたな、でももう、その夢は決して叶うことはないんだよね、とジャンヌは思った。泣きたくなるほどに、哀しかった。

すぐに戻る、とモンモランシはジャンヌに約束した。

遠征軍は——解散された。

ジャンヌの不敗伝説は、この瞬間に終わりを告げたのだった。

ジャンヌの「運命」が成就《じょうじゅ》するまで、あとわずか。

Ⅱ　幕間　サンティアゴ・デ・コンポステーラ

ピレネー山脈を越えた、イベリア半島。

カスティーリャ王国。

古代ローマ時代に、ヒスパニアと呼ばれた土地。

後《のち》の「スペイン」である。

この「レコンキスタ」を戦い続けてきたヨーロッパの南西部では、熱烈なカトリック信仰が根付いていた。イスラームとカトリックの長い長い激戦が、この地に住まう人々の宗教感情に火をつけたと言っていい。しかも、イベリア半島におけるレコンキスタはなお終結してはいないのだ。まだ、イスラーム陣営の最終拠点《きよてん》・グラナダが残っている。

数十年前、カスティーリャは仏英戦争に巻き込まれ、フランスとイングランドの代理戦争の地となった。かの百年戦争前半戦の二大英雄――エドワード黒太子《ブラック・プリンス》とベルトラン・デュ・ゲクランは、このカスティーリャを舞台に華々しく戦ったのだ。このため、レコンキスタはしばらく停滞し、グラナダを陥落《かんらく》させるに至っていない。

そのイベリア半島に、カトリック教徒にとっての聖地サンティアゴ・デ・コンポステーラがあった。サンティアゴ・デ・コンポステーラには、聖ヤコブの墓があると信じられていたのだ。かつては、このサンティアゴを目指して、フランスから大勢の巡礼者が訪れていた。

しかし今は、仏英戦争の混乱のために巡礼者の数は激減している。

その、サンティアゴの大聖堂に――。

名前を変えて、死んだはずのニコラ・フラメルが「使用人」として隠棲《いんせい》していた。

大聖堂に吊り下げられている巨大な香炉・ボタフメイロは、振り子のように揺れる。なぜ香炉がこれほどに巨大なのか。なぜ振り子なのか。この奇妙なイコンが「黒死病《ペスト》や赤痢《せきり》から守ってくれる」と巡礼者たちは信じていた。

ニコラ・フラメルは、このボタフメイロを管理する仕事に従事していたのである。

その老いたニコラ・フラメルの前に、小さな羽つき妖精が突然姿を現していた。その黒き妖精こそは、かつてテンプル騎士団がなによりも恐れてきた「賢者の石《ピエール・フィロゾファル》の守護者」だった。本来ならば、「賢者の石」の所有権を巡って「守護者」と「人間」とは戦わねばならない。が、もはや世を捨てたニコラ・フラメルにはそのような体力も気力も残っていなかった。

それに、「守護者」――アスタロトもまた、ニコラ・フラメルに敵意を抱いてはいなかったのだ。

「『賢者の石』を隠しているとすれば、この香炉じゃないかと思ったのよ。当たりだったようね。ニコラ・フラメル。あなたは、サンティアゴへの巡礼の途中で、カバラの師と出会って、錬金術《アルシミー》の奥義を見出《みいだ》したと言われている――そして今、フランスからサンティアゴへと至る巡礼路は、仏英戦争によって荒れ果て、巡礼者はわずかとなった。サンティアゴは、あなたが隠棲する地としていちばん適している」

妖精の女王・アスタロトに隠棲場所を突き止められたニコラ・フラメルは、しかし、

「昔、わが妻が、サンティアゴを巡礼したいと言いだしてな。思えばあれが、わしが錬金術師《アルシミスト》になる運命の岐路《きろ》じゃった。ここは妻との思い出の地じゃ。道が荒廃した今、すでにフランス人も訪れぬ……だが、羽を持ち空を飛ぶ黒き死の天使には関係のないことじゃったのう」

と落ち着き払っていた。

「黒き死の天使、というその不吉な呼び名はやめてちょうだい。ヘンリー五世を思い出すわ」

「なんの用じゃ？　わしはもう、現世を捨てた隠遁者《いんとんしゃ》じゃよ。フランスの戦場で『賢者の石』の力を手に入れたユリスたちが飛び交っている噂《うわさ》は聞いておる。さらなる石を求めに来たのか？」

「ええ。ランスで戴冠《たいかん》を果たしてフランス女王となったシャルロットに、賢者の石を与えるために来たのよ。フランスとイングランドの戦争を終結させるために」

「戦争終結のためとな？　ヨーロッパの再統一、古代ローマ帝国の復興などという悪夢のような野望を英雄たちに囁《ささや》き続けてきたそなたが、ずいぶんと変わったものじゃ」

「……わたしだって、長年生きているのだもの。変わることも、あるわ」

アスタロトはこれまで、「ヨーロッパの再統一」という妄執《もうしゅう》に憑《つ》かれて生きてきたと言っていい。が、モンモランシとの出会いによって、彼女は変わった。ニコラ・フラメルもまた、モ

ンモランシの「元師匠《もとししょう》」である。あるいはあの少年——すでに青年か——ともに過ごしたことで、この妖精の女王もほんとうに変わったのかもしれん、と信じた。

どのみち、アスタロトを「殺す」ことなど、誰にもできないのだ。

「ならば、情報提供くらいはせねばなるまいて。ただし、そなたがモンモランシを『ヨーロッパの皇帝』などという迷妄《めいもう》への道に導かないと約束してくれるならば、じゃ。モンモランシを目覚めさせてはならぬ。彼は統一どころか、ヨーロッパを滅ぼす魔王になる男じゃ。が、赤髭《あかひげ》のジャンも、わしも、モンモランシを殺すことはできなんだ……あれは、『善《よ》き人間』になろうと必死であがいて生きておる」

「ええ。今のわたしはモンモランシの『夢』のために働いているの。皇帝などにはさせない。約束するわ」

アスタロトは大きく揺れるボタフメイロの周囲を飛びながら、答えていた。

やはり、妖精の女王は変わった。人間の「夢」のために働く「女神」など、ニコラ・フラメルは想像したこともなかった。

「女王よ。そのボタフメイロの中には石はないぞ」

「ならば、どこにあるの？　今、賢者の石のうちの五つがフランスに。あと二つあるはず。ひとつはイスラームの聖なる星の欠片《かけら》『黒《ピエール・》石《ノワール》』でしょうから、手に入れられる石はあとひとつ。あなたが持っているのではないの？」

「たしかにわしは『アブラハムの書』を解読してエリクシルを錬成する秘儀に成功した。三度も、じゃ。しかし、敢《あ》えて石は手に入れなんだ。ユリスにはならなかった。妻が、わしに『人間であり続けてほしい』と懇願《こんがん》したからじゃ……むろんエリクシルの製法は誰にも漏《も》らしておらんよ。どのみち、男女が対《つい》にならねば完全なエリクシルは生成できぬ」

錬金術そのものが「異端」行為である。しかも、女性が錬金術師となるなど、カトリック世界ではありえない背徳行為なのだ。故《ゆえ》に、ニコラ・フラメルは自《みずか》らが解き明かした秘儀を隠し続けていた。教会に捕らわれて異端裁判にかけられることは明白だったからだ。

「女王よ。石のひとつはそなたの言うとおりイスラームの聖地メッカに祀《まつ》られている『黒石』じゃ。残る石は——」

アスタロトの記憶では、賢者の石は七つ存在する。

スペルリア、すなわちソロモンの指輪《ソ・ドウ・サロモン》。「傲慢《ごうまん》」の感情を増幅させる。古代エルサレム王国のソロモン王が、余剰《よじよう》空間「バビロンの穴」に封印されている七十二柱《はしら》の「神々」を召喚し使《し》役《えき》するために用いた最強の石。十字軍遠征の際、テンプル騎士団が東方で再発見してヨーロッパに持ち込み、テンプル騎士団総長の末裔《まつえい》であるモンモランシのもとにわたった。今は分割され、半分はジャンヌの身体の中に。半分はモンモランシが所有している。体内で無限にエリクシルを錬成できるという異常な力を持つモンモランシは、その半分のスペルリアを用いただけで、バビロンの穴を開くことができる。が、それは、モンモランシが「魔王」になることを意味する。決して開かせてはならない。

聖杯《グラール》。「色欲」の感情を増幅させる。古代ローマ時代の預言者にして救世主ジェズュ・クリが頭に装着していた、「治癒《キュール》」能力特化の賢者の石。ジェズュ・クリがひとたび死んでいながら蘇《よみがえ》ったという奇跡は、この聖杯の力がもたらしたものだ。エスカリボールの鞘《フロー》を失って「不死」の力を失ったアルチュール王は、円卓の騎士たちを総動員して聖杯を探求させた。やはりテンプル騎士団がエルサレムで手に入れ、ブルゴーニュのジャン無怖公《むふこう》を経由して娘のフィリップ善良公女が継承し、ユリスとなった。

聖槍《サント・ランス》。「強欲」の感情を増幅させる。「攻撃《アタック》」特化の石で、「所有したものに世界を征服する力を与える」と信じられている。古代ローマ帝国がジェズュ・クリの「伝導活動」の盛り上がりを恐れ、ジェズュ・クリを殺すために「ユリシーズ殺し」の兵器として改造した賢者の石。経緯《けいい》は不明だがイングランド王室の手に渡った。アザンクールの戦いに勝利し、英仏二重王国の王位継承権を手にしたヘンリー五世は、この聖槍の力を手に入れようとして死んだのだ。その後、あのオルレアンで「ユリシーズ殺し」グラスデールから聖槍を奪取したフィリップが、聖槍と聖杯の力を「融合《フュージョン》」して、疑似《ぎじ》聖杯による疑似ユリスの量産という恐るべきシステムを実現してしまった。二つの石の力を融合することで疑似ユリスの数を「増幅」できる——アスタロトですら知らなかった、イスラームの錬金術師が発見したおぞましい技術である。

聖剣《サント・サーブル》ジョワユーズ。「暴食」の感情を増幅させる。北欧ゲルマン民族がフランスへと持ち込んだ石で、北欧では「グラム」と呼ばれていた。アルチュール王に仕《つか》えた騎士《シュヴァリエ》ランスロはこの剣を「アロンダイト」と呼び、ユリスとなって円卓の騎士最強の座についた。フランク王国の伝説の王シャルルマーニュは聖剣ジョワユーズと名付け、ヨーロッパ統一戦に用いた。以後、聖剣ジョワユーズはフランス王室へと伝わり、現在はシャルロットから貸し与えられたラ・イルが所有権を持ってユリスになっている。

　魔剣《サーブル・マジック》エスカリボール。「嫉妬《しっと》」の感情を増幅させる。古代のヨーロッパ先住民族――ケルト人の間に伝えられてきた石。ケルトの英雄クー・フーリンが所持していた時代には槍《やり》の形をとっていて、ゲイ・ボルグと呼ばれていた。のちにブリテンの王・アルチュール王が所有した時には、魔術師メルランによって「攻撃」特化の剣と「回復」特化の鞘に分割されて強化され、エスカリボールと呼ばれた。メルランはエスカリボールを、天空に浮かぶ「天船《あまふね》」＝「黒騎士《ブラック・》の星《スター》」を操って地上を焼き尽くすことができる最悪の戦争兵器へと改造してしまったのだ。だからアスタロトは鞘を隠し、メルランをブロセリアンドの森へと封印しなければならなかった。しかし、「アルチュール王の再来」と信じられているブルターニュのリッシュモンが今、「黒騎士の星」を動かす力を手に入れてしまっている。その強大な力を制御するため、リッシュモンは一年間の修行を開始し、戦線から離脱している。

　黒石。「憤怒《ふんぬ》」の感情を増幅させる。「回復・治癒」系の力を持つ。イスラームの聖なる石であり信仰の対象。マルムーク朝の勢力下にある聖地メッカに祀られているが、強大化しつつあるオスマン帝国が聖地メッカを虎視眈々《こしたんたん》と狙《ねら》っているという。メッカはフランスからあまりにも遠く、しかも異教徒の聖地なので、黒石を手に入れることは現実的に不可能だった。

眠りから目覚めたあと、ここまでは把握している。

所在が明らかな石は六個。

石はあとひとつ、あるはずなのだ。

「女王よ。七つの石は、時代が進むごとに姿形も所有者も変わっておる。そなたが眠っている間にも、錬金術師たちは賢者の石を用いて研究・実験・改造を繰り返してきたからのう。わしが知っている限り、黒石以外にも、少なくともあと二つある」

「二つ？」

「ひとつは、『真の聖槍』じゃ。聖槍は、錬金術師の手で分割加工されて『複製』されておったのじゃ。複製品のほうは、フランスきっての聖遺物《ホリック》マニアじゃったルイ九世がコンスタンティノープルから買い取って、パリのサン＝レミ教会に安置しておった。もっとも、複製品と言ってもほんものの石を素材として用いておるから、力の総量に劣るとはいえ、性質はほんものとほとんど変わらなんだ」

なんですって？　アスタロトは思わず金きり声をあげた。

「聖槍が、二本？　しかもそのうちの一本が、パリに？」

「うむ。じゃが、もうパリにはない。実のところ、フィリップ善良公女が持っておる聖槍が、それじゃよ」

「どどどうして確保しておかなかったのよ!?」

「妻がわしをユリスにしたがらなかったし、旧テンプル騎士団の系譜を汲《く》む幾多の組織の中でも、わしが所属しておった組織は錬金術と占星術《アストロジー》の研究が専門で、賢者の石の管理は管轄外《かんかつがい》じゃったからのう」

「結局、人間の手で賢者の石を回収して管理しようとしていたテンプル騎士団も、ばらばらに分裂したということね？　愚かね、人間は」

「聖杯に目が眩《くら》んで騎士団を弾圧したフランス王家と教皇が元凶じゃが、たしかに愚かなことじゃ。それに――わしが持ってしもうたら、いずれ運命に導かれて賢者の石に接近することになるモンモランシの手に渡って、あの子を不幸にする、と思うてのう。こうしてそなたと歩調を合わせることになるとは、夢にも思っておらなんだのじゃ」

「なんてことなの。それさえあれば、シャルロットをユリスにして、ブルターニュ、ブルゴーニュ、フランス間での戦力の均衡《きんこう》が実現できるというのに！　っていうか、そもそも聖槍がフィリップの手に転がり込んでいなければ、金羊毛騎士団《トワゾン・ドール》なんて実現してなかったじゃないの！　この抜け作！」

「ま、まあ、そういうことになるのう〜。わしゃモンモランシを石から遠ざけるつもりであれを手に入れなんだのに、結局はモンモランシを、石を巡る戦いに誘《いざな》うことに。これも運命かのう……」

「この愚か者！　『運命』で片付けないでよっ！」

さんざん、足で額《ひたい》を蹴られた。やれやれ。多少は「大人」になったような気がしておったが、伝え聞く女王の短気ぶりは変わっておらぬ、とニコラ・フラメルは頭を掻いた。

「それで、あとひとつは？」

「まだ思い出せぬか？　やはり女王は耄碌《もうろく》しておるのう。バビロニアとともに古代の超文明を築きあげた錬金術と魔術と占星術の聖地――エジプトじゃよ。女王は知っておったはずじゃ。忘れておるのか、記憶を捨ててしもうておるのじゃ」

あっ、とアスタロトは思わず叫んだ。

「エジプト！　そうだったわ！『ウァジェトの目』！　アレクサンドロス大王が世界征服に用いた賢者の石！　増幅させる感情は、『怠惰《たいだ》』！　あの英雄には怠惰の感情なんてもとからなかったから、副作用なんてまったくお構いなしにひたすら戦い続けて世界の果てを目指し続けていたけれど！」

「思い出したかの？　われら錬金術師は『プロビデンスの目』と呼んでおるが、それじゃよ」

そうだ。エジプトのギザの「ピラミッド」。砂漠と化しつつあった不毛の大地からエリクシルを吸い上げるために建設されたあの巨大な建築物の頂上に、たしかに、「ウァジェトの目」がかつては設置されていた！

「しまった。わたしは膨大《ぼうだい》な記憶を貯めておけなくなって、各地の妖精族たちに『口伝《くでん》』として分散させているから……完全にヨーロッパ文化圏から外れてしまったエジプト関連の記憶はほとんど捨ててしまっていたんだわ。でももう、うろ覚えだけれど……たしかピラミッドの頂上の石は、すでに消えてなくなって……だからこそ記憶を保持する必要がなくなったはず……」

「頂上にはない。じゃが、ピラミッドのどこかに隠されておる。わしゃこのレコンキスタ真っ盛りのイベリア半島で、ユダヤ人のカバラ学者だけでなくイスラームの錬金術師とも交流しておったからのう。この地ではカトリックとイスラームとそしてエジプトの文明が混じり合っておるのじゃ。ヨーロッパの王侯貴族たちはみな東方のエルサレムから聖遺物を収集することに夢中で、エジプトをすっかり忘れておるのじゃ」

「わたしは、あまりにも長く眠りすぎていて……そうだわ。世界征服を達成したアレクサンドロスが用いたヴァジェトの目こそ、ヨーロッパの再統一に必要にして最適な石だったのに！」

しかし、エジプトもまた、イスラームのマルムーク朝の支配下にある。しかもギザは、海からマルムーク朝の首都・カイロへと至る道の途中にある都市だ。

メッカの黒石よりはまだ近いが、イスラーム圏。しかもあの巨大なピラミッドの地下室に隠されているのだとすれば、短期間のうちに手に入れることはほぼ不可能と言っていい。ピラミッドの内部は、盗掘者を殺すための罠《わな》が多数仕掛けられている迷宮なのだ。

それに。

「ニコラ・フラメル。もう、ヨーロッパの再統一はいいのよ。その悪夢からは、わたしはもう解放されたの。フランスはフランス。イングランドはイングランド。分裂したままであっても、時折争いながらも、ヨーロッパの人間たちはなお、共存できるはず……今は、そう信じているから」

「ほう？　妖精の女王とは思えぬ甘い言葉じゃな。人間に恋でもしたかのような」

「うるさいわね！　もう時間がない。ならば、オリジナルの聖槍を探し出すべきだわ。複製品がパリにあると知っていながらむざむざ放置していたあなたの責任よ、さっさと発見しなさい！」

「……そうは言われてものう。あるとすれば、神聖ローマ帝国……ドイツじゃろうな。かつてバルバロッサことフリードリヒ一世が用いていた聖槍であろう」

「でも、バルバロッサは十字軍遠征の途中で聖槍を失って溺《おぼ》れ死んでしまったのでしょう。その後、皇帝の聖槍は長らく行方《ゆくえ》不明に。仏英戦争の最中《さなか》に聖槍を捜索した皇帝が再発見したとされているけれど、どう考えてもいかがわしい話だわ。フス戦争で負けっぱなしの今の皇帝が所持している聖槍は偽物《にせもの》のはずよ。そもそも聖槍は、フィリップが持っているのだし――って、待ちなさい！」

　そうではない。アスタロトが、ドイツの聖槍が「偽物」だと思い込んでいたのは、聖槍が複製されて二本に増えていることを知らなかったからだ。なにしろ高値で取り引きされる聖遺物は十字軍遠征の際に東方で「粗製濫造《らんぞう》」されたから、聖槍も聖杯も偽物だらけなのである。

　と、いうことは。

「おそらく皇帝の聖槍こそが、オリジナルじゃ。ただ、今の皇帝のもとにはエリクシルがないのじゃ。かつてのジョフユーズと同じで、今の皇帝の聖槍は単に皇帝権を示す象徴的なものでしかない。それで、フス戦争に手こずっておるのじゃろう」

言うまでもないことだが、皇帝の聖槍もまた、容易には手に入れられない。なんといっても皇帝権の象徴なのだ。盗み出そうとして発覚すれば、神聖ローマ帝国に戦争を仕掛けることになってしまう。イングランドに続いてドイツまで敵に回せば、フランスは滅びる。

残る石は、エジプト。メッカ。そして神聖ローマ帝国に。

「……ごめんなさい、モンモランシ……わたしは、あまりにも長く眠りすぎた……残された石は、どれも手に入れられない……どうすればいいの……」

ニコラ・フラメルは、人間を誘惑して「ヨーロッパ統一」を唆《そそのか》す妖精の女王が、これほど人間のために嘆《なげ》き悲しむ存在だということをはじめて知った。

「妖精の女王よ。今の、そなたの望みはいったい？」

「モンモランシが望む願いを、『仏英戦争終結』という夢を叶《かな》えたい。彼は、自分が魔王になる運命の持ち主だとすでに気づいている。それでもなお彼はほんとうに『善き人間』になりたいのよ、ニコラ・フラメル。そのためならば、わたしはここで永遠の命を終えてもいい。でも――」

「……でも……？　でも、なんじゃね？　妖精の女王よ？」

「もしも彼が、人間の歴史には価値がない、戦いをやめられない人間という種族は生き続けるに値《あたい》しないと絶望したのならば、ともに世界を滅ぼしても構わない。今の人間の歴史は、大洪水以後の世界は、わたしが蒔《ま》いた『種』から生みだされた世界なのだから――」

ニコラ・フラメルは、目を閉じていた。

（やはりそうか。まさしくこの妖精の女王こそが、大洪水以後の世界を生みだした原初の女神。キエンギのイナンナにしてバビロニアのイシュタル、ソロモン王が仕えたアストレトにしてシャルルマーニュのもとに侍《はべ》っていた人工精霊アシュタロトなのじゃ。大洪水によって分裂した世界の再統一という夢のために、いったいどれほどの時間を生きてきたのじゃろう。なんという徒労を重ねてきたのじゃろう。モンモランシが魔王になるか否《いな》かは、この小さな妖精の女王にかかっておる）

モンモランシの運命はすでに確定している。妖精の女王をもってしても救うことはできない。ニコラ・フラメルはそう思わざるを得なかった。遠くカタルーニャにあっても、フランスでの《乙女《ラ・ピュセル》》の活躍と民衆の熱狂は耳に入ってくる。まるで、黒死病と仏英戦争で疲弊《ひへい》した民衆たちを救うためにジェズュ・クリが少女の姿を取って現れたかのような狂騒ぶりが。

かつてジェズュ・クリは古代ローマ帝国の圧政に対して武器を取って戦わず、「刑死」という道を選んで、自《みずか》ら死の運命を引き受けて十字架上で死んだ。

人間の蛮性は、ジェズュ・クリが己《おのれ》の命と等価交換して遺《のこ》した「アガペー」によっていくらかは軽減されたし、キリスト教はゲルマン民族の乱入によって瓦解《がかい》した旧ローマ世界＝ヨーロッパの人々の心を再びひとつに繋ぎ止めて破滅の運命から救うという歴史的役割を果たした。

ならば、《乙女》ジャンヌは――。

仏英戦争を終結させるために、進んでジェズュ・クリになろうとしているのではないか。

ジェズュ・クリと同じ道を選ぼうとしているのではないか。

だとしても、モンモランシが、そのような運命を是認《ぜにん》できるのだろうか。

できはしないだろう。

「それでも。わたしは、魔王の境地には、彼を落としたくないの。モンモランシに、人として幸せになってほしいの――」

ニコラ・フラメルは、かつて赤髭のジャンに「その子を殺すのだ」と助言した己の過《あやま》ちをずっと悔いていた。赤髭のジャンは、かえって幸薄《さち》い運命のもとに生まれたモンモランシを溺愛《できあい》するようになっていった。だが、その溺愛は、「野蛮な手段による財産の横領《おうりよう》」という歪《ゆが》んだ形で行われた。赤髭のジャンにモンモランシ殺害を拒絶されたニコラ・フラメルが「その子を生かすのならば、形而上《けいじじよう》の世界に興味を持たせるな。現世の栄光と快楽だけを求めさせよ」――すなわち「人間」として育てよと助言したためだったろうか？　思えばあの時から、モンモランシの運命は暗転していたのかもしれない。

（ならば、真の悪魔は、妖精の女王ではなく、嬰児《えいじ》殺しを祖父に勧《すす》めたこのわしじゃった。全財産を教会や慈善事業に寄進し尽くしても、世を捨てて寂《さび》れ果てた聖地で大聖堂の使用人となって贖罪《しよくざい》の日々を過ごしても、わが罪から免《まぬか》れえるものではない）

人間の歴史がここで終わったとしてもそれは女王の罪ではなく、人間でありながら錬金術に没頭したわしの罪なのじゃ、とニコラ・フラメルは思った。

女王に、ジャンヌがいずれ下すであろう決断については教えないでおこう、とも。おそらくは、教えても教えなくても、結果は同じだろう。未来を予言するなど、やってはならないことだったのだ。ニコラ・フラメルは、もうこれ以上女王が哀《かな》しむ時間を引き延ばしたくはなかった――。

「妖精の女王よ。そなたは、そなた自身の望みを叶えるために生きるがよい。もう、人間たちはそなたに十分すぎるほどに愛されてきたのじゃから。そなたの長き旅路に、幸《さいわい》あれ」

Ⅲ　空白期間

ジャンヌ率いるパリ遠征軍がシャルロットの命令によって解散された、その直後。

パリ郊外の、ヴァンセンヌ城で――。

ついに、フィリップとシャルロットによる極秘会談が実現していた。

イングランドの摂政《せっしょう》ベドフォード公とフィリップ善良公女の会談が終わった後、フランス女王シャルル七世となったシャルロットが「お忍び」でフィリップのもとを訪れたのだ。

フランスとブルゴーニュの双方に顔が利《き》くラ・トレムイユが、両者の仲介役を果たし、フランス代表側として同席していた。

「外交による勝利」を達成するために遠征軍まで解散させたラ・トレムイユとしては、パリの無血開城を実現したいところであった。これでパリを手に入れられなければ、彼はパリ攻略の好機に水を差した大戦犯となってしまう。

シャルロットとフィリップがこうして直接再会するのは、いつ以来だろうか。

かつてジャンヌが白百合《しらゆり》の旗を掲《かか》げてオルレアン解放戦に身を投じる直前に、リッシュモンを交えて三人で「フランス、ブルゴーニュ、ブルターニュ」の三国の和平を話し合った。だが、フランスというひとつの国にまとまるか、あるいはそれぞれの国の独立性を維持するかでおのおのの立場での意見が交錯《こうさく》し、交渉は決裂した。

あの時以来だったかもしれない。

パリ騎士《シュヴァリエ》養成学校でともに学友として、友達として過ごしてから、何年が過ぎただろう。

「……シャルロット……私、ベドフォード公から『フランス摂政』の役職とパリの支配権を譲渡されたわ。パテーでの大敗、あなたのランス戴冠《たいかん》。ベドフォード公は、これ以上パリをイングランド軍だけの力で支配するのはもう無理だと弱気になっていて、自身はノルマンディの防衛に専念するつもりよ――ノルマンディの都ルーアンを失陥《しっかん》すれば、イングランド軍はブリテン島へ撤退できなくなるから」

久々に再会したフィリップは、まるで歳を取っていないかのように幼い。

これ以上シャルロットと戦い続けたくない、フランスを滅ぼすつもりはない、と涙目で訴えていた。

「パリを開城してくれれば、フランスとブルゴーニュの戦いは終わるよ、フィリップ。そのためならば、シャルはどこまでも譲歩する。シャルはもう二度とジャンヌを戦場に立たせたくないの。あなたが創設した金羊毛騎士団《トワゾン・ドール》は、強すぎる……」

対するシャルロットは、もともと恋多き女だった元王妃イザボーに似て早熟だった。まだ若いが、すでに女盛りと言っていい。身体だけではない。まるで「恋」を知っているかのような大人の女の表情になっている。

シャルロットは、パリでのジャンヌの苦戦を知って以来、完全に戦意を喪失していた。本来ならばフランス女王となった今こそ、ブルゴーニュとの関係を優位に持ち込めるはずなのに、ジャンヌを案ずるあまり大局を見失っている。あの、いつだって唯我独尊《ゆいがどくそん》だったシャルロットが。今のシャルロットはまるでジャンヌの姉か母になったかのよう、とフィリップは思った。

この極秘会談に政治家生命を懸《か》けているラ・トレムイユが、

「フィリップさま。陛下《へいか》はジャン無怖公《むふこう》さま暗殺の件について正式に謝罪し、忌《い》まわしき暗殺に関《かか》わった犯人たちを調べあげて厳格に処分し、多額の賠償金《ばいしょうきん》を支払うおつもりです。さらに、フランス遠征の折に平定したシャンパーニュとピカルディの支配権をフィリップさまに移譲。ピカルディ随一《ずいいち》の要地であるコンピエーニュまでをも割譲いたします！　もちろんパリと引き換えですが、ランス戴冠を果たした陛下としては破格とも言える譲歩でありましょう！　お二人の友情の絆《きずな》を取り戻すため、続々と戦線に投入されるユリスによる戦争被害の拡大を阻止するため、陛下は勝利者としてのプライドも捨ててフィリップさまに和を乞《こ》いに来たのですぞ！」

と熱弁を振るった。

ラ・トレムイユは、外見は従兄弟《いとこ》のモンモランシによく似ている男だが、薄暗い性格で日頃は笑顔など見せない。そのラ・トレムイユが、一世一代の晴れ舞台だとばかりに精一杯の笑顔を作ってフィリップをなだめる。彼は、暗殺事件が起きるまではジャン無怖公の家臣だったのだ。だから、パリ養成学校には入れなかったが、フィリップとも面識がある。気が弱いフィリップを説得する自信があった。

「すなわち！　陛下はパリと引き換えに、ブルゴーニュ公国の独立を承認するということです！　亡きお父上の悲願、第三帝国の建国はここに果たされますぞ！　王都パリに陛下が帰還すればフランス王国は安泰《あんたい》！　ブルゴーニュ公国は晴れて『西ヨーロッパ大公国』となります！　イングランド軍はノルマンディに閉じ込めておけばよろしい。ヨーロッパ最強の金羊毛騎士団が陛下を守る盾《たて》となれば、ベドフォード公はもうなにもできますまい。陛下とフィリップさまが再び手を取り和解すれば、この戦争は事実上終結です！　わたくしは、モンモランシに勝ったッ！」

しかし。

調子に乗ったラ・トレムイユのこの最後の一言が、余計だった。

戦争継続やフランスの滅亡を望まないフィリップと、一刻も早くフィリップと和解してジャンヌの安全を確保したいシャルロット。二人の思惑《おもわく》は「和平」で一致していたというのに、「モンモランシ」の名前が出た瞬間に、二人の表情が一変していた。

「くすん。モンモランシに嫡子《ちゃくし》が誕生すると聞いたけれど、シャルロット。でも、実子ではないわよね？　そんなことができるくらいならば、モンモランシは妖精と子供を連れてフランスを彷徨《さまよ》う錬金術師《アルシミスト》なんかにはなっていないわ」

「今、モンモランシ自身が、故郷に舞い戻って事実関係を調べているところよ。相手はモンモランシの『正妻』なのだから、実子でも、そうでなくてもシャルは嫉妬《しっと》しないけれど。やけにジャンヌに引っかかっているんだね、フィリップ？　絶対に実子じゃないと断言できるのは、なぜ?」

「……だってモンモランシは、七年前のアザンクールの戦いの日から、時間が止まっているから……あの日すべてを失った彼は、『大人の男』に成長する道を閉ざされてしまった……あの黒い妖精と出会い、賢者の石《ピエール・フィロソファル》の探求を開始したその時から……シャルロットはこの程度の騒ぎを余裕で受け流せる『大人の女』になったみたいだけれど。モンモランシがお相手であるはずはないから、他に愛する殿方でもできたのかしら?」

「愛する殿方……? ねえフィリップ。あなた、もしかしてモンモランシのことを。だから金羊毛騎士団まで結成して、ジャンヌを倒そうと……」

「ええ、そうよ。フランスと戦っているのではないわ私は。ジャンヌと黒い妖精を倒そうとしているの。モンモランシを取り戻すために。モンモランシは、あの二人とともに旅を続ける限り、私のもとには戻ってこない。むしろ、シャルロット、あなたがジャンヌを庇《かば》ってモンモランシを成長させようとしないことのほうが、私には不思議だわ」

「……だってシャルは……モンモランシもジャンヌも、二人ともたいせつだから……モンモランシは男で、ジャンヌは女の子。だから少しずつ違う形だけれど、シャルは二人とも愛している。おかしなことじゃないよ?」

「シャルロット。あなたのアムールは、ともに分かち合えるものなのね。まるで汲《く》めども尽きぬ聖杯《グラール》のよう。でも、ほんとうの聖杯はそんな美しいものじゃないのよ。むしろ逆。所有者の『肉欲』を増幅させるのだから。あなたが抱いているようなアムールではなく、いわばエロースを。ジェズユ・クリさまがこの肉欲増幅という副作用に耐えきれたのは、ジェズユ・クリさまが真に偉大な聖人だったから。でも私は違う。パリ騎士養成学校時代から、私の身体はもう欲望に目覚めていたから……モンモランシにお世話されるうちに……」

ラ・トレムイユが（いかん。雰囲気が。話の流れがおかしな方向に。姫君の肉欲がどうとか、わたくしにはさっぱりわからん話になってきた!?　もしや二人の前でモンモランシの話題に触れたのは悪手だったのか!?）と気づいた時には、もうシャルロットが「肉欲が増幅？　それでは、フィリップ。あなたが」と声をあげていた。

「そうよ。私が、ユリス・ノワールよ。モンモランシはもう気づいているはず。亡きお父さまは聖杯を手に入れておきながらエリクシルを得ることなく、ユリスになる前にあなたの家臣に暗殺された。聖杯もブルゴーニュ公国もフランドルもすべては私が相続した。そして、私は期せずして『三国同盟』会談の折にモンモランシにベーゼして、エリクシルを手に入れていたの――」

「……やっぱり……そうだったんだね……モンモランシがエリクシルの器《うつわ》となったことから、フィリップはお父上が遺《のこ》した聖杯に取り憑《つ》かれて……金羊毛騎士団の設立も、あなたがユリスになったために実現したんだね……」

「シャルロット。いいえ、シャルル七世陛下。あなたも、モンモランシからエリクシルを得たのでしょう？　だからこそ、彼の嫡子騒動を前にしても余裕でいられるんだわ。ならばいずれ、あなた自身もユリスとなって私とブルゴーニュ公国の前に立ちはだかってくることになるかもね。私はお友達とモンモランシを共有することなんてできないのだから」

ラ・トレムイユが（あ、あああ。陛下に自《みずか》らの秘密を明かしてしまうとは、フィリップさま!?）と腰を抜かしている、その前で。

フィリップは、「聖杯」を被《かぶ》っていた。

一瞬のうちに、幼い身体が成長する。まるでシャルロットと双子であるかのような、豊満な女の身体に。それは、肉欲と「女性性」を暴発させる聖杯の副作用でもあり、同時にフィリップ自身の願望の成就《じょうじゅ》でもある。モンモランシに「妹」ではなく「女」として愛されたいという、切実な願望。しかも、ユリスになった彼女は、本来の肉体の成長が止まっている。「女」になるためには聖杯を被るしかないという、忌《い》まわしい無限連鎖《れんさ》に陥《おちい》っているのだ。

「この聖杯を装着してユリスの力を開放している間だけ、私の身体は『女』に成長する。同時に、抑えきれない肉欲が爆発する。私からモンモランシを奪ったジャンヌとともに滅びたいという衝動に。モンモランシは、こんな私を侮蔑《ぶべつ》せずにはいられないでしょうね。だから私は、ジャンヌと自らの死を願わずにはいられないの——それが、この戦争を私がやめられない最大の理由よ」

シャルロットは、ユリス・ノワールと対峙《たいじ》しながらも、けんめいに耐えた。ノワールがその気になれば、シャルロットの命などは一瞬で消し飛んでしまう。それでも、耐えねばならなかった。ジャンヌを守るために、危険を冒《おか》してヴァンセンヌの森まで来たのだ。

「フィリップ。シャルはユリスになっていないから副作用の辛《つら》さはわからないけれど、その聖杯はあなたのお父上が遺していった『呪い』そのものだよ。あなたは、聖杯を捨てなければ……アルチュール王が魔剣《サーブル・マジック》エスカリボールを最後には捨て去ったように……」

「ジャンヌの身柄《みがら》を引き渡してくれれば、パリは明け渡すわ、シャルロット。あなたがジャンヌを庇おうが庇うまいが、私がなすべきことはたったひとつ。モンモランシのもとにいるあの永遠の子供を、永遠の妹を排除すること。戦争の終結とジャンヌ一人の命と、どちらかをこの場で選びなさい。今すぐに」

ノワールから放たれる黒い闘気に震えあがったラ・トレムイユは、涙目になりながら、

「せせせ戦争終結でええええす！」

と叫んでいた。

しかし、シャルロットは断固として拒絶した。

「一人の命と万人の命！　いずれを選ぶべきかは言うまでもありますまい、女王陛下！」

「いいえ。ジャンヌの身柄は決して渡さない！　ジャンヌは、シャルを守ってくれると誓ってくれた姫騎士《シュヴァリエール》なんだよ！　シャルの最高のお友達なんだから！　フィリップ、絶対にその条件だけは呑まない！　たとえ金羊毛騎士団が敵に回ろうとも、決してジャンヌを戦線には立たせないし、誘拐も暗殺もさせない！　それが――」

それが、シャルが「人間」として選択した道だから。王である前に、シャルは人間だから。

そう、シャルロットは宣言していた。

「……では、パリ開城はまたの機会にしましょう。シャルロット」

ひいいい、とラ・トレムイユはほとんど漏《も》らしそうになっていた。

（これでは、何年もかけて両国の間を往復してきたわたくしの努力のなにもかもが台無しじゃないか！　モンモランシのせいで！　どこまでもあの男はわたくしの足を引っ張る疫病神《やくびょうがみ》だ……錬金術師め……！　だ、だが、これ以上「ジャンヌを手放せ」と陛下に強弁すれば、わたくしは失脚してしまう！　陛下のジャンヌへの寵愛《ちょうあい》はただならぬものがある。まるで実の姉妹の如《ごと》く、だ。最悪の場合、わたくしは陛下に処刑されるかもしれん……！）

人間の女性に興味を持たないラ・トレムイユには、シャルロットとフィリップが抱く「アムール」も「エロース」も理解できない。赤髭《あかひげ》のジャンよろしく出世のために政略結婚などをして形ばかりの妻から財産をかすめ取ったことはあるが、彼は妖精標本作りや、妖精を用いてさまざまな実験を行うことにしか興味がないのだ。政治能力には長《た》けているが、性的嗜好《しこう》については「友人」だった妖精を死なせてしまい剝製《はくせい》にした時から決定的に歪《ゆが》んでしまった、一種の奇人である。

「フィリップさま！　せめて年末いっぱいまでの休戦協定だけでも、ご調印ください！　お願いいたします！　このラ・トレムイユ、手ぶらで帰っては抗戦派のラ・イルたちに殺されてしまいます！」

「ええ。いいでしょう、ラ・トレムイユ。お父さまはあなたにずいぶんと目をかけていたから、面子《メンツ》を立たせてあげるわ。ただし――コンピエーニュはいただくわよ。お父さまを暗殺した賠償として」

「いいわ。ただしフィリップ。ジャンヌには絶対に指一本触れさせない。もしもジャンヌになにかあったら、シャル自身がユリスになって、あなたを殺す……！　ブルゴーニュ公国を滅ぼして併合《へいごう》する……！　シャルにとって、ジャンヌはそれほどに……！」

「陛下ああああ！」

「そう。じゃあ、私とあなたが最後に殺し合う運命は、確定したわね。せめてジャンヌが『大人の女』に成長できる身体ならば、モンモランシの止まっている時間も再び動きだすでしょうに。そんな奇跡は決して起こらないのだから——エリクシルを飲んで不老になる以前にすでに成熟していたあなたにはわからないのよ、シャルロット」

「性的な成熟だの肉体の成長だの、そんなのシャルが望んだことじゃないよ！　モンモランシが『少年』のままでも、いいじゃない！　シャルは……シャルはただ……パリの騎士養成学校時代の、あの頃に戻りたくて……」

「……過ぎ去った時間はもう巻き戻せないわ、シャルロット。誰よりも小柄で幼かった私が『肉欲』に憑かれ、誰よりも早熟だったあなたが無垢《むく》な子供時代を取り戻そうとあがいている。皮肉ね。次に会う時は、戦場よ」

　この瞬間に。

　フィリップとシャルロットの和平会議は、事実上、破綻《はたん》したと言っていい。

　コンピエーニュの割譲。

　明ける一月一日までの、偽《いつわ》りの停戦。

パリは得られない。

これが、失脚を恐れるラ・トレムイユがかろうじて引き出した「成果」だった。成果とは名ばかりで、一方的にフィリップに押し切られた形である。

しかも、シャルロット陣営に降っていた肝心のコンピエーニュの市民と守備兵たちが、この「決定」を断固として拒否することになった。王都パリと引き換えならばともかく、一方的にブルゴーニュに「割譲」されるなど、理不尽《りふじん》ではないか。コンピエーニュをなんだと思っているのだ、これでは戦争は長引くばかりじゃないか。こんなわけのわからない譲歩をするくらいならば、どうしてパリ攻略を中断したのだ、なぜ《乙女《ラ・ピユセル》》率いる無敵の遠征軍を解散したのだ、と彼らは激怒したのである。

シャルロットへの期待感は、一気に「優柔不断な女王」への不満となって各地で爆発した。強引とも言える遠征軍解体の弊害《へいがい》が、パリ開城交渉の失敗とともに一挙に噴出した。

ブールジュに近いラ・シャリテの町で、イングランド側に買収された野盗たちが武装蜂起《ほうき》したのも、ラ・トレムイユの失策が原因だった。しかも、このラ・シャリテを鎮圧《ちんあつ》できるほどの兵力が、そもそもブールジュには残っていなかったのだ。

フランスの勝利が見えてきたはずの戦局は、かくして再び混沌《こんとん》の渦へと落ちた。

※

遠征軍の解散後。

《乙女》ジャンヌは、シャルロット政権の事実上の王都ブールジュに留《とど》められていた。

モンモランシも。

シャルロットも。

ラ・イルやザントライユ、アランソンにバタールも。

乙女義勇軍の面々も。

懐《なつ》かしい仲間たちから引き離されたジャンヌは、日々、「傲慢《ごうまん》」の感情が増幅した心と戦いつつ、村娘時代の質素な衣服を身につけ、町暮らしの妖精たちにパンを与えたりしながら孤独に耐えて暮らしていた——。

だが、どうしても落ち着いていられない。

モンモランシから、例の嫡子騒動の顚末《てんまつ》を聞かされるまでは。

そして、パリを巡る外交交渉の成否を知らされるまでは。

自分は、《救世主》と人々に期待されていながら、いつまで安全な館で事態を静観していなければならないのか——。

パリ開城交渉が失敗した、とブールジュの町の人々が慌《あわ》てふためきはじめた、その日の夜。

ジャンヌはついに、「出撃を禁じる」というシャルロットの命令に背《そむ》いた。

シャルロット政権は再び動揺している。ブールジュの近くの町ラ・シャリテで野盗騒ぎが勃《ぼっ》発《ぱっ》していた。

「われらだけでは兵が足りないので」「旗を振るだけでいいですから、どうかお願いします」「戦闘は行わなくて結構ですから」と兵士たちに乞われたジャンヌは、「わかったよ」と密《ひそ》かにブールジュを抜け出して、こっそりラ・シャリテ戦に参戦したのだった。

相手はイングランド軍でもブルゴーニュ軍でもなく、野盗にすぎない。ユリスの力を開放して戦うことはせず、旗振り役を務めるに留まった。ほんとうは戦いたかったが、モンモランシもいないこんなところでユリスの力が涸《か》れてしまっては、本来ユリスとして戦うべき「機会」を逸する。戦闘衝動を抑えながら、かろうじて我慢していた。

しかし、ヴァンセンヌ城からブールジュへと戻ってきたラ・トレムイユが「じじじ冗談ではない！　わたくしの首がほんとうに飛んでしまう！」と大慌てでラ・シャリテ戦を中断させ、ジャンヌを再びブールジュに強制送還させたのだった。

滞在している館へと戻ってきたジャンヌを見るなり、心労ですっかり痩《や》せ衰《おとろ》えていたラ・トレムイユは、（なんてことだ。わずかな兵だけを連れて無断で野盗などとの戦いに加わるとは、この子供め……！）と激昂《げっこう》しそうになったが、唇を噛み破りながら耐えて、再び甲冑《かっちゅう》を着て「男装」していたジャンヌの前にひれ伏した。

「ジャンヌ。ジャンヌどの。ジャンヌさま。お願いですから、ブールジュでじっとしていてください！　いいですか!?　パリ開城交渉は不首尾に終わりました。フィリップさまは、あくまでもあなたの身柄の引き渡しを要求して折れなかったのです！　慈愛溢《じあいあふ》れる陛下は、断固拒否いたしました！　フランスとブルゴーニュの和平が成立するかどうかは、いまやあなたにかかっているのです！　もろん、わたくしの政治家生命そのものも！　ああ。ああ。ああ。わたくしの管轄《かんかつ》下《か》にある今、あなたが野盗なんぞに捕らわれたり殺されたりしたら……！」

内心では（この子供は、フランスの女王とブルゴーニュの女公の心を捉《とら》えて放さない魔女だ。死ね、死んでしまえ！）と腸《はらわた》が煮えくりかえっているのだが、しばらく見ないうちにジャンヌの表情が鬼気迫るものに変化していたことを察知したラ・トレムイユは、（傲慢さが日増しに増大しているのか、モンモランシたちと引き離されて苛立《いらだ》っているのか。あるいはモンモランシの嫡子騒動にキレているのか？）と恐れをなし、ひたすら丁重にジャンヌを扱うと決め、低姿勢を貫《つらぬ》いたのである。

「なにも永遠にブールジュで干されていろとは言いません。わたくしはあなたを幽閉《ゆうへい》しているわけではないのですから。じっとしているのは退屈で耐えがたいでしょう。ですがせめて、わたくしのもとを離れてから動いてください！」

ジャンヌはいまや、イングランド軍を恐慌に陥《おとし》いれる「魔女」であり、フランスの民衆を救う「救世主」であり、そしてフランス女王とブルゴーニュ女公との間で激しくその身柄を奪い合われる「姫騎士」でもある。

「フィリップが、わたしの身柄を要求した……？　シャルロットは、パリを捨ててわたしを取ったというの？」

「ええ。ええ。そうですとも。フィリップさまは、自らがユリス・ノワールであること、戦う目的がフランスを滅ぼすことではなくあなたをモンモランシのもとから排除することを陛下に明かされました！　それでもなお、陛下はあなたの保護を最優先した！　あまつさえ二人は、次に会った時は戦場で殺し合う時だ、とまで！」

「……シャルロットが……そんな……ダメだよ。幼なじみと戦場で殺し合うだなんて」

「なんたることだ！　つまり、わたくしがどれほど奔走《ほんそう》し交渉し工作しようとも、フランスとブルゴーニュの和平は永遠に成立しないということですよ。しかも、パリはブルゴーニュ軍の手に渡ってしまいました。われらはピカルディ最大の要地コンピエーニュをタダで奪われたようなものです。そのコンピエーニュの連中は開城を拒否して籠城《ろうじょう》を開始するし……ああもう！」

女どもめ。アムールだのエロースだのといったわけのわからん感情に振り回されて、フランスの治安を乱すだけ乱す輩《やから》どもめ。王や貴族たる者が、なぜ「理性」で行動できない？　なぜ「利害」を最優先できない？　パリさえ陛下のもとに戻れば、イングランドとの戦争は事実上終わるのだ。フィリップさまと和平を結び、ベドフォード公をノルマンディのルーアンに追い詰めてしまえば、休戦できるのだ。

手詰まりとなったラ・トレムイユは、しかし、怒りのぶつけどころがない。壁に自分の頭をがんがんと打ち付けて、ジャンヌを殴《なぐ》りたい衝動にかろうじて耐えた。痛みのあまり涙が出た。ラ・トレムイユは最大の政敵とも言えるジャンヌの前で醜態《しゅうたい》を晒《さら》すような男ではなかったが、政治的失脚の可能性が高まった今、彼は狼狽《ろうばい》して、ほとんど自暴自棄《じき》になっている。その上、彼らしくもなく、泥酔《でいすい》していた。

「あ、頭から血が出ているよ。落ち着いて」

「ジャンヌ。陛下はあなたを最高のお友達だと過大評価して、過保護になっておられる。ああ。しまった。わたくしの最大の過《あやま》ちは、陛下のアムールとやらの深さを理解していなかったことだ。こんな事態になるくらいならば、遠征軍を解体せずにあのままパリを攻略すればよかった……！　だが、わたくしがパリ攻略戦の継続を主張したところで、ジャンヌをなによりもたいせつに思っている陛下の決断は覆《くつがえ》らなかっただろう！　モンモランシがいかに策を練ろうとも、金羊毛騎士団に対する完全な勝算などないからだ！　ああ、リッシュモンさえいれば……！」

正義の人にして武断派のリッシュモンが戻ってくれば、さんざん彼女の邪魔ばかりしてきた自分などはお払い箱だとわかっていながらも、ラ・トレムイユはそう叫ばずにはいられなかった。

交渉と権謀術数によって戦わずして勝利をもぎ取るというラ・トレムイユの政治的信念は、いまや完全に崩壊している。シャルロットのアムールのために。フィリップのエロースのために。人間は、理性だけでは生きられない。感情があるのだ。ならばこそ、もはや戦って戦争を終わらせる以外に道はないのだ。ああ。そうだ。感情と感情をぶつけ合って戦い、滅びるがいい。彼女たちは「生存」よりも「感情」のほうがだいじなのだ。そのことを今さら認識したラ・トレムイユは、自分は政治家としてはもうおしまいだ、と絶望する他はない。

してみると、今までの自分の半生はいったいなんだったのか。武断派のリッシュモンを妨害して宮廷から追放などしていなければ、忌《い》まわしい金羊毛騎士団が「誕生」する前に戦争を片付けられていたのではないのか。フィリップさまがあんな魔女になり果てることもなかったのではないか。すべてはモンモランシが錬金術《アルシミー》に没頭してユリスなどを次々と生みだしたためだが、今さら悔いてもはじまらない。

「ともかくジャンヌ。少なくともわたくしの管轄下にある間は、決して兵を率いて出撃しないように頼みます。ラ・シャリテ戦参戦などが陛下に知れたら、わたくしは失脚してしまう！　もちろん兵を率いずとも、ブルゴーニュ軍の支配領域に接近してはなりません！　フィリップさまは、モンモランシを『成長』させるためにジャンヌ・ダルクを排除する、と決めているのですから……そなたをひとたび人質として捕らえれば、決して解放しないでしょう！」

ラ・トレムイユは、小さなフェイ族の「剝製」を懐《ふところ》から取り出して、もの言わぬ妖精の頭をそっと撫でていた。こんな異様な姿を聖職者に見られれば、妖精の剝製を愛《め》でる変質者、異端の魔術師と告発されるだろう。もはやラ・トレムイユはほとんど錯乱している。ついにはジャンヌに対して下手《したて》に出る口調も態度もかなぐり捨てて、呟《つぶや》いていた。

「……はは。こいつは、わたくしの友達だよ。わたくしが殺してしまったのだ。身体だけはこうして剝製にして保存できたが、どれほど妖精どもを実験材料に用いて蘇生を試みてもダメだった。わたくしの方法論では、身体という器《うつわ》の中に『魂』を召喚できんのだ。わたくしは魔術《マジー》も錬金術も忌み嫌い、あくまでも死んだ命を蘇生させるための『実証的な方法』を模索《もさく》してきたからな……しいて言えば、『医術』を」

妖精族の「魂」がどこまで保《も》つのかを調べるために拷問《ごうもん》道具をいろいろと開発したり、あらゆる異常な手段での交配を試みて強引に妖精族を「進化」させて「死」を克服させようとしたりと、ラ・トレムイユは他人から見れば魔術よりも邪悪な「医術」に没頭してきた。無数の妖精族を犠牲にした。人間に対しても拷問道具を応用したのは、「妖精族の医術的研究」を「政治家として必要な仕事」と強弁するための言い訳にすぎない。

だが、「医術」を極めるには時代が早すぎた。数え切れない犠牲を重ねたが、得られたものはなにもなかったのだ。「命」の謎は、ラ・トレムイユにはついに解けなかった。それだけに、「命」の蘇生に成功したモンモランシが許せなかった。しかも、あの「羽つき妖精」アスタロトがモンモランシを教え導いたことが。

なぜ自分ではなく、あの男だったのか。

妖精に対する情熱の量ならば、あの男などではなく、わたくしのほうにこそ……！

「その子が、あなたのお友達？　蘇生したかったの？　でももう、その子は死んでいるよ……？」

「不気味だ、と思うかジャンヌ？　モンモランシがそなたにしていることも、まるで同じなのだよ。何度そなたが殺されても、あいつはそなたを無理矢理に再生する。ジャンヌ・ダルクは――《乙女》は、モンモランシが錬金術によって保存し続けている『剝製』なのだよ。わたくしの友達との違いは、その身体の中に『魂』があるかないか、だけの違いだ……そうだとも。

モンモランシの子供は、実子ではないとも……わたくしには、わかる……あいつもわたくしも……失ったものを捨てられない限り、『大人の男』にはなれないのだ……血筋的にも、従兄弟同士だしな……顔も体格もよく似ているだろう？　わたくしの奴への憎しみは、つまるところは近親憎悪というやつか……ははは……」

ジャンヌは、開き直ったかのように妖精の剝製を愛で続けるラ・トレムイユの捨て鉢《ばち》な告白を聞きながら、ラ・トレムイユがなぜ妖精を用いた邪悪で悪趣味な研究に没頭してきたのか、なぜ大勢の妖精の命を奪ってきたのか、その理由を知り、そして自分という存在の本質についてようやく理解した。

やはり、ジャンヌは本来、ドンレミ村ですでに死んでいたのだ。

その「死者」のために、フランスとブルゴーニュとが戦い続け、イングランドとの戦争終結を阻害し、大勢の人々が苦しみ続けることになっているのだ。

「……わかったよ。わたしがいる限り、フィリップとシャルロットの和解はありえないということも……戦争が終わらないということも……」

「おや。しおらしくなったではないかジャンヌ。『わたしがいなければ、解決するんだよね』などと短絡的な感情に囚《とら》われて自殺などしないでくれたまえよ。そんな真似をされれば、わたくしとその一族もみな死ぬ羽目になる」

「……わたしはもう、ドンレミ村とオルレアンで二度死んだけれど。三度目の、そして最後の死を迎えるには、まだちょっと早いかな……もうすぐ、クリスマスだしね」

哀《かな》しげな笑みを浮かべたジャンヌが、もの言わぬ妖精の剝製にそっと指先で触れた。

「あなたは、わたしと同じだね。でもね。あなたは不幸じゃないよ。誰よりも愛されているんだよ。ただ……あなたのお友達の『時間』を止めてしまっているだけ」

その瞬間――長年、死んだままだった剝製の妖精が、ぷぷ、と生意気そうに微笑んだかのように、ラ・トレムイユには見えた。

幼い頃、親友とともに過ごしていた「黄金時代」がほんの一瞬だけ、奇跡のように戻ってきたかのような。

目の錯覚だ。妖術だ。ユリスになったジャンヌには、いかがわしい魔術だって使えるのだ。そうだとも。

この少女こそはまことの聖女だ、ほんとうの救世主だ、と号泣《ごうきゅう》などしてやるものか。

ラ・トレムイユは、溢れ出そうになった涙を、こみ上げてくる嗚咽《おえつ》を押しとどめるので精一杯で、ジャンヌがこの時なにを考えているのか、なにを感じているのかを理解する余裕はなかった。

そしてその直後に。

待ち続けていたモンモランシが里帰りを終えてジャルジョーまで戻ってきた、という急報が届いたのだった。

かの「ロワール作戦」によってシャルロット陣営の拠点となった、ジャルジョー。

領地のシャントセ城から舞い戻ってきたモンモランシに会うために、ジャンヌはブールジュを飛びだしてそのジャルジョーへと急行していた。

本来ならば、ラ・シャリテ戦に無断参戦したジャンヌをブールジュから動かしてはならないのだが、監視者だったラ・トレムイユが「よろしい。今後そなたの所属は、以前のようにモンモランシの管轄下に移る」とあっさり許可したためだった。

それどころか、ラ・トレムイユは「これ以上ジャンヌ保護の任務を担当していたら、わたくしは必ず破滅する……それに、この娘とこれ以上関わり合うと、わたくしは『改悛《かいしゅん》』させられてしまう……それでは、わたくしの病《や》んだ魂は救われるとしても、政治家としては無能になってしまう」とむしろジャンヌのジャルジョー行きを後押ししたのだった。

ここにジャンヌは、半軟禁状態から解き放たれ、クリスマスをモンモランシとともに過ごせるという最後の「幸運」を得た。

平和的なパリ開城というラ・トレムイユの外交戦略が夢に終わった今――。

シャルロットが、パリよりもジャンヌを選んだ、と知らされた今――。

すでに、ジャンヌの覚悟は固まっている。

不遜《ふそん》ではあるが、《救世主》となった彼女に救済を求めるフランスの民《たみ》たちのために、自らフランスのジェズュ・クリとしての「結末」を選択する、という覚悟が。

ジャンヌに、「最後の時」が、近づいている。

死という選択を前にしてゲッセマネでジェズュ・クリが戸惑《とまど》い祈ったように、ジャンヌもまた惑っていた。苦しんでいた。どうしても、モンモランシと嫡子問題で揉《も》めたまま永遠に別れてしまうのはイヤだった。きっとモンモランシを、ラ・トレムイユのように「剝製の友達」に縛り付けてしまうことになる。それが短くも激しい「おまけの人生」を生きてきたジャンヌにとって、最大の心残りだった。

傲慢の感情が増幅するという副作用も、ブールジュでユリスの力を封印して過ごしているうちに、一時的に沈静化している。ユリスになるたびに副作用は増大していたが、しばらく力を封じていればその間は収まるらしい。

そして。

ジャンヌは、ついにジャルジョーの一室で再会した。

「ブールジュから離脱する許可を得たのか、ジャンヌ？　俺は故郷に戻ってカトリーヌと話をしてきた。赤髭《あかひげ》のジャンのジジイともな。いろいろな人間の思惑《おもわく》が絡《から》んで、今回の騒動が起きたらしい。一応、問題は解決だ」

不眠不休で戻ってきたのだろう。ぼさぼさの髪をかきながら寝台の上に長い足を伸ばして寝転がっていたモンモランシの腕の中に、ジャンヌは飛び込んでいた。

「やっぱり、モンモランシの子じゃなかったんだね？」

「そりゃそうだ。俺はアスタロトに誓って、神聖なる童貞だからな……」

「どや顔で童貞自慢とか、修道士でもあるまいし。ほんとうに愚かねモンモランシ。わたしのほうは収穫なしだったわ。ニコラ・フラメルを見つけだして残る石の在《あ》り処《か》を尋《たず》ねたけれど、どれも到底回収不能な場所にあるとわかっただけだった」

「羽つきさん！　アスタロト！　どこに行っていたの？　お帰り！」

「……ちょっとイベリア半島までね。異端狩りが激しくて危ない土地だったわ」

寝室の窓際《まどぎわ》には、傷ついた羽を畳んで小さく丸めたアスタロトが寝ていた。

ジャンヌにとって、久しぶりの時間だった――モンモランシと、アスタロトと、ジャンヌ。

ドンレミ村から出発した「旅」は、この三人からはじまったのだ。あとはラ・イルがガスコーニュ傭兵《メルスネール》たちを率いて戻ってくれれば、勢ぞろいと言える。

「結局、故郷でなにがあったの、モンモランシ？」

「込み入っていて、一言で説明するのはちょっと難しいんだが、俺の弟のルネが愛人を孕《はら》ませたんだよ。俺はカトリーヌと結婚したものの、故郷にはいっこうに戻らず嫡子を作る意欲がまったくないことは一族の誰の目にも明らかだったから、所領を奪い取ろうとする者まで現れた。レ家はアンジューとブルターニュに膨大《ぼうだい》な資産を持っているからな。だから、そのルネの子を、とりあえずレ家の後継者にしよう、ちゃんと血は繋がっているのだし、俺の実子ということにしてしまえばどこからも横槍《よこやり》は入るまい、という話になったのさ。俺がシャントセに到着した時には、もうその子は生まれていた。女の子で、『マリ』と名付けられた」

「……レ家？　モンモランシは、モンモランシ家の当主さまじゃなかったっけ？」

「ああ。そのあたりも、かつて赤髭のジャンがごちゃごちゃにしちまったんだ。俺はモンモランシ＝ラヴァル家の資産も相続したが、いちばんでかい資産はレ家から継いだものさ。だから本来、俺の正式な呼び名は、ジル・ド・レだ。でも俺は、モンモランシ家に愛着があってな」

ジャンヌは、何カ月かぶりに安堵《あんど》のため息をついた。

こうして、身の潔白を証《あか》してくれたモンモランシの胸元に抱きついていると。

それだけで――。

すべての労苦が報《むく》われた気がした。

今までの労苦も、これからの労苦も。

まもなく自らの「選択」によって訪れる「運命」も。

モンモランシは、ジャンヌに故郷でなにがあったかを、ゆっくりと語ってくれた。

だがそれは、モンモランシにとって、そしてジャンヌにとって重大な告白でもあったのだ。

※

故郷のシャントセ城に舞い戻ってきたモンモランシを広間で出迎えた新妻《にいづま》のカトリーヌは、すでにその手に赤ん坊を抱いていた。女の子だった。

「カトリーヌ。もう生まれていたのか？　だとしたら、まるで計算が合わなくなるぜ。俺とお前が結婚してから、まだ十カ月も経《た》っていない！　その子はいったい？」

カトリーヌは、「夫」に向けて哀《かな》しげに微笑んでいた。

「この子は――マリは、表向きはお兄さまのお子として育てることになりました。マリは、ルネが愛人に産ませた子です。仏英戦争は激化する一方で、お兄さまの命がどうなるかもわからない。どうしても血が繋がった後継者候補が必要だと、お爺《じい》さまが」

「やっぱりジジイの差し金かよ！　おかげでジャンヌとは大喧嘩になるし、さんざんだぜ！」

「……お爺さまに抗議しに行く前に、わたしの言葉も聞いて、お兄さま。なぜならば、わたしも、お爺さまの提案に同意したのだから」

「そうか。そうだったな。いくらジジイでも、カトリーヌの同意なしにこんな無茶な真似はできない。まさか、また脅《おど》されたのか？」

「いいえ。わたしとお爺さまの願いは、同じなの。それは――錬金術と魔術と妖精の世界に飛び込んで戻ってこないお兄さまを、『地上の世界』へと引き戻したい、という願いよ。お爺さまは、お兄さまに妻を娶《めと》らせれば戻ってくるかもしれない、とずっと信じていた。でも、効果はなかった……だから、次は『嫡子』を育てさせる義務を与えようと。わたしも自分の意志で同意したの。だって。お兄さまは、このままではずっと遠いところへ行ったきり、わたしを置いて去ってしまいそうで……」

モンモランシは、カトリーヌ自身が進んで「嫡子」を育てる道を選んだことを知らされて、しばし言葉を失った。

ひたすらに現世の栄光と快楽を追い求め、フランスの王になれ、とジジイは昔から俺にさんざん吹き込んできた。あいつは、血が繋がった後継者をやたらに求める。自分の嫡子アモーリをアザンクールの戦場で失って以来、ずっとだ。しかも、なぜかルネがいるのに俺にばかり執着してきた。だから、今回もきっとジジイ一人が企《たくら》んだ強引な策謀《さくぼう》なんだろう、とばかり思っていた。

だが、そうではなかったのだ。

妹分にして妻のカトリーヌが、兄にして夫であるモンモランシの魂を「地上の世界」、つまり「人間の世界」へと呼び戻すために、この赤ん坊を「鎖《くさり》」として放ってきたのだ。

カトリーヌもまた、この二人の「兄妹《きょうだい》」の関係はこのままではいつまでも「夫婦」にはならない、とある意味、絶望していたのだろう。

（俺があの新婚初夜にせめてカトリーヌを抱いていれば、こんなことには。だが……）

だが、最愛の兄に放置されているカトリーヌは寂《さび》しげでありながらも、「子供」を授けられたことで満たされているらしい。

「母親」が浮かべる笑みを、腕の中の娘に向けている。

俺が過去に囚われて留まっている間に、カトリーヌのほうが先に「大人の女」に成長したのかもしれない、とモンモランシは思った。

ああ。

そうだ。

人間は、妖精族とは違う。男と女。二種類の人間が共存し、番《つがい》になり、子を産んで育てる。それが、人間という種族のあるべき姿なのだ。男と女が協力して子を作らなければ、人間は滅びてしまう。善でも悪でもない。ただそのような「生き方」を、人間は太古《たいこ》のある時期に選択したのだ。雌《めす》だけで単性繁殖できる妖精族とは違うのだ。

ローマ帝国崩壊後のヨーロッパ人たちの心と文明をひとつに束ねたカトリックはなぜか、「性」を憎悪し、性欲を悪と否定し、童貞のまま死ぬ神父や修道士をこそ尊い聖人であると崇《あが》める宗教組織である。事実、神父たちは結婚を禁じられている。まるで、生物としての人間の「繁殖」を否定するかのように。

すべての人間が神父や修道女になってしまえば、人間はたった一世代で絶滅してしまう。が、モンモランシは、カトリックの「禁欲主義」の根源がどこから出てくるのかも、禁欲主義のアンチテーゼとしての「繁殖全肯定主義」を掲げる異端がどうして次々と現れるのかも、やっと理解した気がした。

哀しいのだ。男と女の二種類の人間が交配しなければ、次世代の命を生みだせないということの現実が。しかもそこには、快楽がつきまとっている。それが哀しいのだ。とりわけ、男にとっては……なんとなれば、子を産む者は常に女であり、男はただの「供給者」にすぎないからである。モンモランシがエリクシルを姫騎士たちに供給するのと同じように。

男は、「生命を生む者」にはなれない。「種」を母胎《ぼたい》へと供給する代償として、刹那《せつな》的な快楽を得るだけである。「生命を生む喜び」は、女に独占されている。忌まわしい運命ではないか。だから古代の人々は女神を地母神《じぼしん》として崇拝してきた。だから男たちが支配するカトリックの教会は、子作りはただの義務である、夫婦は快楽に溺《おぼ》れてはならない、と主張してきた。そしてカトリックは、「快楽を伴った、交配による生殖」という原罪を忌み嫌い、原罪から免れている妖精族を悪魔の眷属《けんぞく》として狩ろうとしてきた。

どれほどカトリックが弾圧しても錬金術が滅びないのは、錬金術が「男だけの力で生命を産む」という見果てぬ夢を追い求める技術だからである。教皇自身が錬金術に没頭していた時代すらあった。

男たちは――。

「命」を生みだしたい。

「命」を。

自らの手で。

誰の助けも借りず。

どれほどジェズュ・クリが「アムール」を説こうとも、男女の交配には「快楽」がつきまとう。そこに暴力が生まれ、罪が生まれる。男たちが原罪を免れながら、同時に「命」を紡《つむ》ぐには、「命」を操る技術――錬金術にすがるしかなかったのだ。

しかし、だ。

ニコラ・フラメルは、その生命を生みだせない「男」たちの妄想の産物である現行の錬金術を、否定していた。ニコラは、妻と「番《つがい》」になることではじめて錬金術の奥義に到達したのだ。結局のところ、人間は男と女という二種類の性が共存することによってしか、繁殖できない。「命」は、両者が協力しなければ生みだせない。

だからこそ、「男」の身体を持つモンモランシが錬成するエリクシルは、著《いちじる》しく不完全なものになってしまった。

男性でありながらエリクシルを錬成し続ける「器」になったモンモランシは、処女《ヴィエルジュ》の血を求めねばならない身体になってしまった。処女の血を供給されなければ、まず理性が崩壊し、いずれは人間性を喪失し、最後には命そのものが断たれてしまうだろう。

男だけでの「命」の創造など、どれほどあがこうが、やはり不可能なのだ。

それにひきかえ、カトリーヌは処女でありながら、すでに「母親」の顔になっている。

慈愛に満ちた表情で、赤子を愛でている……。

カトリックの男たちが憎悪してきたのは、この「母親」だったのではないか。男たちは、「母親」の慈愛を求めずにはいられない。だが、自らは決して「母親」にはなれないのだ。与えられる瞬間を追い求めるだけで、与えることはできない。永遠に。

「……カトリーヌ。育てていく覚悟は、あるんだな。だったらもう、俺は止めはしない……ただ……できれば、俺は……お前の願いに応《こた》えて、『地上の世界』に帰りたかった。でも……」

あいつは間違いだらけの大悪党だったが、それでも結局は赤髭のジャンが正しかったのだ、俺は「善き人間」に憧《あこが》れすぎた、そして人間が手を出してはならない禁忌《きんき》を犯してしまったのだ、とモンモランシは思った。

罪悪感に塗《まみ》れ、悪徳に汚れながらも、地上の栄光と快楽を追い求めていれば、「悪人」にはなっていただろうが、吸血鬼などにはならなかった。

「……もう、手遅れなんだ。カトリーヌ。俺は……もう……人間の世界には、戻れないんだ」

モンモランシは、カトリーヌの前に膝《ひざ》をついて、落涙《らくるい》していた。

処女の血が必要な身体になった、とは告白できなかった。

彼女を絶望させたくはなかった。

だが、決して実現しない希望を持たせ続けることもまた、できなかった。

ただ、カトリーヌは、兄の「運命」が予想以上に暗転していることを察した。

カトリーヌは、モンモランシがいずれ魔王になる「運命」の持ち主であり、オルレアンで「バビロンの穴」を開いて神々を召喚してしまったことを知っている。だからこそ、真実を彼女に打ち明けた赤髭のジャンとともに焦《あせ》った。焦るあまり、手遅れになる前にモンモランシを呼び戻そうと、この「嫡子騒動」を決行したのだ。

しかし、もう、手遅れだったのだ。

「この戦争が終わっても、わたしたちのもとには戻ってきてくださらないのね、お兄さま……手遅れだったのね。お兄さまは、いずれ『魔王』になってしまうの？」

「……そうか。そこまで知っているのか、カトリーヌ。その一線だけは、踏みとどまる。連中を召喚する真似だけは、絶対にしない。指輪を飲まなければ、再び連中を召喚してしまう危険はない。ただ……もう、普通の人間として生きる道は、俺にはないんだ。ほんとうに、すまない」

「お兄さま。もしかしたら、パリ攻略戦が突然中断された原因は……」

「いや。パリ攻略戦は、この騒ぎがあろうがなかろうが、どうせ中止されていた。シャルロットが、ジャンヌが前線に出て負傷したことを知って恐慌状態に陥ったのだから」

「……仏英戦争を終結させるという偉大な使命が、お兄さまとジャンヌにはあるというのに、わたしたちが邪魔をしてしまったのね……ごめんなさい。お兄さまたちは、フランスの人々すべての運命を変えるために戦っていたというのに……わたしは、お兄さま一人を引き戻したいという私欲に動かされて……愚行だったわ。ジャンヌのもとにすぐに戻ってあげて」

愚行なんかじゃない。カトリーヌ。いつもお前がいてくれたから、お前がアムールを俺に捧《ささ》げてくれたから、俺は自由に生きられたんだ、自由奔放《ほんぽう》に、とモンモランシは思った。

ああ。マリは俺の子だ。俺とカトリーヌの子だ。レ家の世継ぎだ。それでいい。それくらいの「幸福」をカトリーヌに与えられなければ、俺の「善き人間」を目指して生きてきた日々は偽《いつわ》りだったことになる。

「でも、その前に寝室《しんしつ》で寝《ね》ているお爺さまと会ってきてあげて。急に老け込《ふ》んで、ご病気に……もうあまり長くなさそうなの……」

「ジジイが？」

悪行を重ねてきた赤髭のジャンことジャン・ド・クランも、老いには勝てない。

モンモランシとカトリーヌを正式に結婚させ、ルネの子をモンモランシの「嫡子」とする工作に成功した赤髭のジャンは、「モンモランシが魔王になるかどうかはわからぬ。だがこれで、モンモランシのために俺ができることはすべて為した」と安堵した。安堵すると同時に、積年の疲労が一気に吹きだしていた。

すでに、しばらく前から赤髭のジャンは病床《びょうしょう》に臥《ふ》していたのだった。

「……遅かったな……わが、孫よ……貴様に万が一のことがあっても、貴様の資産はすべてカトリーヌとマリ、そしてルネが引き継げるよう、手を打っておいた……これで……貴様の資産は、安全だ……」

もう赤髭ではない。髭がすっかり白くなっている。

あの怪物じみた巨体も、寝台の上で別人のようにしぼんで痩せ衰えていた。

「……ジジイ……てめえ。好き放題やったあげく、勝手にくたばろうっていうのか……？　俺はまだシャントセ城に戻ってきたわけじゃねえぞ！」

この男を、悪の権化《ごんげ》、と憎み恐れた。だから、「善き人間」になろうとした。

この男を、現世の快楽に憑かれた罪人、と思った。だから、現世を超越した世界に生きる錬金術師に憧れた。

しかし。

赤髭のジャンもまた、結局は「人間」なのだ。どれほど資産を増やそうが、最後には死が訪れる。誰も抗《あらが》えない。抗えるとすれば――「命」を生みだせる女だけである。不老不死の夢など人間の世界にはない。モンモランシはエリクシルを無限錬成できる身体と引き換えに、吸血鬼になった。人間をやめたのだ。

「……マリを貴様の嫡子にする工作を急いだのには理由がある。ブルターニュ公が、本拠地を留守にし続けている貴様の資産を狙っておってな……リッシュモンが姿を消したために、公を止められる者がブルターニュの宮廷にはいないのだ……」

「ブルターニュ公？　リッシュモンの兄貴が？　優柔不断な男だったはずだが」

「……優柔不断だからこそ、確固とした『志《こころざし》』を持たないからこそ、目先のちっぽけな欲望に簡単に動かされる。イングランドとフランスの間でふらふらと蝙蝠《こうもり》のように寝返りを繰り返しているのも、そのためよ……こたび、公は貴様が自分の莫大《ばくだい》な資産に興味がないことに気づき、火事場泥棒を働こうとした……錬金術師ジル・ド・レには資産管理能力がない、捨て置けばイングランドに侵食されてしまうことは明らか。よって、ジル・ド・レの領土の一部を主君であるブルターニュ公自らが統治する、と言いだしたのじゃ……」

「まさか。あの『正義の人』リッシュモンに後で知られれば、『仏英戦争の最中に兄上はなんという愚かな真似を』と激怒されることくらい予想できるだろうに？」

「そうとも。まこと、視野の狭い男よ。だが、王侯貴族といってもしょせんは土地と城の所有権をどれだけ押さえているか、どれだけ奪い取れるか、という領地争いに興じている連中にすぎん。公が隙《すき》だらけの貴様の領土に手を伸ばしたのは、別に奇異なことではない。家督を継承していながら領地経営に興味を持たない貴様が悪いのだ」

それでジジイは急いで俺の「嫡子」を準備したのか、とモンモランシは納得した。

封建社会の貴族は、結局のところ、自領の確保と拡大、「家」の継承のみに専念するのが「本業」なのだ。フランスとイングランドの戦争を本格的に終結させようという「志」を抱いて戦う者のほうが、むしろ貴族らしくないのだ。ブルターニュ公の行動は、貴族としてごく普通の所業にすぎない。

だからこそ、この戦争は八十年も続いている――。

それにしても、リッシュモンの不在がこんな形で響いてくるとは。

「……貴様の嫡子が生まれると知った公は、貴様の資産をかすめ取る企みを諦めたようじゃ……優柔不断であるが故に、あっさりと手を退《ひ》いた……すでにシャントセの住民たちは、カトリーヌの子の父親はルネだ、と噂を立てているが……公にとっては、どちらでも同じことなのだ……」

幸い、弟のルネは兄とは違い、常識人である。ごく普通のまっとうな貴族の子息だ。まだ少年と言っていい若さだが、錬金術や魔術にも興味はなく、普通に貴婦人を愛する「男」だ。正式に妻を娶る前に、アムールに目覚め、侍女《じじょ》か誰かを孕ませたらしい。大貴族の一員とはいえ、非嫡子はたいていの場合、苦労することになる。ルネとしても、マリを「レ家の嫡子」に据えることに異存はなかったのだろう。それに、浮き世離れしたモンモランシにもともと「実子」を作るつもりがないことを、ルネもよく知っている。だから、兄から家を乗っ取るというわけではない。

「……俺はもう長くない。口がきけるうちに教えておこう。貴様が生まれた夜。その赤子はいずれ魔王になる、と胡散臭《うさんくさ》い錬金術師《アルシミスト》どもに忠告された。すみやかに殺すか、さもなくば現世の快楽と栄光によって縛り付け、人間の世界に留め続けよ、と……ジェズュ・クリが生誕した時には、東方の三賢者がその誕生を祝福し、嫉妬した王が嬰児《えいじ》殺しを実行したというのに、貴様はまるで逆だったぞ……賢者どもから、その嬰児を殺せ、それは魔王だ、と忠告されねばならぬ赤子だった……俺は、言われるまでもなく二番目の選択肢を採《と》った。自分の孫を、生まれたその日に殺せるはずがあろうか。しかし、その後の貴様の生き様を見るに……わが行動は、逆効果だったようじゃな……どれほど手本を見せても、貴様には『悪徳』を教え込めなかった」

そんな過去が、ジジイには。

だから……だから、ジジイは俺を現世に繋ぎ止めようとして、不要な悪行を重ねて。そして、罪人として死んでいくのか。

もっと早く、打ち明けてくれていれば。

いや。言えなかったのか。

言えないだろう。そもそも「魔王」とはなんだ、と幼い俺は疑問に思う。納得するはずがない。そして結局は魔導書《グリモワール》を調べて、「彼方《かなた》の世界」へと飛び立ってしまう。次々と黒死病《ペスト》をはじめとする病気や事故で家族が失われていくさまに打ちひしがれるという運命は変わらないからだ。ジジイが俺に真実を教えようが教えまいが、同じことだったのだ。いずれにせよ俺は、自ら望んで、錬金術の世界に飛び込んでいた。

ああ。

それでも。

もっと、人間と人間同士がすみやかに対話し、互いの意思を交換できる生物であったならば。

俺とジジイとが、もっと早く、対話していれば。

俺たちには、違う未来があったのかもしれない。

急いでジャンヌに告白しなければならない。その結果、ジャンヌに絶望され拒絶されたとしても。

「……ジジイ。まだ、くたばるんじゃねえぞ。俺はやっとフランス軍元帥《げんすい》になったばかりだ。救国の英雄と讃《たた》えられているが、いまだ使命を完遂《かんすい》してはいない。俺は必ず、この戦争を終結させる。『善き人間』になってみせる。それまでは、寝ていろ……もう悪事も働けねえだろう。あんたは、人畜無害な老人に、なった……」

言葉を発して、疲れたのだろう。赤髭のジャンは、眠りに落ちながら、ゆっくりとうなずいていた。

また、一人の人間の「命」が消えていこうとしている。

保《も》って、あと一年か、長くとも二年だろう。

モンモランシは、(あんたは人間の悪党として生きて死ねる。あんたの行動はことごとく間違っていた。だが、俺を人間の世界に留めようとしてきた『志』は、正しかった) と赤髭のジヤンに声をかけようと思った。

だが、老人がすでに眠りについていることに気づくと、立ちあがっていた。

「ジャンヌのもとへ、戻ろう。どのような結果が待ち受けているとしても、俺は俺の秘密をジャンヌに告白しなければ――」

※

自分をけんめいに「地上の世界」へ呼び戻そうと今回の嫡子騒動まで起こした赤髭のジャンにも告白はできなかった。カトリーヌと同様に、絶望させたくはなかったからだ。

だが、モンモランシはこの部屋で――アスタロトとジャンヌに「シャントセ城での経緯《いきさつ》」を語りながら、その重大な告白を為したのだった。さらに、ニコラ・フラメルからさまざまな情報を得ていたアスタルトが、モンモランシの身に起きている事態を完全に補完してくれた。

すなわち。

錬金術の奥義を収め、完全なるエリクシルを錬成するためには、「男と女」という二つの性の協力が不可欠なこと。

今の世を生きる錬金術師のうち、妻とともに錬金術の探求を続けてきたニコラ・フラメルのみが、その奥義に達して完全なるエリクシルの錬成に成功したこと。

ドンレミ村でモンモランシが錬成したエリクシルが不完全なものなのは、「男」と「妖精」

の力で錬成したからで、「女性性」が不足しているからだということ。

男がモンモランシのエリクシルを飲むと力が暴走し、身体が爆発してしまうのは、おそらくエリクシルに「女性性」が欠損しているためだということ。

その不完全で「女性性」が欠けているエリクシルを錬成し続ける「器」になってしまったモンモランシもまた、定期的に体内へと「女性性」を——「処女の血」を供給しなければいずれ脳が壊れ、命も失うということ。つまり、ヴァンパイアになってしまったこと。

いつしかモンモランシの髪の上に舞い降りていたアスタロトは、

「こんなことになるなんて。処女の血が必要、ですって？　吸血鬼になった、ですって？　まさか。そんなはずがない！　過去にわたしが賢者の石を与えてユリスとして選定した英雄たちには、そんなおぞましい副作用は……わたしが記憶している限り、前例がないわ！　もしもそんな悲劇的な事態が起きていたならば、決してわたしはその記憶を捨てなかったはず……！　あなたを錬金術の道に誘うことだって、絶対にやらなかった！」

と絶句していた。

「それは、今までのユリスは自ら『器』にはならなかったからだよ。アスタロト。俺はどうやらたぐいまれな特異体質らしいからな。人間はいちどエリクシルを飲んだくらいでは、ヴァンパイアにはならないんだ。それに、過去、お前が賢者の石を与えた英雄たちが飲んだエリクシルは、誰が錬成した？」

「……例外もあるけれど……基本的には……古代に錬成されたものを探し出して与えていたわ。

錬金術を一から習得して自力でエリクシルを錬成するまでになるには、何年かかるかわからないから……あなただって、七年もかかっている。発掘して手に入れるほうがずっと早かったのよ。かつては、ヨーロッパの各地に建てられた巨石遺跡のあちこちに、古い時代の術師が錬成したエリクシルが貯蔵されていたから……少なくとも、カトリックの教会がヨーロッパ先住民の古代異教聖地を荒らし尽くすまでは……」

「ならば、そいつは完全なエリクシルだったということだ。男がエリクシルを飲んでも、それだけでいきなり爆発したりはしなかったんだろう？」

「……そうね。新たに錬成したものもあったけれど……あなたのエリクシルは、はじめから規格外だったわね……男の身体にとってはあなたのエリクシルは有害だけれども、『女性性』を自力で補給できるラ・イルたちは無事だってことかしら？」

「そうだな。フィリップがノワールになった時に身体が成長する理由も、わかった気がする。あいつが飲んだエリクシルに欠けている『女性性』を、フィリップ自身の身体が増幅させているんだ。幼く見えるけれど、フィリップはもう女だからな。だが、ジャンヌは……」

「ジャンヌは《乙女》と呼ばれているけれど、まだ女になっていない。子供だわ。体内に『女性性』の種は備わっているから、爆発したりはしない。でも、『女性性』を体内で十分には増幅できず、エリクシルの欠陥を埋めきれない！　それで、ユリスの力を放つとエリクシルがすぐに涸《か》れてしまうんだわ！　しかもジャンヌはいちどドンレミ村で致命傷を受けて事実上死んでいるから、ユリスの力がなければ生きられない。だから、エリクシルが涸れると生命活動の維持が困難になって、激しく餓《う》えるんだわ！　ジャンヌのエリクシルが涸れてしまう真の原因は、指輪を雑に分割したからでもなければ、ジャンヌが子供だからでもなく――」

「『女性性』が、足りないんだ。が、どうやらジャンヌはヴァンパイアにはならない。激しく餓え渇《かわ》くが、あくまでも命を維持するためのエリクシルが必要になるだけだ……目覚めてはいないが、生まれつき身体に『女性性』の種が内在しているからだろうな。男として生まれた俺とは違う。それだけが不幸中の幸いか――」

　モンモランシは、決定的な告白をついに成し遂げていた。

「なんてことなの……モンモランシ……ごめんなさい……」

「アスタロトのせいじゃない。結局は、俺の運命だったのさ。『器』になれてしまう俺の体質が原因だ。ヨーロッパの王侯貴族が血筋にこだわってきた真の理由、民衆もまた貴族たちの血筋を尊んできたほんとうの理由がわかったぜ。『エリクシル』への耐性の強さ、『賢者の石』への適応力は、生まれ持った『血』の性質によって決まる。だから、ユリスの力を得て王朝を建てた英雄の血筋が重要視され、聖なるものとして崇《あが》められるんだ。王も、公も、貴族たちもみんなそうなんだ。かつてのフランスの王は、ユリスとして聖剣《サント・サーブル》ジョワユーズを使いこなせていたんだろう。しかし、王族同士で近親婚をずっと続けるわけにはいかない。血が濃すぎても、まずいんだろう。俺みたいな怪物が生まれてくる可能性もあるからな。結局、代々、血の濃さが薄まっていくにつれて、賢者の石への適応力は落ちていく……古代に錬成され貯蔵されていたエリクシルも、時代とともに枯渇《こかつ》していく。そして王室は弱体化する……」

「でも、かくもあなたの血が『濃い』のは……」

「テンプル騎士団の総長の血筋だしな。テンプル騎士団が壊滅した後、騎士団の団員たちは水面下に潜《もぐ》っていろいろな組織に分派したそうじゃないか。俺の一族が為してきた歴代の婚姻も、もしかしたら、旧テンプル騎士団の系譜《けいふ》に連なる者同士で繰り返されてきたのかもしれない。俺の代に至って、うまい具合に、濃くなったんだろう」

「……ニコラ・フラメルは、それで……あなたの素質を察知できたのね……」

アスタロトはこの時、「女神イナンナ」として生き続けることを、やめた。モンモランシのために生きて、そして死ぬ、と決めていた。

（わたしは、また過《あやま》ちを繰り返して決定的な罪を犯してしまった。もう、ヨーロッパ統一というわたし自身の夢は、達成できなくていい。モンモランシの「夢」を、叶えてあげたい。「アムール」という感情に目覚めた今のわたしは、以前のわたしとは違う。呪いは、すでに解けている。その気になれば、止まっているわたし自身の「時間」を動かすことができる。わたし自身の「殻《から》」を脱ぎ捨てて永遠の命を放棄《ほうき》することができる。モンモランシのためならば――ほんものの悪魔にだって、なれる）

モンモランシは、無限の時間を生きてきたアスタロトに拒絶されることはない、と理解していた。アスタロトはそもそも人間ではなく、「女神」であり、「悪魔」なのだ。

だが。

ジャンヌは違う。

ジャンヌは、ごく平凡な人間の子供だ。

不完全なエリクシルをモンモランシから与えられて、生きる限り「エリクシル枯渇による餓え」に苦しまなければならなくなった。エリクシルが涸れれば衰弱して死んでしまう身体だから、大人の女性に成長することもできない。

モンモランシはカトリーヌと結婚し、フィリップやリッシュモン、さらにはシャルロットにまでエリクシルを与えている。「騎士」として仕《つか》えたにもかかわらず、何度もジャンヌを裏切り続けている。

その上、モンモランシはついに、人間ではなくなってしまった――。

処女の血を吸わなければ生きられない、真の怪物になり果ててしまったのだ。

あの時だ。ドンレミ村の森で蒸留器《アランビック》が爆発して、不完全なエリクシルをモンモランシが全身に浴びたあの時から、モンモランシの身体は「器」になり、エリクシル錬成機になり、生きる限り「処女の血」を供給されなければならない怪物となったのだ。

ジャンヌを餓えさせ、自らも餓え続ける。

そんな地獄巡りのような旅に、ジャンヌを連れ出してしまったのだ。

オルレアンで「バビロンの穴」が開いたあの時、指輪の力に支配されたモンモランシは「ジャンヌの血を吸いたい」という衝動に憑かれて、すでにヴァンパイアとして覚醒していたのだ。

バビロンの穴から出てきた神々――今の世の基準で言えば「悪魔」どもだが――は、自分たちを召喚した「主《あるじ》」であるモンモランシの精神に同調していた。だから、真っ先にジャンヌを

「贄《にえ》」として食らい尽くそうとしていた。

これからも、ジャンヌとともにいる限り、モンモランシはジャンヌの血を吸いたいという衝動に襲われ続けることになるだろう。ユリスの力を開放せずとも、「器」である以上は、いつかは吸血衝動に憑かれる時が来る。おそらくは、男としての「欲望」と吸血衝動とが連動しているのだ。どちらも、「女性性」を求める衝動なのだから。

だからこそ、何度も逡巡《しゆんじゆん》してきた。告白するか否《いな》か。

パリでその機会を逸したことで、(ジャンヌに怯《おび》えられ、拒絶されるのではないか)という恐怖はさらに増した。

これが「懺悔《ざんげ》」というやつか。拒絶されたら、俺の魂はどうなってしまうのだろう、と「数秒後の未来」を予想するだけで、モンモランシの身体は小刻みに震えた。

しかし。

ジャンヌは、モンモランシを拒絶しなかった。

モンモランシの胸にしがみついたまま、そっと頬を撫でてくれた。

突き放すどころか、むしろ、より距離を詰めてきてくれたのだ。

(なんて優しい笑顔で俺を見つめるんだ、ジャンヌ)

まるで「聖女」だ。

人間が浮かべられる笑みではない。

「モンモランシのせいじゃないよ。だって、わたしを庇ってエリクシルを浴びたんだから。いつだって、モンモランシはわたしのために頑張ってきてくれたよね」

それ以上の言葉など、不要だった。

その無垢な笑顔を見ただけで、モンモランシは、自分が重ねてきた失敗と罪のすべてを赦《ゆる》された、と感じることができた。

（もしも古代ローマ時代のエルサレムを生きていて、ジェズユ・クリと邂逅《かいこう》したとしたら、俺はやはりこのような想いに捕らわれて、涙を流さずにはいられなかったのだろうか）

だが、感激とともに、（ジャンヌは俺とは真逆の方向へと向かって、天上の世界へと駆けあがりつつある。人間であることをやめて、ほんものの聖女になりつつある。一方の俺は、地獄行きだ……ジャンヌが、遠くに行ってしまうような）という言い知れぬ不安も、モンモランシの心を襲っていた。

なぜだろう。

人間は、こんな無垢な笑顔を浮かべられる生き物ではないのだ。

善と悪。人間には、その両面性がある。資産を増やすために悪行を重ねてきた赤髭のジャンであろうとも、妖精を実験材料に用いて虐待し続けてきたラ・トレムイユであろうとも、そのすべてが悪なのではない。悪の裏には、善がある。「善き人間になりたい」「善行を為したい」という捨てがたい思いがある。モンモランシ自身、理性を保ち続け生きながらえるためにシャルロットの白い首筋に牙を立てたその時、人間の本質がやっと理解できた気がしたのだ。「善き人間になりたい」という理想と、「邪悪な欲望と衝動に否応なしに突き動かされていく」という現実との間で、人間は永遠に葛藤《かっとう》し続けるのだ。だからこそ、カトリックという信仰を、人々は求めた。エデンの園から追放される以前の「原罪なき人間」に恋《こ》い焦《こ》がれてきた。己の獣性に怯え、修道院に籠《こ》もり、童貞と処女を守って「善き人間」を目指す者たちも後を絶たなかった。

久しぶりに再会したジャンヌは、しかし、欲望も衝動もなにもかもを置き忘れてしまったかのようだった。いや、ドンレミ村で出会った時から、そうだったと言える。でも、違う。あの頃のジャンヌは、無垢な子供だった。今のジャンヌは、「現世」を知っている。何度も戦場で戦っている。傲慢の感情を増大させて、嫉妬に燃えたこともあった。それなのに。

それなのに、どうして、そんな穢《けが》れなき笑顔を浮かべられるんだ、ジャンヌ？

「わたしの血を吸えば、モンモランシは餓えずに済むの？　だったら、いくらでも吸っていいよ。わたしだって、モンモランシからいつもエリクシルをもらってきたんだから。おあいこだよ」

「……それはダメなんだ。ジャンヌの血は、まだ『処女の血』じゃないから、だ……一時的に衝動を抑えることはできても、それじゃあ『女性性』を補給できない……意味がないんだ……」

それに、そんな呪わしい永久循環《じゅんかん》の関係などに、ジャンヌを囚えることは許されない、とモンモランシは思った。

お互いにお互いの血と体液を交換し続けねば生きられない関係など、「地獄」以外のなにものでもない。たとえ、どれほどジャンヌが無垢な魂を守り続けたとしても、だ。

　思い詰めたモンモランシを見かねたアスタロトが、切りだした。

「わたしの体液は？　大洪水以前の世界でキエンギの神が錬成した完全なエリクシルが、わたしの身体には流れている。量は少ないけれど、そのエリクシルがわたしに永遠の命を与えているのよ。わたしの身体はいくらでも再生できる。命を絶つまでわたしの体液を吸っても、わたしは何度だって……わたしは、死ぬことにはもう慣れているから、平気よ！」

「いや。アスタロトのエリクシルも、たぶん、俺にとっては完全じゃない。お前の体内のエリクシルは、きっと、なんらかの理由で変質しているのだろう。そうでなければ、お前の体液を利用してエリクシルを無限錬成できる術師がとっくに現れているはずだ」

「……そうね……そうだったわね……きっと、あの時に浴びた毒が混じったために……」

「毒？」

「……だからこそ、あなたは一からエリクシルを錬成しなければならなかったんだったわ。ヘンリー五世は、ヴァンセンヌの森で捕まえたわたしの体液をエリクシル代わりに用いて聖槍《サント・ランス》に挑戦したけれど、ユリスになれずに死んでしまった……でも、わたしの体液から完全なエリクシルを抽出《ちゆうしゆつ》するなんらかの方法があるはずよ。道のりは遠くても、きっと探求し続ければ、いつかは」

　アザンクールを制し、パリを陥落させた征服王ヘンリー五世が？　そんなことがあったのか、フランスはアスタロトのおかげで滅亡を免れていたのか、とモンモランシは少し驚いた。

「いや、自分が生きるためにアスタロトを殺し続ける羽目になるなんて、絶対にごめんだ。そんな真似をしたら俺はもう、ラ・トレムイユからお前を守ったあの時の俺ではなくなっちまう。『命』を守りたいと願ったはずの俺が、『命』を奪う側に。そいつは、ヴァンパイアになるよりも悲惨な道だぜ。ラ・トレムイユと同類になるくらいならば、死んじまったほうがマシだ」

「……そうね。あなたは、そういう人だったわね……だから、わたしは……」

だが、モンモランシは死ぬことすら許されない。

なぜならば、ジャンヌがいる。

ジャンヌにエリクシルを補給するために。

モンモランシは、ヴァンパイアになってなお、生き続けなければならないのだ。

誰かが、完全なエリクシルの「永続的な」錬成に成功しない限りは――。

ああ。

たかが人間が、神の如き力を得て「命」を操ろうだなんて真似は、やはり「罪」だったのだ。

生物は、死ぬべき時に死ぬ定めなのだ。永遠の命など、悪夢に他ならない。

神父たちのほうが、正しかった。

錬金術も、魔術も、「人間の世界」からは排除されるべきものだったのだ。

「シャルロットは、だからモンモランシに血を捧げたんだね。わたし、誤解していた。ごめんね、モンモランシ……こんなこと、すぐには打ち明けられないよね」

モンモランシは、なおも自分を励まし勇気づけようと頬を撫で続けてくれるジャンヌの笑顔を直視できなかった。

ジャンヌは、聖女に。

モンモランシは、魔王に。

離れられないはずの二人でありながら、二人が歩む「道」は、決定的に分かれていく。

そんな予感に襲われていたからだ。

「モンモランシ、そんな顔しないで。泣かないで、だいじょうぶだから。約束したよね。モンモランシが何者であっても、別人のようになり果ててしまっても、わたしはモンモランシの味方だよ、って」

オルレアンで「穴」から連中を召喚してしまったあの時と同じ誓いの言葉を、ジャンヌは囁いてくれた。だが、それに続くはずの「最後までずっと一緒だよ、モンモランシ」という言葉をジャンヌは言わなかった。繰り返しになるからだろうか？　言わずもがなだからだろうか？

それとも？

それともジャンヌ自身もまた、俺とずっと一緒にはいられない、この時間にはいずれ「終わり」が来る、と予感しているのだろうか。

モンモランシは、ジャンヌの中でなにか決定的な異変が起きつつあるのではないか、と怯えた。怯えながらも、ジャンヌの小さな頭をそっと抱いて、そして声を殺して泣いた。俺は、過ちを犯した。俺がジャンヌにやってきたことは、ラ・トレムイユが妖精たちにやってきたことと変わらない。リッシュモンを救いたいと願った最初の「志」は、正しかった。だが、道を誤《あやま》った。リッシュモンを「不死のユリス」と為すために賢者の石とエリクシルを追い求めるのではなく、自らの力でリッシュモンを救うために「騎士」として英国へと飛び込むべきだったのだ。それが、「男」になる、ということだったのだ。それなのに、俺は錬金術にこだわり続け、貴重な時間を失った。気がつけば、七年間！　七年間も、俺はリッシュモンを失望させ続けてきたのだ。そして俺は、錬金術に耽溺《たんでき》した果てに、人間をやめてしまった。

もう、人間じゃない。野獣だ。

俺はいずれ、ほんものの魔王になる。

きっと、そうなるだろう。

「バビロンの穴」に封じられている奴らが、俺という「器」を用いてこの世界に再びなだれ込もうとしていることが、人間たちを殺し尽くそうとしていることが、わかる。指輪を介して、連中の衝動が伝わってくる。

俺はこれから、何人の人間を殺すことになるのだろう。

ほんとうに、世界を滅ぼしてしまうのだろうか。

そうなるかもしれない。

それなのに、俺はジャンヌからすべてを赦されている。俺の過ちに満ちた過去も。俺の罪深い現在も。俺のおぞましい未来も。文字通り、すべてを――。

「ねえモンモランシ。アスタロト。窓の外を見て！　雪が降ってきたよ！　今日は雪の中で遊ぼう！　あの雪を固めて、投げっこするんだよ！」

雪を見たジャンヌが、不意に、ドンレミ村のなにも知らなかった子供時代と変わらない歓声をあげていた。

ぴょん、と寝台から飛び降りて、廊下を駆けていく。

モンモランシは、アスタロトを肩に乗せながら、ジャンヌの後を追って庭園へと出ていた。

「待てよジャンヌ！　無防備すぎるぞ！　風邪引くぜ！」

「今日はクリスマスだったね、モンモランシ！」

「……そうだな。そうだったな。クリスマスか……夕食は、とびきり豪華にしよう」

ジャルジョーの森に棲《す》み着いている妖精フェイ族たちが、そんなジャンヌの「香り」に惹《ひ》かれて、わらわらと集まってくる。

モンモランシもまた、妖精たちには好かれる体質だったはずだ。だが、もう、モンモランシに近寄ってくるフェイ族はいない。「匂《にお》い」が変わってしまったのだろうか。みな、モンモランシに怯えているように見えた。だが、思い過ごしかもしれない。今日の俺は、感傷的すぎる。

クリスマス、だからな――。

(男と女に分かれてしまった人間が正しかったのか、分かれる道を選ばなかった妖精たちが正しかったのか……結果としては人間のほうが、ずっと強くなった。妖精たちは、このままではいずれ棲む場所を失って人間に滅ぼされてしまうだろう。だが……短くとも幸福な「生」をまっとうできる種族は、どちらなんだろうな)

ジャンヌが赴《おもむ》くところ、神父たちも妖精を排除できない。ジャンヌと妖精たちは、それまで面識がなくとも、すぐに姉妹のように親しくなるのだ。オルレアン解放以来、ジャンヌのもとに集《つど》う妖精たちはその活動を黙認されている。

戦争から解放されたジャンヌ。

ドンレミ村で陽気に妖精たちと踊っていた時と変わらないジャンヌ。

俺はただ、こんな無垢なジャンヌを守りたかっただけなのに、どこで道を誤ったんだろう。アムールが、人に過ちと罪を犯させることになるだなんて。赤髭のジャンも、俺も、人間である限りは原罪から逃れられなかったのか。

失われた「瞬間」を永遠に留《とど》めたい、と願ったそのこと自体が、罪だったのか。

諦めて手放す勇気を、持つべきだったのか。

いや。できない。できなかった。今だって、できない。

「アスタロトも雪つぶてを作って投げていいよー！」

「わたしは、豆粒みたいな小さなものしか作れないわよ」

「あははっ！　そうだったね！　ねえ、モンモランシ？」

「……うん？」

「……どうして人間には、男と女の二種類があるんだろうね？　妖精さんたちのように、みんなが女の子だったら、きっと人間の世界にはこれほどの哀しみは生まれなかったよね。たとえ賢者の石を手に入れたって、『傲慢』も。『嫉妬』も。『肉欲』も。こんなには膨れあがらなかったよね。戦争だって、こんなに頻繁《ひんぱん》には起こらなかったよね……だったら、わたしは」

妖精になりたいな、とジャンヌは不意に、そう呟《つぶや》いた。

人間の世界から消えてしまわないでくれ、天上の世界へは行かないでくれジャンヌ。

ああ。俺は今、カトリーヌと同じことを、願っている。カトリーヌも、こんなふうに、俺を地上の世界に、人間の世界に押しとどめようと胸を痛めて。

モンモランシは、（たとえジャンヌがここにいても。俺はもう、ジャンヌを失っているのかもしれない）と、そう思った。

ジャンヌは、「傲慢」の感情を知った。嫉妬も知った。怒りも知った。人間の悪徳を知ってしまった。

たとえ、身体は「女」になれなくても。

もう、ドンレミ村で出会ったあの時のジャンヌとは違うのだ。

生きるとは、「死」に向かっていくこと、絶え間なく変わり続けるということなのだ。

モンモランシは拭《ぬぐ》いがたい喪失の予感に胸を詰まらせて、言葉を口にすることすらできなかった。

アスタロトが、そんなモンモランシの掌の上に舞い降りてきて、指に頬ずりする。

慰《なぐさ》めてくれているのかな、とモンモランシは思った。

「ねえ、モンモランシ、アスタロト。クリスマスが終わったら、わたしシャルロットに会って、仲直りしてくるね！」

ジャンヌが、晴れやかな笑顔でそう言いだした時、モンモランシは止めることができなかった。二人のすれ違いを終わらせなければ、戦局は動かない。フランスはどんどん不利になっていく。すれ違いの原因となっているモンモランシを交えずに、二人きりで対面させるべきだと、そう思った。ジャンヌは、シャルロットの姫騎士《シュヴァリエール》なのだから。

※

シャルロットはこの年末を、ブールジュにほど近いムアン・シュル・イエーヴルの宮殿で過ごしていた。

シャルロットとアルマニャック派を支えてきたヴァロワ王家の長老、今は亡きベリー公が、ブールジュの町とともにシャルロットに遺してくれた豪華な宮殿である。

ベリー公は、「いずれフランス最高の騎士となる」とブルゴーニュ公家のもとで育てられていたリッシュモンをパリの騎士養成学校に招聘《しょうへい》して、シャルロットとリッシュモンを「幼なじみ」とした深慮遠謀《しんりょえんぼう》の男でもあった。ジャンヌが登場する以前のアルマニャック派の凋落《ちょうらく》とシャルロットの苦境は、ベリー公の死去によって決定的となったのだ。

しかし、パリからの亡命を余儀なくされたシャルロットが滅び去ることなくジャンヌの登場まで粘り続けられたのも、ベリー公がブルージュを彼女に遺してくれたからだった。

やがて遠い遠い未来に「フランス革命」が勃発《ぼっぱつ》し、このムアン・シュル・イエーヴルの宮殿は破壊されて灰燼《かいじん》と帰《き》すはずである。

しかし、シャルロットも、そしてジャンヌも、その未来を知ることはできない。なぜならば、まだ革命軍が打ち倒すべき「フランス国家」というものが成立していない。フランスの王権は、イングランド王家とフランス王家との間で揺れ続けている。シャルロットのランスでの戴冠は、複数の諸侯領に分裂しているフランスを国家としてひとつにまとめる絶好の機会だった。が、シャルロットはその好機に、パリを見逃した——。

ベリー公は今頃、自分の選択を「優柔不断じゃ」と嘆いていると思うと、シャルロットはとてもブールジュでクリスマスを贅沢《ぜいたく》に過ごす気にはなれなかったのだ。孤独にムアン・シュル・イエーヴルで過ごすことを選んだ。ジャンヌたち遠征軍の仲間に会わせる顔がない。遠征軍を強制的に解散させられてパリ奪回の機会を奪われたラ・イルやアランソンたちはみんな激怒しているし、そして彼ら全員を敵に回したあげくパリ返還交渉に失敗したラ・トレムイユもまた半狂乱になっていた。

なによりも、フィリップに譲渡したはずのコンピエーニュが、命令を聞いてくれなかった。フランス女王に忠誠を誓ったのに放りだされた、開城しろと言うならば先にパリが開城して女王に忠誠を誓うべきだ、とコンピエーニュの市民と守備兵たちは憤《いきどお》り、開城を拒否。ブルゴーニュ軍と一触即発の状態になっているという。

ジャンヌの不敗神話も、終わってしまった。希望の星だった《乙女》がパリ攻略に失敗した、すでに《乙女》は救世主としての神通力を失ってしまった、とフランス全土に失望が広がっている。

なにもかも、シャルが……。

そう思うと、誰とも会う気にはなれなかった。

そんなシャルロットのもとに、ジャンヌがただ一人で忍んできたのは、十二月三十一日の深夜だった。

寝室で寂しく年が明ける瞬間を待っていたシャルロットは、正体を隠すために男装して窓から乗り込んできたジャンヌの小柄な身体を抱き留めると、

「いったいどうしたの、ジャンヌ？　ラ・トレムイユのもとに……ブールジュにいたんじゃなかったの？」

と驚きを隠せなかった。

ジャンヌが自分を責めに来たのか、と怯えた。

なにしろ、ジャンヌが率いていたパリ攻略部隊を解散させて、ジャンヌをブールジュに半軟禁状態に近い形で閉じ込めていたのだから。

ブールジュの女王は、いまや伝説の救世主となった《乙女》にフランスの王位を奪われることを恐れてジャンヌ・ダルクから兵権を取りあげ干し続けているのだ、と人々が眉をひそめていることも知っていた。

だが、違った。

ジャンヌは、シャルロットに抱かれながら、

「……モンモランシとのことを勝手に誤解して嫉妬して、ごめんね……わたし、シャルロット

を信じ続けられなかった……シャルロットの姫騎士なのに」

　と涙目になって謝罪してきたのだ。

「……誤解？　ジャンヌ、あなた。もしかして……モンモランシから聞かされたの？　例の話を？」

「うん。カトリーヌが産んだ赤ちゃんが、実はモンモランシの弟さんの子供だと、モンモランシから教えてもらったんだよ」

「やっぱり、そういうことだったのね。でも、それと、モンモランシの『秘密』とは、関係が……」

「その時に、モンモランシが『処女の血』を吸わなければ生きられない身体になってしまったことも打ち明けられたの。シャルロットが、モンモランシを救ってくれたんだよね？　その、首に巻いているスカーフは……」

　シャルロットは「そう。モンモランシが。ずっとあなたには秘密にし続けるとばかり思っていた」と戸惑いながらも、スカーフをそっと外して首筋についた傷痕《きずあと》をジャンヌに見せた。

「錬金術の失敗が関係しているらしいけど、シャルには詳しい理屈はよくわからない。ただ、ジャンヌ。あなたがエリクシルを涸らして苦しむように、いえ、それ以上にモンモランシは『処女の血』に餓え渇き、地獄の苦しみを味わっている。でもね。シャルは平気だよ。もちろん、嚙みつかれた時はすごく痛かったけれど。むしろ、嬉しいんだ」

「嬉しい？」

「だって、シャルの血がモンモランシの命を支えて、モンモランシがジャンヌの命を支える。三人で協力し合いながら、生きていけるんだから。でも、これってまるきり異端魔術の世界だから、三人だけの秘密だよ？」

傲慢の感情が沈静化している今のジャンヌには、シャルロットのアムールがどのようなものか、はっきりとわかった。シャルロットは、アムールを分かち合えるのだ。カトリックが「三《さん》位一体《みいったい》」を唱えるのと同じに。

シャルロットの優しさに、ジャンヌは救われる思いがした。

だが、しかし。

ジャンヌは、一点だけ、どうしても納得できない。

それは――。

「モンモランシの体質が治らない限り、ずっとシャルロットは、『処女』のまま生きるの？　もしもモンモランシがこのままだったら、死ぬまで処女として生きるの？　ダメだよ、それは。だって、シャルロットはフランスの女王さまなんだよ？　世継ぎを産まなければいけないんだよ。世継ぎが絶えれば王侯貴族の家は乱れるって、モンモランシが言っていた。この戦争も、フランス王家の直系が断絶したためにはじまった、って」

「シャルにだって、親族ならばいるわ。妹のカトリーヌはもう、イングランドのヘンリー五世に嫁《とつ》いで『キャサリン』になってしまったけれど。だいじょうぶよ。このままシャルの直系が絶えても、親王であるオルレアン公が」

「オルレアン公さまは、アザンクールの戦いで捕らわれて以来ずっとイングランドの人質だよ。戦争に勝たない限り、絶対に釈放されない。戻ってこないよ！　だから、弟《おとうと》のバタールがオルレアンを守っているんだよ？　それに」

それに、シャルロットは「処女」のまま死んでしまっても、いいの？　ほんとうに？　後悔はないの？　と、ジャンヌは訴えていた。

「わたしと違って、シャルロットはもう、お年頃の女の子なのに。『母親』になれなくてもいいの？」

「……シャルの母上は、イングランド陣営についてシャルを廃嫡《はいちゃく》するくらいにシャルを憎み続けているから。今もなお。『母親』になる勇気は、シャルにはないな……」

「恋した殿方と結ばれなくても？」

「もう、結ばれているよ。シャルは処女だけれど、モンモランシとシャル、そしてジャンヌとの間に、秘密の絆が結ばれている。シャルはモンモランシが好きだし、ジャンヌのことも大好き。だから、これでシャルは満足だよ」

嬉しかった。シャルロットとモンモランシは、自分を裏切ったのではなかったのだ。むしろ、自分のために、シャルロットはここまで。しかし、このままじゃいけない、とジャンヌは思った。

不完全なユリスになったジャンヌがエリクシルを求め続ける限り、モンモランシの「時間」とともに、シャルロットの「時間」もまた、止まってしまう。

それはだめだ。シャルロットは、恋する殿方とほんとうに結ばれて「母親」になるべき人なのに。自分の子供を愛することができると確信できたその時こそ、シャルロットははじめてお母さんに憎まれ続けてきた過去から解放されるはずなのに。

それに、シャルロットが世継ぎを残さなかったら、戦争はいよいよ終わらない……！

シャルロットの妹キャサリンは、イングランド王ヘンリー六世を産んでいるのだから。

シャルロットがヴァロワ王家直系の世継ぎを産まなければ、いずれ成長したヘンリー六世がまたしても「自分こそヴァロワ王家の直系だ」とフランス王位を主張してくることになる。同じことが、またしても繰り返される。

モンモランシたちとともに長い旅に出て、いっしょに戦ってきたジャンヌは、いまやこの仏英戦争の背景、原因、経緯《けいい》のほとんどを知り尽くしている。身体は幼くても、ジャンヌの頭脳は聡明《そうめい》だった。

「……モンモランシの赤ちゃんを産んで、シャルロット。わたしって、焼き餅《もち》焼きだけれど。でも……シャルロットだったら、我慢できるよ！　もう、嫉妬しないから。だから……」

「それは無理よジャンヌ。だって、シャルが『処女』でなければモンモランシを守れないでしょう？　シャルが処女でなくなっちゃったら、いったい誰の血を吸わせるの？　まだ女になっていないジャンヌの血ではダメだって、モンモランシは。それに、モンモランシは決してジャンヌの血は吸わないだろうし」

「モンモランシを愛していて、処女を保っている女性なら……ラ・イルが……」

「ラ・イルは『結婚』を目指しているんだから、ずっと処女でいろだなんて、言えないわ。それこそ、彼女がかわいそうよ。ラ・イルは恋した殿方に尽くす性格だから、モンモランシのためならば耐えるだろうけれど」

「だったら、リッシュモンさまは？」

「……リッシュモンは……融通《ゆうずう》が利《き》かないから、モンモランシの悲劇を知ったら、どんな行動に出るか……彼女は、正義の人、だから……それに、いったいいつ戻ってくるのかわからない。消息を完全に絶ってしまったもの」

　この夜。

　ジャンヌとシャルロットの間の誤解は解け、二人の友情は蘇っていた。

　だが、同時に、ジャンヌは（やっぱりわたしがいてはいけないんだね）といよいよフランスのジェズュ・クリとして死ぬ運命を受け入れる覚悟を固めていたのだった。

　ジャンヌは、生者ではない。生と死を分かつ「時間」を止めるという奇跡の加護を受けることで存在している、永遠の子供なのだ。

　ジャンヌに関わった者たち、ジャンヌを愛した者たちは、ジャンヌが意図せずとも自らの「時間」を止めてしまう。モンモランシはジャンヌの「時間」を止め続ける代償としてヴァンパイアとなり、そして今またシャルロットが自分の「時間」を止めてヴァロワ王家の直系を断絶させようとしている。遺されるヴァロワ王家直系の人間は、イングランド王にしてフランス王を称する幼児ヘンリー六世ということになってしまう。

ジャンヌは、この戦争を終わらせたかった。だから、死を拒んだ。だから、ユリスとなって戦った。だから、百合の旗を掲げて戦場を駆けてきた。

それなのに、事態はどんどん、逆の方向へと転がり続けている。

なによりも——ブルゴーニュ公国を治めるフィリップ善良公女、別名をユリス・ノワール。元来はフランスとの戦争など望んでいないフィリップがパリをシャルロットに返還しようとしないのは、ジャンヌの身柄を拘束しようとしているからだ。

（この友情の「絆」から外されちゃったフィリップが、善良公女さまが、いちばんよくわかっている。わたしがモンモランシの側にいる限り、モンモランシは「男」にはなれない、って。だから、わたしがわたしを排除しようとしている。わたしがモンモランシのもとから去れば、すべては解決するのに。それなのに）

モンモランシはもちろん、シャルロットもまた、フィリップの要求を決して呑まない。きっとこれからも。

王都パリを捨ててでも。戦争を継続してでも。

それでは、フランスの人々が、大勢の民が、苦しみ続けるばかりだ。

「ねえ。シャルロットは、パリに戻りたくないの？　王都だよ。子供時代、シャルロットは騎士養成学校でモンモランシやリッシュモンさまたちと過ごしたんだよね？　善良公女さまだって、お友達だったんでしょう。きっと、とても幸せな日々だったんでしょう？　シャルロットはいまや、フランス女王シャルル七世なんだよ。王は、パリに戻らなくちゃダメだよ。戦争を終わらせるためにも。シャルロット自身のためにも」

「……たしかに、パリでは辛《つら》いこともたくさんあったけれど、とても美しい思い出もいっぱい作ったわ。シャルとリッシュモンとフィリップは、女の子三人でいつもつるんで、友情を誓い合っていた。モンモランシやアランソン、バタールたち男の子組も加えて、セーヌ川の畔《ほとり》で男女や家柄の垣根を超えた永遠の友情を誓ったこともあった……できれば、パリに戻りたい。王都へ帰還を果たして、れっきとしたフランス女王として、母上をパリに招聘して、仲直りだってしたい。でも」

「わたしのために、シャルロットは女王としての責務を放棄しているんだよ！」

「……ジャンヌ。そんなこと、言わないで。シャルとジャンヌは、貴婦人と騎士として、ともに生死を分かち合うと誓った仲でしょう？　パリではあなたとは出会えなかったけれど。それでも、わたしの生涯いちばんの親友は、ジャンヌ、あなたよ。シャルは、あなたと出会えたことで、はじめて人間になれた気がする。王座と権力を巡って運命に翻弄《ほんろう》され続けるお飾りのお姫さまではなく、自分自身の心と意志を持った人間に」

　嬉しかった。このまま、シャルロットのアムールに甘えていたかった。

　だが、ジャンヌは毅然《きぜん》として、「シャルル七世」に言い放っていた。

「シャルロット。今は、戦争中なんだよ。わたしが生まれる前から。わたしのお父さんが生まれる前から。ずっとずっとイングランドと戦っているんだよ。この戦争が終わるまでは――シャルロットは、人間としての感情を後回しにしなくちゃいけないんだよ。どうか、フランスの人民を統《す》べる『女王』としての責務を果たして！　シャルロットは、それだけのものを背負ってしまっているんだよ。戦争を終わらせることができる存在は、フランスの女王であるあなたしかいないんだよ。お願い！」

「……ジャンヌ」

シャルロットは、ジャンヌの表情とその声に、ただならぬなにかを感じていた。人間の子供が発する言葉ではない。まるで、ほんとうの《聖女》のような。ほんものの《救世主》のような。思わずひれ伏したくなるほどの、崇高《すうこう》さと、そして言葉にできないほどの哀しみ。ジャンヌは、哀しんでいる。いったいなにを。戦争が終わらないことを。戦争の「原因」そのものを取り除かなければならない、とけんめいに訴えている。

「わたしも、羊飼いの子供ジャンヌではなく、《乙女》として、《救世主》として行動するから。だから、シャルロットも——わたしを、いちばんの親友だと思ってくれるならば。わたしを愛してくれているのならば。辛いけれど、この国の人々のために果たさなければならない責務を、ともに分かち合って。お願い、シャルロット……」

戦争を終わらせる。

そのためにシャルロットが取れる選択技は、二つしかない。

ジャンヌを、フィリップに差し出し、パリを取り戻すか。

あるいは、ジャンヌを奪い去ろうとしているフィリップを倒して、ブルゴーニュ公国を滅ぼすか、だ。

もちろん、後者には、まるで可能性がない。パテーであれほどの打撃を被《こうむ》っていながら金羊毛騎士団《トワゾン・ドール》はなお壊滅しておらず、魔剣《サーブル・マジック》エスカリボールを操るリッシュモンはいない。たとえ局地戦でモンモランシたちが金羊毛騎士団をひとたび破ることはできても、モンモランシのためにジャンヌを排除しなければならないという信念を抱いているフィリップが率いるブルゴーニュ公国を圧倒して降伏させることなど不可能。ましてや、滅ぼすなど。全力で激突すれば、両国ともに立ち直れない損害をお互いに与え、消耗しきってしまう。それこそ、イングランド摂政のベドフォード公の思う壺だ。両国ともに、再起不能のダメージを受けたところをイングランド軍に蹂躙《じゅうりん》されてしまう。

「……ジャンヌ。わかったわ。シャルは、フランスの女王として戦争を終わらせるために行動するね。『パリ』奪回を、戦争終結を、シャルの人生の目標にする。もう、あなたをこんなにも失望させたりはしない。だって、『不義の子』シャルをこの国の女王にしてくれたのは、他ならぬあなたなのだから……シャルの王位は、ジャンヌ、あなたのもの」

「……シャルロット」

「でも……これだけは約束して。どこへも行かないで。ずっと、シャルのもとにいて。わたしのもとを離れたら、あなたはきっとフィリップに捕らわれてしまうから。金羊毛騎士団と互角に戦う力を持ったリッシュモンが戻ってくるまでは、籠《かご》の中の小鳥のままでいて……城でも、資産でも、いくらでもあなたに分け与えるから。戦争終結のために、頑張るから。わたしの、愛するジャンヌ」

ジャンヌは「うん」とうなずき、シャルロットに固く抱きしめられながら、思った。

母親になれないなんて、子供を愛せないなんて、そんなはずがない。だってシャルロットは、これほどにわたしを愛してくれている。いつかきっと、シャルロット自身にも、自分には母親になる資格がある、と理解できる瞬間が来る。

でも、その時にはもう、わたしはシャルロットのもとにはいないだろう。

(ごめんね。シャルとの約束を、わたし、破ることになるかもしれない)


オルレアン包囲戦での勝利。パテーでの勝利。そしてランス戴冠。後に「奇跡の年」と呼ばれることになるこの年が終わると同時に——ジャンヌは、忽然《こつぜん》と失踪《しっそう》していた。

シャルロットとともにムアン・シュル・イエーヴルに滞在することによって、ジャンヌは彼女の身柄を守るために必死になっている二人の「保護者」——ラ・トレムイユとモンモランシ。この両者の監視網を掻い潜《くぐ》る機会を捉えたのだ。ムアン・シュル・イエーヴルの宮殿は、女王の居城である。その宮殿内には、モンモランシはもちろん、さしものラ・トレムイユも大勢の監視者を送り込むことはできなかったのである。すでに彼はパリ返還交渉に失敗して、失脚寸前だったからだ。その分、シャルロットを怒らせかねないような無理は控えていた。そのことが、ジャンヌに「幸い」した。いや、ジャンヌ個人にとっては、それは「災い」だったが。

ジャンヌ自身が選択した「運命」が成就《じょうじゅ》する時は、もうまもなくだった。

Ⅳ　コンピエーニュ

年が明けた。

休戦期間が過ぎ、フランスとイングランド・ブルゴーニュ連合軍は戦争を再開した。

フィリップ善良公女はベドフォード公からパリの支配権を譲り渡され、シャルロットからはピカルディの要地コンピエーニュの譲渡を約束されている。だが、コンピエーニュの市民たちはこの弱腰すぎるシャルロットの命令に応じず、あくまでもブルゴーニュ軍の入城を拒《こば》み防備を固めていた。

休戦協定はすでに失効している。

ブルゴーニュ軍はついに、「コンピエーニュの開城」を大義名分として、実力でシャンパーニュ・ピカルディ地方の攻略に取りかかった。

イングランド軍の援軍を得て、コンピエーニュの包囲を開始したのだ。

フィリップ善良公女率いるブルゴーニュ本隊がエーヌ川北岸のクーダンに本陣を敷き、その隣のクレロワには、貴族でありながら「フィリップさまのおんためならば、『聖別《コンセクラシオン》』されずに命を落としても悔いはございません」と金羊毛《トワゾン・ドール》騎士団の一員になることを望み、そして見事に選ばれたリニー女伯《じょはく》ことリュクサンブール率いる部隊が陣取り、「中軍」として善良公女を守る。

正式に発足した金羊毛騎士団は、孤児たちを集めた「疑似《ぎじ》ユリス部隊」から、ブルゴーニュ貴族が叙任《じょにん》される名誉職的なものへと性質を変えつつあった。だが、リュクサンブールは貴族であると同時に疑似ユリスの力も手にしており、フランス側がユリスを投入してきた時には真っ先に善良公女を守るために戦う手はずを整えていたのだった。

なんとなれば、フィリップ善良公女に、戦意がない。

孤児たちを次々と「聖別」する儀式をも、行わなくなってしまった。志願した孤児の多くが聖別されず命を落とすさまを見て、フィリップは酷《ひど》く心を痛め、パテーで欠けてしまった金羊毛騎士団のメンバーの補充をやめてしまったのだ。聖別の儀式の代わりに、貴重な命を奪ってしまった自《みずか》らを罰するために鞭《むち》打《う》つ苦行《くぎょう》にのめり込んでいる。

シャルロットとの会談以来、フィリップは「シャルロットと戦いたくない」「フランスと和平を結びたい」と願うようになった。願うだけでなく、側近たちにもはっきりと非戦の意志を伝えるようになっていた。本来の彼女自身の優しさを取り戻しつつあったのだ。

「このままでは、いけない。《乙女《ラ・ピュセル》》ジャンヌをフランスが擁《よう》している限り、戦争は終わらない。それどころか、フィリップさまはいつ戦場で命を落とされるか、わからない……」

歴戦の武人リュクサンブールは、ジャン無怖公《むふこう》に忠実に仕《つか》えてきた姫騎士《シュヴァリエール》であり、尊大にして恐れを知らない主君ジャン無怖公を「男」としても愛していた。それは片思いの純愛に終わったが、それでよかった。騎士《シュヴァリエ》が主君に捧《ささ》げるアムールは、精神的なものでなければならない――。


そのジャン無怖公を、リュクサンブールは守れなかった。

こんどこそ。無怖公の遺児フィリップさまだけは守り抜く、と彼女は誓いを立てていた。フィリップの騎士叙任式の際には、リュクサンブールが彼女を「姫騎士」に任じたのである。さらに、フランス軍の激闘との最中《さなか》、リュクサンブールは負傷して隻眼《せきがん》になった。それでもなお、フィリップを守り続け戦い続けてきた。

故《ゆえ》に、リュクサンブールはフィリップが多くの孤児たちの命を奪う「聖別」の儀式を放棄《ほうき》してしまった姿を見ていたたまれなくなり、ついに自ら「聖別」に挑戦すると志願したのである。

フィリップはためらったが、リュクサンブールは押し切った。

そして、疑似ユリスの「力」を手に入れた。

金羊毛騎士団のうち、「疑似ユリス」の力を得ていた初期の団員たちは、このコンピエーニュ包囲戦からリュクサンブールの指揮下に移ったのである。

コンピエーニュへの出兵も、彼女が渋るフィリップを押し切って実現したのだ。

戦意を見せないフィリップと、ユリスの力を得て「もしもジャンヌが現れたら、ためらわずに倒す。たとえ相打ちになろうとも」と決意しているリュクサンブールの両部隊が、戦場の後方に陣取ると同時に。

ブルゴーニュの先鋒隊《せんぽうたい》は、イングランド軍とともにエーヌ川を渡河《とか》して、それぞれコンピエーニュの正面——マルニーとヴネットに布陣。

いよいよコンピエーニュへの攻撃を開始していた。

対するシャルロットは、コンピエーニュに救援軍を派遣することができない。本来ならば、コンピエーニュはすでにブルゴーニュに譲渡した町なのだ。しかも、ラ・トレムイユが遠征軍を解体してノルマンディやオルレアンへ分散させてしまったため、抗戦派の主立《おもだ》った面々もその軍団も宮廷にはいない。反撃しようにも、ブールジュにはそれだけの兵力が残されていなかった。


本来、オワーズ川と黒い森とに前後を守られたコンピエーニュは、容易に陥落《かんらく》する町ではなかった。だが、頼みにしているシャルロットからの援軍がこのまま来ないのならば、守備兵たちや市民たちの士気が折れてしまう。いや、すでに動揺が広がっていた。

コンピエーニュの守備隊長はギョーム・ド・フラヴィという血の気《け》の多い男で、「今さらブルゴーニュに鞍《くら》替《が》えしたら、俺っちの妻子がなにをされるかわからんだろうが！」と千ほどの守備兵を率いて「徹底抗戦」を唱え、フィリップからの開城勧告を蹴り続けていたが、シャルロットは援軍をよこすどころか「フィリップに町を明け渡すように」と降伏を命じる使者を送ってくるばかりである。激怒したフラヴィは、彼らをも追い返した。

大砲の弾を次々と城壁に撃ち込まれながら、兵を指揮するフラヴィは毒づいていた。

「くそったれが！　頭にきた！　誰に忠誠を誓って籠城《ろうじょう》していると思っていやがる……！　王

侯貴族ってのは、どいつもこいつも信用ならねえ……！　町や城や住民を、てめえの賭けのチップみたいに使いやがる！」

ブルゴーニュから来た間諜《かんちょう》にも等しいうらなり男のラ・トレムイユが、もともと戦嫌《いくさ》いのシャルロットを非戦路線へと誘導していることは、フラヴィたちコンピエーニュの面々も知っている。しかも、ジャンヌが忽然《こつぜん》と行方《ゆくえ》をくらましたため、ラ・トレムイユもシャルロットも、ジャンヌを探すことに必死で、目の前の戦争にまで手が回らないというではないか。ランス戴《たい》冠《かん》で聖油《クレーム》を探し出すという功績をあげた、頼みのモンモランシ元帥《げんすい》もまるっきり同じ状況らしい。ジャンヌを見つけようと、元帥ともあろうものが自らフランスのあちこちを駆け回っているという。

「なにが《乙女》だ。パリ攻略に失敗した時から、あの羊飼いの娘はもう《救世主》でもなんでもなくなっているんだよ。俺っちらはよう、あの小娘が《救世主》でほんものの《聖女》だと信じちまったからよう、一族郎党の命を懸《か》けてシャルロット陣営に鞍替えしたってのに……その結果が、これかよ！　ブルゴーニュ軍には攻め込まれ、シャルロットからは見捨てられ……さんざんだぜぇ畜生！　あのガキはエセ救世主だ。実際に戦闘を指揮して武勲《ぶくん》を立てたのはアランソン公たちだったっていうじゃねえか。落ち目の元救世主崩れが、身勝手にフラフラしやがって……！　いったいなにを考えてんだ。子供は子供らしくブールジュで雪だるまでも作って遊んでいやがれってんだ！」

いまや、ジャンヌとシャルロットに対するコンピエーニュの守備兵たちの意見は、

「《乙女》はまだ決定的に負けたわけじゃない。パリから撤退したのは、ラ・トレムイユの陰謀のためだ。《乙女》を信じよう」

「いや、もうその時期は過ぎた。《乙女》はランス戴冠によってその使命を果たし終えた。それなのにシャルロット『元』姫太子は、ご自分がフランス女王シャルル七世になったという自覚がないようだ。『奇跡の一年』は、もう戻ってはこない」

と真っ二つに分かれている。

武器を持たない市民たちは、いよいよブルゴーニュ軍の本格的な攻撃がはじまると、「逆らえば逆らうほど、占領後の報復は苛烈《かれつ》なものになる。フィリップ善良公女はお優しいお方。今のわれらはブルゴーニュとフランスの両方に逆らっている。王命に従って降伏すべきだ」と怯《おび》え、フラヴィのもとに次々と「城門を開き降伏しよう」と言いつのってきた。

フラヴィは、あれこれ考えるのも、耐えるのも、苦手である。

だが、半ばやけくそ気味に奇襲勝負を狙《ねら》って打って出るにも、兵力がまるで足りない。もともとはもっと頭数が揃《そろ》っていたのだが、「籠城する意味がない」と町から抜け出した者たちが大勢出たため、ずいぶんと減ってしまったのだ。

「ああもう。うるせえんだよ、どいつもこいつも……！　三も貴族も知ったことか！　俺たちは俺たちの町を守りたいだけなんだ！　町ってのはよう、チェスの駒じゃねえぞ！　こんな貴族のお遊びに、いつまでも付き合ってられっかよ！」

ジャンヌがオルレアンに出現し、シャルロットをランスへと連れていって戴冠させた時には、フランスの民《たみ》と貴族の心は百合《ド・リス》の旗のもとにひとつになりかけていた。だが、パリからの撤退、コンピエーニュの割譲《かつじょう》という失策の連続によって、民は再びシャルロットに失望しつつあったのだ。なぜシャルロットが最強の遠征軍をその絶頂期に解散させてしまったのか、彼らにはさっぱり理解できない。その一方で、《乙女》には貴族の称号を与えたり大金を与えたり城を与えたりしているという。そんな余裕があるのならば、遠征軍を維持すべきだった。しょせん、王族と一般の民とは、身分が違う。考え方が違う。女王は、われら民に平和を与えるためには戦ってくれないのだ。そしてわれらフランスの民を導いてくれるはずだった《乙女》も、もはやそんな「貴族」の仲間入りだ。

フラヴィは、一応は下級貴族の端くれではあるが、傭兵隊長も同然の立場であり、この頃のフランス人民の憤《いきどお》る心を代弁している男と言っていい。

オルレアンでの奇跡を見せつけられた彼らは、《乙女》とシャルロットに託した期待が大きかっただけに、失望もまた大きかったのだ。

（降伏なんぞ誰がするかよ、くそったれ。だが、《乙女》もシャルロットももはや信用ならねえ。俺っちたちは、てめえの町をひたすら守るだけよ。ああ。そうだ。このコンピエーニュを王も公も立ち入ることのできねえドイツの帝国自由都市みてえにしてやるからよう。この町じゃあ、俺っちこそが「王」だ。誰にも明け渡すもんか、ってなもんよ）

だが、そんなフラヴィの自暴自棄《じき》とも言える徹底抗戦主義に不安を感じる市民たちもまた、増える一方だった。

陥落が迫るコンピエーニュの町に、不協和音が鳴り響いている――。

コンピエーニュが陥落すれば、シャルロット陣営が成してきた奇跡はすべて「反故《ほご》」になってしまう。シャンパーニュ、ピカルディをブルゴーニュに掌握《しょうあく》され、パリの守りをさらに固められ、結局はロワール川流域へと再び押し込められて逼塞《ひっそく》することになる。さらに、ヘンリー六世のパリ戴冠が迫っているという。イングランド＝フランス同君連合王国が正式に成立する。オルレアンこそバタールが奮闘して維持しているが、あのランス遠征もパテーでの大勝利も、すべては夢と消える。シャルロットは、「臆病者の女王」という烙印《らくいん》を押され、完全に民心を失うだろう。


「来たよ。コンピエーニュを陥落はさせない。ごめんね、シャルロット。モンモランシ。わたしにはまだあと一度だけ、ユリスの力を使う機会が残されている。最後のエリクシルが、まだ、身体に流れている――」

ジャンヌはこの日、ついに「地上の世界」へと戻ってきた。

コンピエーニュ背後の黒い森の中を、シャルロットから賜《たまわ》った銭をすべて投じて雇った数百人の傭兵《メルスネール》たちとともに、進軍していた。

「いやあ、驚いた。俺らみてーな盗賊まがいの食い詰め者が……」

「あの《乙女》さまとともに、戦えるなんてよう」

「《乙女》ちゃん、マジ天使！」

「戦力差は絶望的、討ち死に必至の奇襲作戦だが、かまやしねえ！　おじさんたちも、長生きしてみるもんだねえ」

「さんざん悪事を働いてきたがよう、これで俺たちゃ天国行き間違いなしだ！」

「しかし、どうして騎士団を取りあげられちまったんだい、《乙女》ちゃん？　ジル・ド・レ元帥やリッシュモン元帥は、どこへ行っちまったんだい？」

「……ごめんね。こんな無茶に付き合わせて。わたし、今まで、イングランド軍としか戦うもりがなかったんだ。フィリップとは——善良公女さまとは戦いたくなかった。同じフランス人同士だから。でも、フィリップと戦わなくちゃいけない、ってわかったんだ。わたしが勝つか、フィリップが勝つか。いずれかの『未来』を定めなければ、この戦争は終わらないって。これが、わたしにとって最後の戦いだから……」

「いやいや。謝るこたあ、ねえんだよ！」

「俺らぁ、ちゃんと代金前払いで雇われて《乙女》ちゃんに命を売ったんだからよ！」

「女王さまに逆らってまでコンピエーニュを救援しようだなんて、やっぱ《乙女》ちゃんは聖女だ！　全財産を、俺っちら信用ならねえ悪党どもを雇うためにはたいてよう……泣けるじゃねえかよ……！」

「俺たちゃ今までの罪を悔い改めて、《乙女》ちゃんのために戦って死ぬぜ！　だから、《乙女》ちゃんは絶対に討ち死にすんなよ！」

　もう、オルレアンで戦ってきた乙女義勇軍の仲間たちは、故郷へ帰されたり、各部隊に割り振られたりしてばらばらになっている。今、ジャンヌについてきている面々は、ジャンヌが密かに旅していた途中で雇った命知らずの荒くれ者たちだった。

彼らは、当初出会った時にはみな、長い戦乱の中で生き延びることに必死で、すさみきっていたが、ジャンヌと出会い、ともに行軍しているうちに「改悛《かいしゅん》」を果たしていた。ラ・イルがそうだったように。ジャンヌには、人間の心の「悪」を洗い流してしまう力が備わっている。生まれながらに。それは、ユリスとしての力ではなく――。

（もしも――もしもわたしがフィリップに勝てれば、フィリップを捕らえてシャルロットのもとに連れていき、二人を和解させることができる。この戦争を終結させることが。それで、わたし自身も、生きることができる。そのくらいのわがままは、許されるはず。もう、エリクシルを補給する必要もなくなるのだから、モンモランシを苦しめることも、シャルロットを処女《ヴィエルジュ》のまま留《とど》めておくことも、なくなるはず……）

まもなく、森を出る。

コンピエーニュの戦場へと。

敗れるために戦うのではない、とジャンヌは馬上で自身に言い聞かせる。

あくまでも、最後の最後まで、生き続ける「未来」を目指して戦う、と。

それは、死という運命を恐れるからではなく、やっぱりフランスのジェズュ・クリにはなりたくないと怯《おび》えているからでもなく、モンモランシやシャルロットたちが、ジャンヌに「生きてほしい」と必死で願っているからだった。二人とも、忽然と姿を消してしまったジャンヌを探すために狂奔《きょうほん》しているという。それこそ、戦争も政治もなにもかもを放りだして。だからこそ、ジャンヌにはこれ以上潜伏し続けることは許されない。

彼女が失踪したためにフランス陣営の「時間」が止まり、いまやコンピエーニュが陥落しようとしているのだから。

どうしても、勝ちたかった。勝ちたい。生きたい。生まれてはじめて、「戦って勝ちたい」とジャンヌは心の底から願っていた。

願わくば、あと五百の兵力が欲しかった。「加速《アクセラレーション》」してブルゴーニュ軍の幾重《いくえ》もの陣地をまっすぐに突破し、クーダンの本陣に控えているフィリップと戦って彼女を捕らえるために、あと五百の兵を擁して、イングランド軍の足止め役としたかった。

だがもう、資金も時間も尽きた。

（もしも敗れれば。ああ。フィリップに敗れれば。ユリス・ノワールに敗れれば。その時は、わたしは「成すべきことを成す」だけなんだよね。フランスのジェズユ・クリになるという「運命」を受け入れるんだよね。その勇気くらい、あるよね……ずっとずっと逡巡《しゅんじゅん》してきたけれど。怖かったけれど。今でも怖いけれど。ばらばらになりかけているフランスの王侯貴族と民のみんなの心を「フランス」に。百合《ゆり》の旗のもとに、ひとつにまとめるために。《乙女》は、《救世主》は、「生贄《いけにえ》の子羊」としてゴルゴダの丘で処刑されるべきなんだよね。殉教《じゅんきょう》、っていうのかな……妖精さんたちと親しかったわたしのカトリックへの信仰は、きっと、教会から見れば異端なんだろうけれど……）

勝てば、フィリップを拘束できれば、シャルロットとの対話を再開させて戦争終結への糸口を摑み取り、そして、ジャンヌ自身も生きられる。

敗れれば、イングランド軍の手によって裁かれ、殉教することでフランスの民たちを立ちあがらせ、戦争を終結させる。必ず、そうなる。フィリップ自らがジャンヌを裁き殺すことはない。彼女は、元来、優しい人なのだから。モンモランシを大人の男に成長させるために「排除」すべきジャンヌを捕らえても、ジャンヌの命までは「排除」できない。生かし続けようとする。

だから、焦《あせ》るイングランドのベドフォード公がジャンヌの身柄《みがら》を強引に手に入れて、異端の魔女として裁くだろう。イングランド軍は、ジャンヌを見ると《魔女》だと恐れてものの役に立たないありさまだからだ。そして《聖女》を殺されたフランスの人々の怒りが、爆発する。人間よりも賢者の石《ピエール・フィロソファル》に惹《ひ》かれているベドフォード公には、名もなき人々の、民の心の機微《きび》はわからない。必ず、ヘンリー六世をパリで戴冠させたいがために《魔女》を処刑するという失策を犯すだろう。自分が消えれば、シャルロットとフィリップの間のわだかまりも、きっと消える……二人は本来そうするべき道を、手を携《たずさ》えて歩みはじめるだろう。

ただ、その場合……心配なのは、モンモランシとシャルロットがジャンヌの死に絶望するだろう、ということだった。そこから、想定外の悲劇が生まれるかもしれない。だから。できれば、勝ちたい。二人を、哀《かな》しませたくない。やっぱり、勝ちたい。

ジャンヌは、失踪している間、さんざん考え抜いてきた。あらゆる可能性について。そして、

「フィリップと戦う」と決めた。なぜならば、たとえ勝っても負けても、その結果として戦争を終結させる可能性が――希望が、生まれるのだ。

「みんな！　コンピエーニュへの入城はあと！　森をこのまま全速力で抜けて、オワーズ川を渡ってマルニーのブルゴーニュ軍を奇襲！　みんなはマルニーでブルゴーニュ軍を足止めして！」

「《乙女》ちゃんは、どうするんだい？」

「わたしは単騎、エーヌ川を突破してクーダンのブルゴーニュ軍本陣へと突進する！　ユリスの力を解き放って！　誰よりも速く、駆けてみせる……！」

「なんだってえ？　そんなの、無茶だ！　たしか、ユリスには時間切れってのがあるんだろう？」

「金羊毛騎士団ってえ連中の中には、ユリスがごろごろしてるそうじゃねーか！」

「いくら強くても、《乙女》ちゃん一人じゃあ……」

「いろいろ作戦を練ったけれど、わたしにはただ、走ることしかできない！　急襲突破しかないの！　わたしたちがブルゴーニュ軍に斬りこめば、必ずコンピエーニュの守備隊が出撃して援護してくれる！　マルニーのブルゴーニュ軍を挟み撃ちにできる。だから、わたしがフィリップのもとに辿《たど》り着いて彼女を捕縛できれば、みんなは無駄死にしなくても済むはず。失敗するかもしれないけれど……パリの時のように、仲間を死なせてしまうかもしれないけれど……でも、これは戦争終結のためにどうしても必要な戦いなの！　お願い……！」

こりゃあ止めても聞かないな、《乙女》ちゃんは、と傭兵たちはみな、笑っていた。泣きながら、笑っていた。

「わかったぜ。行きな」

「帰り道は、俺たちが確保し続けるからよ」

「誰よりも速く突っ走るんだぜ、まっすぐにフィリップ善良公女のもとへと駆けな。《乙女》ちゃん」

「ありがとう！　神さま。ジェズュ・クリさま。これがわたしの、最後の戦いです。盃《さかずき》を取らねばならないのならば、わたしは取ります。ゲッセマネでの祈りも苦しみも、越えてきました。どうか——どうか、この戦争に、終わりをもたらしてくださいますよう——」

ジャンヌは、生まれてはじめて、心の底から祈った。神に。ジェズュ・クリに。アスタロトは、ジェズュ・クリさまご本人を知っているんだろうか？　と、ふと思いながら。

聖杯の所有者。ユリス・ノワール。フィリップ善良公女ただ一人を目指して。

「力」を、開放していた。

ユリスとして駆けられる時間は、あと、三分ほどか。

（モンモランシ。ほら。わたし、一人でも、駆けられるよ。だから、エンモランシも……ね……大人の男に、なれるよ……）

ジャンヌの瞳が突如《とつじょ》として黄金色に輝く姿を、傭兵たちはたしかに見た。

奇跡だった。

ほんものの《聖女》だった。

誰もがここが戦場であることも忘れて、《聖女》を伏し拝《おが》み、これまでの罪を涙ながらに懺悔したいという衝動に駆られそうになった。

「『加速《アクセラレション》』――!!」

クレロワの陣から抜けて、最前線のマルニーを訪れていたリュクサンブールは、たしかに見た。

いや、姿は見えないのだ。

しかし、フランスの《救世主》たる《乙女》は、イングランド軍を震撼《しんかん》させている《魔女》は、たしかにコンピエーニュの戦場を駆けていた。

コンピエーニュとマルニーを隔《へだ》てているオワーズ川を飛び越えて、《乙女》が、マルニーのブルゴーニュ軍を中央突破しようと突入してきた。

（なんてことだ。なんて暴勇だ。フィリップさまがおられるクーダンまでまっすぐに駆け抜けるつもりだ！　たった一人で！）

疑似ユリスとなったリュクサンブールは、たしかにその「気配」を感じ取っていた。

「……来た……！　来たぞ！　ジャンヌが来た！　全軍、フィリップさまの盾《たて》となって《乙女》の突進を阻《はば》め！」

が、一般の兵士たちには、なにも見えない。

いきなりの突風。

クーダン一帯に砂塵《さじん》が舞いあがり、視界を塞《ふさ》がれているところに、ジャンヌに命を捧げた荒くれ男たちが「うおおおおお！」と雄叫《おたけ》びをあげながら襲いかかってきた。文字通りの決死隊である。ジャンヌがコンピエーニュの城門の前へ戻ってくるまでは、絶対にジャンヌの帰り道を塞がせない、と彼らは誓っていた。これまでの悪行も。暴虐も。傭兵として村を略奪した過去も。すべては、この日この時の死戦のために必要な罪だったと、彼らはそう信じていた。信じたかった。

マルニーのブルゴーニュ兵たちは、大混乱に陥っていた。

「奇襲攻撃だあああ！」

「城から出てきたんじゃない！」

「森の中から湧いてきやがったあ！」

「まさか。シャルロット姫太子は、援軍を出さないはずじゃあ……？」

「……われらは、罠《わな》に填《は》められた！」

「裏切り者が……内通者が、この中に……！」

まさか、たった数百の小勢が、しかも道々でジャンヌが雇った名もなき盗賊まがいの面々が玉砕《ぎょくさい》覚悟で特攻してきたなどと、誰も気づけない。

誰が敵で味方かもわからない乱戦の中。

同士討ちまでが、はじまっていた。

「行けっ！　走れっ！　走れ、《乙女》ちゃんよう！」

「速《はえ》ええええっ！　まるで見えねえええ！　クーダンの丘まで、一瞬だぜえええ！」

「コンピエーニュの守備兵どもよう！　さっさと跳《は》ね橋を下ろしやがれ！」

「ブルゴーニュ軍が混乱している今が好機！　挟み撃ちだあああ！」

コンピエーニュの町に籠《こ》もって防戦一方だった守備隊長フラヴィははじめ、いったい目の前でなにが起きているか把握できなかった。だが、すぐに理解した。森の奥から忽然と出現した救援軍が、ブルターニュ軍に奇襲をかけたのだと。

「《乙女》が援軍を率いて特攻してきたってえのか？　ご本人の姿が見えねえが……だが！　こいつは、ありがてえ！　ブルゴーニュ軍を蹴散らすなら、今しかねえ！　跳ね橋を降ろせっ！　マルニーへ斬りこむっ！　俺っちはよう、守備なんて向いてねえんだ。籠城暮らしでむしゃくしゃしてたんだよ！　憂《う》さを晴らさせてもらうぜえええええ！」

コンピエーニュの跳ね橋が下ろされ、守備兵たちがいっせいにマルニーへと攻め込んでいた。

「守備兵が、来たアアアア！」

「勝てる！　勝てるぜ、《乙女》ちゃん！」

「あとは《乙女》ちゃん次第だ！」

「目には見えねえが、見える！　天使が戦場を駆けている姿がよう！　行っけえええええええ！」

混乱するマルニーの戦場の中、リュクサンブールは馬を飛ばしながら、

「しまった……私が自陣を離れているこの一瞬の隙に……金羊毛騎士団を預かっている私が不在では、クレロワの陣はクーダンを守る『盾』として機能しない！　なぜだ。なぜこのほんの一瞬の隙をつくことができた？　偶然だとしか思えない！　神が、《乙女》に味方したというのか？」

と歯ぎしりしていた。

しかし、疑似ユリスには「加速」の力はない。疑似聖杯《ぎじグラール》を所有する彼女たちは、「治癒《キュール》」能力に特化しているのだ。馬を捨てて「ユリス」の力を開放し、自らの足で駆けてもなお、ジャンヌにだけは追いつけない！　あの、世界の誰よりも速く駆けることができるオルレアンの《乙女》には！

「フィリップさま！　申し訳ございません！　ジャンヌの力は数分しか保《も》ちません！　これは、死を覚悟しての特攻です！　迎え撃たぬよう！　どうかお逃げください……！」

歴戦の姫騎士リュクサンブールには、二人が激突したらどうなるか、はっきりと予想できるのだった。ユリスとしての戦闘力は、フィリップのほうが圧倒している。だが、戦いを決めるものは純粋な戦力だけではない。とりわけ、一騎打ちであれば。気力に勝る者が。「勝利」をもぎ取ろうとする意志に燃えている者が。勝つのだ。

（ダメだ。ダメだダメだダメだ。今のフィリップさまでは、ジャンヌには勝てない！　聖杯の所有者ユリス・ノワールになる以前の心優しい善良公女さまに戻ってしまっているフィリップ

さまと、シャルロットの命令に逆らい、ブールジュから脱走し、死を覚悟してまでフィリップさまと対決しようとしているジャンヌ。どちらが勝つかは、考えるまでもない！）

クレロワの金羊毛騎士団よ、私は間に合わない！　なんたる失態か！　どうか《乙女》を止めてくれ！　フィリップさまをお守りしてくれ！　と、リュクサンブールは叫んでいた。

が、その時にはもう、ジャンヌはエーヌ川をも突破し、クレロワの陣を貫いてまっすぐにクーダンへと突進していた。

ジャンヌ自身が乗り越え、戦うと決めた「運命」のもとに。

モンモランシを巡って対立し続けてきた、フィリップ善良公女のもとに。

「来てしまったのね、ジャンヌ。モンモランシとともに生きるために、私を――ノワールを打ち倒すために」

クーダンのブルゴーニュ軍本陣は、目に見えない速度で駆ける《魔女》の奇襲を受けて混乱の極みに達していた。マルニーの前線部隊は、森の向こうから忽然と現れた奇襲軍に陣を断ち割られ、さらには跳ね橋を降ろして突進してきたコンピエーニュ守備兵たちに襲いかかられて、いまや前後から挟撃を受けている。かかる事態を阻止するべくクレロワに陣取ってクーダン本陣の「盾」となっていた金羊毛騎士団が動きだす前に、ジャンヌはフィリップの前に不意に現れていた。

「フィリップ……！　『私情』で戦争を続けていちゃ、ダメなんだよ！　モンモランシを愛し

ているのならば！　戦争で競い合っちゃ、いけないいんだよ！　大勢の兵士を戦場に投じちゃいけないいんだよ！　たくさんの人々の命を奪っちゃいけないいんだよ！　わたしはもう、ためらわない！　あなたを倒して、この戦争を終わらせる……！」

ユリスになった時のジャンヌの、あの「傲慢《ごうまん》」の感情が爆発した声ではなかった。ジャンヌの理性と良心が、「傲慢」の感情を超克《ちょうこく》しているのだ。だが、理性が吹き飛んだ時のジャンヌよりも、はるかに強い。確固とした「決意」が、ジャンヌの「力」のリミッターを解除しているかのようだった。

フィリップは戦場に出てもなお、このコンピエーニュ包囲戦をためらっていた。シャルロットとの戦争を再開することを、逡巡していた。

その分、ほんのわずかだが、反応が遅れた。

コンマ一秒の遅れも、誰よりも速く駆けるジャンヌとの戦いには許されない。

迷いのない剣の一撃を、フィリップは頭に受けていた。

もしも聖杯を頭に着用していなければ、ジャンヌの最初の一撃でフィリップは倒れていただろう。

馬上で脳を揺らされながら、フィリップは、亡きジャン無怖公の幻を見ていた。

ああ。

聖杯を手に入れながら、ついにエリクシルを発見できないままにアルマニャック派との会見に臨《のぞ》んだお父さまは、こうして頭を打ち割られて――。

ジャン無怖公の夢。

帝国とフランスの狭間《はざま》。ブルゴーニュとフランドル低地地方を併《あわ》せて、幻の「中フランク王国」を復興する。ドイツ、フランスと並び立つ「第三帝国」をヨーロッパの中央に築きあげる。

ジャン無怖公は。お父さまは。

若かりし頃、十字軍に参戦して東方でオスマン帝国軍と戦い、大敗して捕虜になられた。

オスマンでの人質生活を続けるうちに、異教徒たちの強さの秘密を、お父さまは知った。軍事だけでない。占星術《アストロジー》も。錬金術《アルシミー》も。魔術《マジー》も。なにもかも、ヨーロッパ諸国を上回っていた。

すでにヨーロッパからは失われたいにしえの文明――古代ローマ帝国が築きあげた「知の遺産」は、カトリック教会が「知」を抑圧し続けてきたヨーロッパの地ではなく、オスマン帝国に継承されていたのだ。

いずれ、オスマン帝国はヨーロッパへとなだれ込んでくる。落日の東ローマ帝国に最後に残された聖なる都・コンスタンティノープルは陥落する。バルカン半島はオスマン軍に制圧される。彼らはハンガリーを奪いワラキアを併呑《へいどん》して、オーストリアの都ウィーンへと殺到することになるだろう。ウィーンが落ちれば、あとは一気呵成《かせい》にヨーロッパ全土が蹂躙《じゅうりん》される。なぜならば、ヨーロッパに残されたはずの西ローマ帝国はもう、分裂して跡形もないのだから。

フランスにもドイツにも任せてはおけない。十字軍遠征を幾度行っても、教皇も、皇帝も、フランス王も、決して歩調を合わせようとはしなかった。島国イングランドは東方へ大兵力を向けるには遠すぎる。そもそも、イングランドとフランスとの「戦争」が続く限り、十字軍構想そのものが頓挫《とんざ》し、実現しない。

　不仲なフランスとドイツを牽引《けんいん》し、十字軍の要《かなめ》となり、オスマン帝国軍に対する防波堤ともなる強大な「第三の帝国」が、ヨーロッパには必要だった。魔術と錬金術と最強の騎士団を誇る大帝国が。そして、いずれはヨーロッパを統一する。

『ならばこそ、私は西ヨーロッパ大公《グラン・デュック・ドクシダン》となるのだ、フィリップよ』

　でもお父さまは、パリをイングランド軍に明け渡すつもりはなかった。フランスを消滅させるのは、まだ早い。自分が「ユリス」になった時にこそ、ヴァロワ王家の親王として堂々とフランス王位を手に入れるべきであって、イングランド王家にフランスを奪わせてはならなかった。それでは、「第三帝国」によるヨーロッパ統一構想は根底から破綻《はたん》してしまう。

　だから、パリ陥落だけは阻止しなければならなかった。

　お父さまは、パリから追放されたアルマニャック派――南フランスに亡命していたシャルロットたちと和平を結ぼうと、方針を転換した。

　そのお父さまが、シャルロットとの会見の席で、暗殺された。かつて政敵にして恋敵《こいがたき》だった王弟オルレアン公を、お父さまは容赦《ようしゃ》なく暗殺した。ジャン無怖公暗殺劇とは、つまりはその復讐だった。暗殺した者が、暗殺された者の家臣に仇《かたき》を討たれたのだ。

　パリは、イングランド軍の手に落ちた。

　その瞬間から、私はお父さまからすべてを受け継いだ――聖杯も。ブルゴーニュも。フランドルも。金羊毛騎士団の計画も。

（お父さまがシャルロットの家臣に暗殺されたあの時。私は勇気を奮《ふる》い起こして犯人の引き渡しを求め、シャルロットと和解するべきだったのに。彼女がお父さまを殺したのではない、とわかっていたはずなのに。恐怖と哀《かな》しみのあまり、私は、お人形のように茫然自失《ぼうぜんじしつ》となって……気がつけば）

気がつけば、イングランド王ヘンリー五世と、シャルロットの母上・王妃イザボーから調印を迫られて、「フランスの王位継承権はヘンリー五世のものとする」という条約を締結してしまっていた。

ブルゴーニュ公国は、フランス＝ヴァロワ王家の親王国であることをやめて、「独立国」として独断でイングランドと同盟を結んでしまっていた。

なんてこと。

私は、なんということを。

その「罪」に対する「罰」こそが、再会を果たしたモンモランシへの感情を抑えきれなくなって、不意に彼にベーゼしてしまったこと。エリクシルを、手に入れてしまったこと。ユリス・ノワールになってしまったこと。

お父さまの「志《こころざし》」を、完全に継承し、実現できる「力」を得てしまったこと。

お父さまが「融合《フュージョン》」を果たすために探していた聖槍《サント・ランス》さえも、オルレアンで、私の手に入ってしまった。金羊毛騎士団の誕生。不幸な孤児の少女たちを「聖別」し、大勢を死なせ、大勢を疑似ユリスに。

（最初から、わかっていた。第三帝国の夢も。ユリスとしてヨーロッパを統一するという野望も。ヨーロッパ最強の金羊毛騎士団を創設するために死屍累々《しかばねるいるい》の殉教者を生みだすことも。なにもかも、私自身の意思ではないことを。私は、誰一人として死なせたくはなかった、命を奪いたくはなかったということを。戦争なんて、一日も早く終結させてしまいたかったことを。私は、お父さまが暗殺されたあの日から、自分自身として生きる勇気を失って、お父さまの亡霊に取り憑《つ》かれているのだということを。聖杯の力にすがりつき、自分ではない「強い女」に――ユリス・ノワールという仮面の下に脆弱《ぜいじゃく》な素顔を隠すことによって、この残酷な現実の世界から逃げ続けてきたということを）

ああ。そうだった。

モンモランシを「地上の世界」に連れ戻したいだなんて、言い訳にすぎない。

私自身が、聖杯の陰に隠れ続けていたのだ。

お父さまの亡霊の陰に隠れ続けていたのだ。

「フィリップ善良公女」として堂々と自分の生を生きる勇気を喪失したまま、仏英戦争をいたずらに長引かせ続けてきたのだ――。

（わかっていたの。モンモランシが、私のもとに来てくれるはずがないって。私が聖杯で素顔を隠し続けて偽《いつわ》りの生を生きている限り。賢者の石も。聖杯も。エリクシルも。第三帝国の夢も。ありとあらゆる幻想にすがりつき、ひ弱で臆病な自分自身から逃げ続けたって、私は決して自分自身からは逃げられない——私こそが、モンモランシから全力で逃げ続けていたんだわ。愛されない恐怖と、直面したくなかった、から……)

勇気が。

私には、私自身として生きて、そして私自身として死ぬ勇気が、必要だった。

聖杯などではなく——。

(あの日、セーヌ川で誓ったシャルロットたちとの友情を貫き通す勇気こそが……)

ほんの数秒。

フィリップの意識が、ジャン無怖公の幻に、そして懐《なつ》かしいパリ騎士養成学校の日々の思い出に飛んでいるその間に。

フィリップは、馬上から引き落とされていた。

捕らえられない。ジャンヌはまるで瞬間移動するかのように、視界に現れてフィリップに一撃を加えるとほぼ同時に、忽然と消失し、そしてフィリップの死角へと再び出現する。

背後に回られた、と気づいた時にはもう、次の一撃を頭に受けるとともに、ジャンヌを見失っている。

パワーはノワールよりも弱い。二発、三発と打撃を喰らったが、聖杯はまだ打ち砕かれてはいない。だが、速い。音よりも速い。どれほどの「力」を持っていようが、フィリップにはなにもできない。ジャンヌは瞬時に消え、瞬時に出現し、かつまた瞬時に消える。

まるで、妖精のように。

たった数十秒の間に、立て続けに、頭を守り続けている聖杯へ何発も剣を叩き込まれていた。ためらいを捨てたジャンヌは、史上最強のユリスだった。

それでも身体は、「死にたくない」という本能を奮《ふる》い起こして、ジャンヌを捕らえ引き倒そうとあがき続けていた。己《おのれ》の足で大地に立ちあがり、ジャンヌの身体に抱きついて「加速」運動を止めようとタックルを続けた。

が、捕らえられない。掴んだはずの腕の中から、ジャンヌの身体は消える。フィリップは、倒れる。そこに、容赦のない追撃が来る。これ以上一点を打たれ続ければ、最高の硬度を誇る聖杯とて、もはや保《も》つまい。いずれは、砕け散る。

ああ。強い。とてつもなく強い。この戦争を絶対に終結させるという確固とした意志の力が、ジャンヌを突き動かしている。王族でもなく、もともとは貴族でもなかった、羊飼いの娘が、西ヨーロッパ大公を、「聖杯使い」を打ち倒そうとしていた。これが、フランスの民たちの声なき声を背負った者。これが、《乙女》。オルレアンの《聖女》。モンモランシが、守るべき「妹」として愛した少女――。

フィリップは朦朧《もうろう》となった意識の底で、ユリス・ノワールになってしまったあの夜のことを思い出していた。

モンモランシへのベーゼは、アムールの発露《はつろ》だったのか、それとも「聖杯」の力を手に入れたいという欲望の発露だったのか。

大聖堂にひとりきりで籠もりながら。

聖杯を前に、フィリップは逡巡し続けた。ここで聖杯を頭に被ってしまったら、自分はモンモランシを利用したことになる。モンモランシへの自分の恋心すら、政局のために、「力」のために利用したことになる。自分は、汚れる。モンモランシへの想いが、穢《けが》れる。自分の肉欲を戒《いまし》めるために「鞭打ち」の修行を日課としてきたほどに敬虔《けいけん》なカトリックの信者であるフィリップにとっては、それは、パリでの美しい日々をすべて否定する悪行に他ならなかった。

フィリップが「聖杯」の力を手に入れれば、いずれジャン無怖公が量産に成功していた「疑似聖杯」の稼働も実現するだろう。三十二名のユリスによる金羊毛騎士団が、誕生する。フィリップは、ヨーロッパ最強の武力を手に入れることになる。すでにヨーロッパ屈指《くっし》の商業国として発展しているブルゴーニュ公国の国力は、いよいよイングランドとフランスを超える。決定的に。

そうなればもう、シャルロットとの和解など、夢物語だ。

シャルロットを滅ぼすことになる。

セーヌ川での誓いを、裏切ることになる。

フィリップは、聖杯を捨てよう、と決意していた。

どこか遠くへ。ベドフォード公ですら発見できない僻地《へきち》へ。

川へ流してしまおう。

お父さまの遺志《いし》を踏みにじることになろうとも。

イングランドと同盟を結んでしまった罪を、聖杯を捨てることで、清算しよう。

だが、その時。

（わが娘よ。「聖杯」の所有者となれ。この父の無念を晴らすために――装着せよ）

フィリップの目にははっきりと見えた。魔道士の姿に身を落としたジャン無怖公の幻が。もう、騎士でも貴族でもなくなっていた。生前の、精悍《せいかん》にして勇者としての誇りに溢《あふ》れていたあの父ではなかった。錬金術に身を捧げ、魂を闇に堕《お》としてしまった亡霊になり果てていた。

違う。これは、ほんとうのお父さまではない。私の迷いが生みだした妄想の産物にすぎない。

私の恐怖が具現化したものにすぎない。そして、私の「欲望」が――モンモランシを私だけのモンモランシにしてしまいたい、あのジャンヌという少女から奪い取りたいという嫉妬心《しっとしん》が、お父さまの形を取って私自身を誘惑しているだけ。

抗《あらが》わなければ。

でも。

身体が、言うことを聞かない。

指が、聖杯へと伸びはじめていた。

どれほど自分を鞭打てば、この幻を消し去ることが、できるのだろう？

ああ。

モンモランシが、欲しい。

私の伴侶《はんりょ》に。私だけのモンモランシに。ずっとずっと、愛していたのに。それなのに、モンモランシは、「妹」の側から離れようとはしない。私の燃え盛るアムールに、気づいてすらもらえない。

私は、モンモランシ以外のなにも、求めていないのに！

ブルゴーニュの富も。無尽蔵《むじんぞう》の財宝も。聖杯も。ユリスも。ヨーロッパの覇者となる力なんてものも。なにもいらないのに。修道女のように慎《つつ》ましく静かに生きていければそれでいい。モンモランシさえ、美しかったパリ時代のように、私の隣に寄り添って優しく微笑んでくれるならば、他にはなにもいらないのに。

ジャンヌが。ジャンヌが、モンモランシを「男」にする道を、阻《はば》んでいる。

シャルロットと和解して、フランスに再び臣従して、戦争を終わらせて、それでどうなるというのだろう。

たしかに、戦争が終われば、平和が訪れる。

でも。

モンモランシは、ジャンヌと抱き合って、妖精たちとともに歌い踊るだろう。愛する「妹」ジャンヌと幸せに暮らし続けるだろう。永遠に、「男」には、ならない。だから、もう「女」になってしまった私のもとには戻ってきてくれない。なぜなら私はもう、モンモランシの「妹」には戻れない身体なのだから。罪深い穢れた女の身体だ！　私自身は、望んでなんて、いなかったのに！　「妹」でもよかったのに。たとえ「妹」であっても、モンモランシが私を愛してくれるのならば、それでよかったのに。でも、もう、後戻りはできない。身体の成長を逆転させて幼い妹に戻ることなんて、できない。

だから——。

(娘よ。聖杯を、装着せよ。この父とともに、ヨーロッパの支配者となるのだ。お前に必要なもののすべてはすでに準備されている。必ず、聖槍もお前のもとにもたらしてみせる。この父の執念によって。無力で臆病なフィリップ善良公女のままでは、モンモランシはお前のもとには決して来ない。こちらへ、来い)

そうだわ。

聖杯を被って、ユリスになろう。

ユリスの力でジャンヌを倒して、私も、ジャンヌとともに死のう。

私には、モンモランシに愛される資格はない。でも、ジャンヌを生かしておいたら、モンモランシはいつまでも妖精たちの世界から解き放たれない——モンモランシはいつかきっと、ほんものの黒魔術師になってしまう。異端として処刑されてしまう。

私の命と、ジャンヌの命を、ともに、相殺《そうさい》しよう。

モンモランシに、生きてもらうために。

こうして。

私は。

闇に、堕ちた。

果てしなく暗い世界。

無明《むみょう》の闇へと。

黒い。

黒い。

どこまでも、真っ黒《ノワール》だ。

ああ。モンモランシが生まれた塔も、「ノワール」と呼ばれていた……。

そこで、フィリップの意識は、現実へと戻っていた。

いったいどれほどの打撃を浴び続けていたのだろうか?

もう、立ちあがることすら、できない。

青空が見える。

これほどの激闘を繰り広げながらダメージひとつ負っていないジャンヌが、声を嗄《か》らしながら剣を振りあげている。

今。

私をノワールへと引き落とした、聖杯が。

ジャンヌの。《乙女》の剣によって、打ち砕かれようとしている。

同時に、私の命も、終わる。

結局――これほどの「力」を得ていながら。

私は、なにも、なし得なかった。

なにも。

なにひとつ。

私は、なんて意気地なしだったんだろう！

そう。この戦争を終わらせることこそが、ブルゴーニュ公としての責務だったはずなのに。私を「善良公女」と呼んでくれた人々は、私に戦争終結をこそ期待していたはずなのに。それなのに個人としてのアムールに、エロースに取り憑かれて、私は、いったいなにをしていたのだろう。

最後の最後に。

命が終わるその瞬間に、やっと、目が覚めるだなんて。

せめて、ジャンヌに、最後の懺悔を――。

「……ジャンヌ。あなたが、正しかった……あなたがモンモランシの成長を阻んでいるだなんて、私の嫉妬心が生みだした幻にすぎなかった……お父さまの幻が、私に聖杯を取らせたのと同じに……私は、『私自身』として一日も生きていなかった……ノワールに、私の魂を奪わせたのは、私自身……」

「……フィリップ」

「モンモランシには、あなたが必要なんだって、やっと理解できたわ。彼が『大人の男』に成長するためには、あなたを騎士として守り抜くという彼の願いが果たされなければならない、って……ジャンヌ。禁断のエリクシルを飲んでしまった私はもう、ノワールであることから逃れられない。あなたのように、賢者の石の『呪い』を浴びながらも気高く純粋な魂を失わずに戦える精神力は、私にはないのだから……ああ。《乙女》。オルレアンの《聖女》。こんどこそ聖杯を打ち砕き、私を……ノワールとともに、殺して」

それで、ブルゴーニュ公国の宮廷は瓦解《がかい》し、この長い長い戦争は終わるのだから。

（せめて最後に、みんなの……人々のために、この命を使いたい。それで罪が相殺されることもなければ、魂が天国に行くこともない。それでも）

フィリップは、（さようなら。私が生涯ただ一人愛した殿方）と、心の中でモンモランシに別れを告げていた。

だが、ジャンヌは最後の一撃を、振り下ろさなかった。

ジャンヌは、石の副作用に、勝ったのだ。

完全に、自分自身の感情を、制御している。

賢者の石の「呪い」ですら、ジャンヌを黒化《ニグレド》することは、できなかったのだ。

「……フィリップ。これで、ケンカは終わりだよ。一緒に、シャルロットのもとに行こう。モンモランシのことと、戦争とを、ごっちゃにしちゃダメなんだよ。もう、戦争はおしまいにしよう……？　人質にする形になるけれど……いいよね？」

ジャンヌは剣を鞘《さや》に収めると、フィリップが被っていた聖杯を、そっと脱がせた。

フィリップの身体が、「あるべき本来の姿」へと、戻っていく。

聖杯を被るごとに彼女を苦しめてきた肉欲の呪いも、鎮《しず》まっていく。

「……ジャンヌ……あなたは……」

ジャンヌは、「もう被らなくても、いいんだよ」と微笑みながら、フィリップの腕の中に聖杯を返還していた。

この時。

フィリップは――「ノワール」から、ジャン無怖公の亡霊から、その魂を解放されていたのだった。

「もう、わたしには時間が残されていない。コンピエーニュの城門まで、あなたを背負って走るよ。ごめんね」

フィリップは、自分自身の命が奪われなかったことなどよりも、これから私はジャンヌとともに生きられる、という希望にこそ、歓《よろこ》びの涙を流さずにはいられなかった。私が犯した数々の過ちを贖罪《しょくざい》する機会を、彼女が、ジャンヌが、与えてくれる――。

ジャンヌは聖杯を脱いで華奢《きゃしゃ》な身体に戻ったフィリップを背負うと、「加速」を開始していた。

クーダンから、エーヌ川を再び越えて、コンピエーニュの城門まで。

フィリップにはもう、ジャンヌに抗う意志はない。

ジャンヌとともにシャルロットのもとへ向かい、和平を結んで戦争を終結する、と決めていた。たとえその結果、ブルゴーニュ公国が独立国としての地位を失ったとしても。なんとなれば、彼女はコンピエーニュで《乙女》に打ち倒された敗者なのだ。《乙女》によって命を救われたのだ。

その安堵感、激闘によるダメージ、加速による衝撃。それらがフィリップの意識を奪い、彼女を失神させていたのも、投降したフィリップが自らの運命をジャンヌに託して安心しきっていたからだった。

だから、ジャンヌは間に合う。

間に合う——はずだった。

しかし、「運命」は、ジャンヌには微笑まなかった。

目に見えないいくつもの糸が、コンピエーニュの城門を目指して駆けていたジャンヌの「加速」を止めることとなる。

クーダンからコンピエーニュへと至る途上。マルニーの戦場にはなお、「ジャン無怖公の姫騎士」リュクサンブールがいた。

マルニーのブルゴーニュ先鋒隊は、ジャンヌに従う傭兵たちの奇襲を受け、混乱状態に陥っているところをコンピエーニュ守備兵たちに襲われて、いまや潰乱《かいらん》寸前となっている。指揮系統は分断され、兵士たちは戦意を喪失している。

クーダンのフィリップ善良公女のもとに《乙女》が出現してこれを打ち倒し捕虜にしたという伝聞が駆け巡ると、混乱はいっそう激しくなった。

「やったぜ、畜生！　勝った、勝ったぜえええええ！」

「《乙女》ちゃんは戻ってくる！」

「野郎ども、あと一踏ん張りだあああ！」

わずかな人数でマルニーへと突進してジャンヌの「帰り道」を確保していた傭兵たちは、敵陣深くまで進撃して「道」を死守していたため、圧倒的な勝ち戦《いくさ》でありながらその多くが負傷しすでに壊滅目前となっていたが、彼らの奮闘は報われようとしていた。まもなくジャンヌが「加速」の力を用いてこの道を駆ける。

コンピエーニュ守将のフラヴィが跳ね橋を下ろして自ら兵を率いてマルニーを挟撃しているからには、ジャンヌのコンピエーニュ入城まで、あとわずかだった。

だが——潰乱状態のブルゴーニュ先鋒隊の中にあって、リュクサンブールだけは諦《あきら》めていなかった。

あのフィリップ善良公女がジャンヌに敗れて捕らわれた、と聞いたその瞬間から、リュクサンブールは自らの命を捨てた。

「ジャンヌは、《乙女》は必ず、この傭兵どもが死守している道を逆に駆けて、コンピエーニュの城門を目指してくる！　ならば私は、この道を塞いで《乙女》を阻むのみ！　この身が疑似聖杯とともにここで砕け散ろうとも、フィリップさまをお救いする……！　ジャン無怖公さまをお守りできなかった生涯の悔いを、二度も繰り返すものか……！」

皮肉にも——。

傭兵たちがまっすぐな「道」を、ジャンヌが「加速」の力を用いて駆ける最短ルートを玉砕覚悟で死守し続けていたことが、リュクサンブールにジャンヌの「出現場所」を予測させていたのだ。

来る。

見えなくとも、風の音が、空気をそよがせる「熱」が、彼女の訪れを知らせてくれる。

《乙女》は、今、来《きた》れり！

金羊毛騎士団団員にして聖杯に聖別された疑似ユリスの一人・リュクサンブールは、「加速」して駆けているジャンヌの進路を塞ぎつつ、馬上でユリスの力を解き放っていた。

「な、なんだとおおおお⁉」

「金羊毛騎士団ッ⁉」

「あいつら、川向こうのクレロワに陣取っていたんじゃなかったのか？」

「どうして、最前線に金羊毛騎士がいやがるんだっ⁉」

傭兵たちにとっては、完全に想定外だった。この時リュクサンブールがこの最前線に来ていたのは、「偶然」なのだ。

リュクサンブールという最後の「壁」が突如としてジャンヌの進路に立ちはだかったことが、「運命」の分かれ目となった。

もう、コンピエーニュの城門まで、あとわずかというところで。

ジャンヌは、加速の力を、解除していた。

「……こんなところに……金羊毛騎士団……‼」

ジャンヌは、加速中に攻撃動作を行うことができない。攻撃のモーションを起こすためには、加速状態を解除しなければならないのだ。加速しながら全力でリュクサンブールに激突すれば、あるいはこの「壁」を抜けられるかもしれなかった。リュクサンブールはただの人間ではなく、ユリスだ。ジャンヌに激突されても、その衝撃で絶命することはない。負傷しても、聖杯の力で自己治癒《ちゆ》する。だから、躊躇《ちゅうちょ》なく激突して強引に突破してしまっても、リュクサンブールを殺すことにはならない……。

しかし、ジャンヌには、できなかった。

なぜならば、失神しているフィリップを背負っていたからだ。

フィリップは、ジャンヌとの戦闘で心身ともに深刻なダメージを負っていた。加速の衝撃に耐えられず、意識を保てなかったのだ。ジャンヌ戦でエリクシルを使い果たし、すでにユリスの力は消えている。体内のエリクシルが回復するまでの間、あと一日ほどは、ユリスにはなれない。

リュクサンブールは、立ち止まって目の前に出現したジャンヌが、気を失っているフィリップを背負っている姿を確認するや否《いな》や、激昂《げっこう》していた。

フィリップの消耗度《しょうもうど》は激しく、生きているのが不思議なくらいだった。

どれほどの攻撃を浴び続けたのか。

ジャンヌは。《乙女》は、フランスの親王家であるブルゴーニュとの戦いを好まないのではなかったのか。彼女の敵はあくまでも「外敵」イングランドではなかったのか。

ジャン無怖公の夢、「第三帝国」構想を霧散《むさん》させるつもりか、《乙女》！

このコンピエーニュ戦に最後まで消極的だった善良公女さまに、なんという無慈悲な攻撃を……！

私の責任だ！　強引に軍をコンピエーニュへと進めさせた、この私の……！

「おのれ、オルレアンの《乙女》！　わが主君、フィリップ善良公女を徹底的に打ちのめし、フランスの捕虜にしようと……！　やらせるかあああああ！　腕を飛ばされ脚を切られようとも、絶対に、コンピエーニュの門を潜《くぐ》らせはせん！　金羊毛騎士が！　このリュクサンブールが、善良公女を奪回する！」

《乙女》ちゃん、フィリップをぶん投げてその姫騎士にぶつけろ！　それで躱《かわ》せる！　と、傭兵たちが叫んでいた。

だがジャンヌは、フィリップの身体を放り投げられない。

フィリップをシャルロットのもとに。そして二人を和解させ、戦争を終結させる。

それが、ジャンヌの「勝利条件」なのだ。

フィリップの回復には、しばし時間がかかる。

ここでフィリップを手放せば、リュクサンブールたちブルゴーニュの抗戦派は、コンピエーニュ包囲戦を継続してしまうだろう。

「ごめん、フィリップ！　しばらく耐えて！　このまま突破するよ！」

「通らせはせん！　《乙女》！　貴様の持ち時間はもう、ほとんど残っていないはず！　私は、たった今ユリスの力を開放したばかりだ！　善良公女さまを手放さないというのならば……貴様の時間切れまで、何度切り刻まれようとも貴様の『道』を塞いで立ちはだかり続ける！」

死兵と化したリュクサンブールが、自らの身体を盾にして、ジャンヌを阻む。

聖杯を被った金羊毛騎士リュクサンブールは、時間稼《かせ》ぎのための「壁」役だ。どこを斬っても、瞬時に再生してしまうのだ。

打ち倒すには、ノワール戦と同様に、頭を守っている聖杯を徹底的に殴り続けるしかない。

だが、聖杯を打ち割る時間が、もう、ジャンヌには残されていない。そもそも、あのような「加速」と「加速解除」の連続に、衰弱しきっているフィリップの身体は耐えられない。もはや制限時間内にリュクサンブールを倒すことはできない。あと一度だけ「再加速」して逃げきる以外に、リュクサンブールから離脱する術《すべ》はなかった。

（エリクシルが涸れる！　時間が切れる！　ごめんフィリップ！　あと一度だけ、加速に耐えて……！）

ジャンヌが、「再加速」しようとした、その時。

リュクサンブールも傭兵たちも、そしてジャンヌ自身もまったく予想していない事態が、起きていた。

マルニーのすぐ隣。ヴネットに展開していたイングランド軍が、独自に動きはじめていたのだ。彼らの指揮官は、イングランド人であって、フィリップの家臣ではない。故に、善良公女を奪われて捕虜にされたブルゴーニュ軍の混乱とは、無縁だった。

イングランド軍の指揮官は、跳ね橋を降ろして守備兵たちがすっかり出払っていたコンピエーニュの城門を狙おうと閃《ひらめ》き、突如《とつじょ》としてコンピエーニュの跳ね橋へと進軍を開始していたのだった。

城外へ打って出ていたコンピエーニュ守備隊長のフラヴィは、本来ならばこのヴネット方面にも兵を向けておくべきだった。だが、荒っぽいフラヴィは大混乱を来《きた》していたマルニーへの急襲に夢中になっていた。

もしもジャンヌにあと数百の兵があれば、ジャンヌはマルニーとヴネットの双方に奇襲部隊を放って、両軍を完全に足止めできていただろう。

だが、そうはならなかった。

「運命」は、ジャンヌに《聖女》として殉教する道を、選択させたのだった。

「しまった！　撤退！　撤退だあああ！　イングランド軍が町の中になだれ込んでくる前に全軍撤収し、跳ね橋を上げろおおおお！」

フラヴィは、《乙女》のことも、彼女が率いてきた傭兵たちのことも、忘れていた。

無防備状態となっているコンピエーニュの町に残してきた妻子や仲間たちを守ることで、頭がいっぱいになっていたと言っていい。

フラヴィ率いるコンピエーニュ守備兵たちは、マルニーの戦線を放棄していっせいに城門の中へと逃げ込み、そして。

残されたわずかなエリクシルを振り絞り、執拗《しつよう》に追いすがるリュクサンブールを迂回《うかい》しつつ「再加速」して城門目指して駆けていたジャンヌは。

エリクシルを完全に涸らして力尽き、「加速」状態を強制解除されるのと同時に。

目の前で、コンピエーニュの跳ね橋が引き上げられ、城門が固く閉ざされてしまうさまを、見ていた。

あと、十歩だった。

ついに、届かなかった。

「生き続ける」という「未来」を、ジャンヌは、目前で失ったのだ。

「なっ……なんて野郎だあああ！　フラヴィの野郎！」

「《乙女》ちゃんを裏切りやがったあああああ!?」

「あとわずか。あとちょっとだけ跳ね橋を上げるのを待ってくれていれば……」

「……この戦争の終結はもう目の前だったってのに……コンピエーニュを守るために、救援に駆けつけてくれたはずの《乙女》ちゃんを切り捨てやがった……許せねえええええええ！」

しかし、跳ね橋を引き上げて守りを固めたフラヴィには、悪意はない。

ジャンヌを追って殺到してきたブルゴーニュ軍、とりわけ金羊毛騎士を町の中に突入させるわけにはいかなかったのだ。

あと少しでも遅れていれば、金羊毛騎士がコンピエーニュの町へとなだれ込んできて徹底的に蹂躙したことは間違いない。なにしろ、ジャンヌは他ならぬフィリップ善良公女を捕らえてコンピエーニュへ入ろうとしていたのだから。

せめて、フィリップ善良公女なんてどえらい人質を連れていなければ、ジャンヌ一人だけだったら、あと十秒ほどならば待ってやれたんだがよ、とフラヴィは嘆息《たんそく》していた。

「悪いな、お嬢ちゃん。これじゃあ、俺っちはまるで恩知らずの裏切り者だな。だがよう、俺っちは、フランスの救世主やらフランスという国よりも、てめえの家族のほうがだいじなのよ。そいつが人間ってもんさ。だからこそ、戦争ってのはいつまでも終わらねえんだよ。いつの時代も人間ってのは哀しいもんだぜ、まったくよう……」

　形勢は完全に逆転した。

　もう、ジャンヌの入城を拒んだコンピエーニュの跳ね橋は二度と下りない。

「ここまでほんとうに、ありがとう。クレロワから金羊毛騎士団が迫ってくる。みんなは森へと逃げて。ブルゴーニュ軍の目標は、わたし一人だから――」

　ジャンヌはフィリップの身体をそっと大地に横たえながら、静かに呟《つぶや》いていた。

　だが誰一人、逃げようとはしなかった。殺到するイングランド兵とブルゴーニュ兵に対して、わずかな兵力でありながら絶望的な抗戦を続けた。《乙女》を守り抜くために。

　しかしもう、ユリスの力を失った今のジャンヌには、どこにも逃げ場などなかった。

　いまや、三方を完全に包囲されている。

　そしてたったひとつの「逃げ場」であるはずのコンピエーニュは、ジャンヌを入れようとしない。

　ジャンヌは、自分の「運命」がここに確定したことを、悟った。

　コンピエーニュの人々に裏切られたという思いは、ジャンヌにはない。みながそれぞれに、自分自身にできることを為した。故郷の町。家族。たいせつに決まっている。「大義」のために捨てろ、などと言えるものではない。だから、このコンピエーニュにジャンヌが率いてきた男たちは、家族を捨て故郷を捨てた、身よりのない傭兵たちだけだった。その結果、乾坤一擲《けんこんいってき》の「賭け」に敗れはしたが、ジャンヌは「生きるために」全力を尽くした。死にたくなかったからではない。モンモランシの願い。シャルロットの祈り。それらを、無にしないために。フィリップとの対決と対話、そしてノワールとの決着。自分にできることを、やり尽くした。

だが、それでもなお、「運命」は覆《くつがえ》らなかったのだ。

「……主よ……神さま……これがわたしの『運命』だというのならば、甘んじて受け入れます……ごめんね、モンモランシ……黙って消えちゃって、ごめんね……」

かくして。

オルレアンの《乙女》は――。

金羊毛騎士団の手に落ちた。

リュクサンブールは、救国の《乙女》ジャンヌ・ダルクを、捕縛した。

奇跡の《聖女》、救国の《乙女》ジャンヌ・ダルク、コンピエーニュにてブルゴーニュ軍に捕らえられる！

この衝撃的な「事件」は、フランス全土を震撼《しんかん》させた。

フランスはこんどこそもう終わりだ、とフランスの民はみな、嘆いた。

ここに仏英戦争は、完全に新たな段階へと突入していた。

しかも。

皮肉にも、「捕らわれた」ジャンヌが、仏英戦争を終結させる力を持つ「鍵」そのものとなったのだ。

V　ルーアン

フィリップ善良公女自身がジャンヌを捕縛していたのであれば、ジャンヌの身柄《みがら》はフィリップの管轄下《かんかつか》に属することとなり、ジャンヌの「運命」は大きく変わっていただろう。

しかし、現実は違った。

ジャンヌを捕縛した姫騎士《シュヴァリエール》にして大貴族のリュクサンブールが、ジャンヌの身柄を管理する権利を手にしていたのだ。

時代はまだ、封建時代である。ブルゴーニュ公といえども、封建領主リュクサンブールが戦争で捕らえた人質を自由にする権利を有していない。ジャンヌをどう処置するかは、あくまでも彼女を捕らえたリュクサンブールが決定することとなのだった。

しかも、コンピエーニュの戦場で傷つき消耗《しょうもう》したフィリップが意識を回復した時にはもう、ジャンヌは人質としてリュクサンブールの居城・ボールヴォワールへと護送され、塔に幽閉《ゆうへい》されていた。

リュクサンブールには、元来、ジャンヌへの私怨《しえん》はない。だが、フィリップの武芸の師範《しはん》として彼女の騎士《シュヴァリエ》叙任まで執《と》り行ったリュクサンブールは、ジャンヌの存在が元来戦争を嫌うフィリップを底なしの「聖杯《グラール》」の世界へと引きずり込んでいったことを知っている。ジャンヌが現れなければ、フィリップはノワールにはならなかったし、ついにジャンヌはノワールを打ち倒して、金羊毛騎士団《トワゾン・ドール》を設立することもなかった。その上、コンピエーニュの戦場では、ついにジャンヌはノワールを打ち倒して、フィリップを人質として連れ去ろうとしたのだ。

「もはや《乙女《ラ・ピュセル》》ジャンヌは絶対に釈放できない。フィリップさまは、ヴァンセンヌ城でシャルロットと会見して以来、完全に戦意を失われた。ほんとうのフィリップさまに戻られてしまったのだ。《乙女》と何度戦っても、ことごとく敗れる……！　今回は奇跡的に《乙女》からフィリップさまを奪回できたが、二度目はない！」

ボールヴォワールに帰還したリュクサンブールは、塔に幽閉したジャンヌを丁重に遇しつつも、自《みずか》ら厳重に監視した。

いまやフランス全土が、そしてイングランド陣営が、《乙女》の捕縛という事件に直面して大騒動になっている。

イングランドのベドフォード公と、パリ大学を牛耳《ぎゅうじ》っている神父ピエール・コーションは、「異端審問裁判を開廷して《魔女》を裁く。至急、ジャンヌの身柄をイングランドへ引き渡すよう。それが同盟国ブルゴーニュの貴族が為すべき義務だ」と何度も催促の使者を送り続けてくるし、コンピエーニュの包囲を解いて戦場から撤退したフィリップからは「今すぐにジャンヌを解放してシャルロットのもとに」とジャンヌ釈放命令が下されてくる。

むろん、シャルロット陣営とブルゴーニュとの「パイプ役」を務めているラ・トレムイユからも、「陛下は心痛のあまり半狂乱状態である。《乙女》の身柄を引き渡さねば、フランスとブルゴーニュの間には決定的な亀裂《きれつ》が入り、和平は不可能となるでしょう。《乙女》を《魔女》として裁こうと目論《もくろ》んでいるイングランドに引き渡すなど、言語道断」と内々にジャンヌ解放を要求する使者が執拗《しつよう》にやってくる。

リュクサンブール自身の考えでは、当初は、早々にイングランドへとジャンヌの身柄を引き渡してしまうつもりだった。どれほど「邪魔」な相手であろうとも、いまやあの心優しい少女に戻ったフィリップがジャンヌを裁くはずがないし、「強権」を発動できぬまでも、あの手この手でジャンヌの釈放を迫ってくることは目に見えていたからだ。

ジャンヌはもともと、ブルゴーニュと戦っていたのではなく、あくまでもイングランド軍と戦い続けてきた。イングランド軍に引き渡すのが筋というものだったし、イングランドのベドフォード公がジャンヌをどう処理しようとも、フィリップの責任にはならない――リュクサンブールが勝手にジャンヌをイングランドへ「売り渡した」のだから、ジャンヌを救おうと奔走《ほんそう》しているすべての人々の憎しみは、フィリップではなくリュクサンブールへと注がれることになる。それどころか、他ならぬフィリップ自身がリュクサンブールに遺恨《いこん》を抱《いだ》くかもしれない。

（でも、それでいい。私はフィリップさまのためならば、残された片目を失っても一向に構わない。この命を失っても、だ。フィリップさまは、亡きジャン無怖公《むふこう》さまの忘れ形見。これ以上、聖杯や金羊毛騎士団などにあのお方を関《かか》わらせ、心を黒化《ニグレド》させてはならない。もう、見ていられない……私がどうなろうとも、ジャンヌだけは――《乙女》だけは戦線から退場しても

らわねばならない)

だが、問題があった。

塔に幽閉されたジャンヌが、日々、餓《う》えに苦しみ衰弱《すいじゃく》し続けていたのだった。

「……う……う……喉《のど》が……喉が……う、う」

この日も、リュクサンブールは自ら塔を訪れ、牢内でジャンヌを介護していた。

「おかしい。どうしてこれほど衰弱しているのか。医師の見立てでも、病名がわからない……黒死病でもなければ、赤痢《せきり》でもない……怪我《けが》からの破傷風《はしょうふう》でもない……まずいぞ。保《も》ってくれ」

ジャンヌを捕らえて以来、決して手荒な扱いはしていない。

彼女を裁く者は、あくまでもイングランド軍でなければならない。

ブルゴーニュの人質になっている間にジャンヌが衰弱死してしまえば、フィリップによる暗殺説が囁《ささや》かれるようになるだろう。毒をもって《乙女》を始末したのだ、と。コンピエーニュの戦場でジャンヌが致命的な怪我を負っていなかったことはみなが目撃して知っているし、そもそも今までどれほどの怪我を負ってもジャンヌはすぐに回復したではないか。オルレアンでは心臓を奪われたが、それでもなお再生した。神の子の如《ごと》く。だからこそ、ジャンヌは奇跡の救世主であり聖女なのだ。ジェズュ・クリと同等の「伝説」的人物なのだ。

そのジャンヌの身体が、日に日に弱っていく。

体内のエリクシルが枯渇《こかつ》しているためだった。

すでに二度も死んでいるジャンヌは、エリクシルと賢者の石《ピエール・フィロゾファル》の力によって強引に生命を維持している。エリクシルがなければ生き続けられないのだ。しかも、ユリスの力を放った後、体内で消費されたエリクシルが自然回復することがない。そこがフィリップたちとは決定的に違うのだ。

だが錬金術《アルシミー》に精通していない武人リュクサンブールには、そこまではわからなかった。彼女自身、戦闘後に体内のエリクシルが時間とともに自然回復するプロセスを何度も経験している。まったく回復しない「例外」的なユリスがいることを、彼女は知らなかったのだ。

このままでは、ジャンヌの命は保《も》ってあと二日か三日だろう。

今からイングランド陣営へ護送しても、もう間に合わない。途上で死ぬことになる。

やはり、ブルゴーニュによる暗殺が囁かれる。

即座に引き渡すべきだったのに、フィリップの執拗な抵抗に遭《あ》ったため、またジャンヌの容体が急激に悪化したため、動くのが遅れた。ジャンヌの体調が回復してから、と考えていた。

よもや、死病だったとは。

万事休す、だ。

リュクサンブールがジャンヌを抱きながら困惑《こんわく》しきっているところに――。

予期せぬ「面会者」が現れた。

フィリップ善良公女その人だった。

「……ふ、フィリップさま!?　と、突然、このようなところへ……？　まだお身体は万全ではないはずですのに。いったいなぜ」

「もちろん、ジャンヌの命を救い、この塔から解放するためよ、リュクサンブール。たとえ私にその権利がなくとも、ブルゴーニュ公としてあなたに命じます。ジャンヌ・ド・リュクサンブール。《乙女》ジャンヌは、このままでは死んでしまうわ。そんな結末は誰も望んでいないし、戦争の行方《ゆくえ》をさらに混沌《こんとん》へと向かわせるだけ」

リュクサンブールの本名もまた、ジャンヌだったのだ。

別人のように毅然《きぜん》としたフィリップの態度に、リュクサンブールは打たれた。あの、ノワールに変身して聖杯に心を黒化されてしまっていた時のフィリップとも違う。フィリップ自身が、大きく成長していたのだ。もう、聖杯に惑《まど》わされることはないだろう。

「私ならば、ジャンヌの命を救うことができる。あなたでは救えない。私が彼女を救うのだから、彼女の身柄は私の管轄下に置かれるべきです。リュクサンブール。しばらく、私と《乙女》ジャンヌを、二人きりに」

「……はっ……！」

リュクサンブールは、《乙女》ジャンヌが解放される、と覚悟した。しかし、これほど「自分自身の意志」を断固として主張するフィリップを、彼女ははじめて見たのだ。父親を失ってからのフィリップは、自分の意志を持つことができず、流され続け利用され続けてきた。ジャン無怖公の亡霊に取り憑《つ》かれ、聖杯に取り憑かれ、フランス王位を望むヘンリー五世に引きずり回され、同盟を締結《ていけつ》させられ、幼なじみのシャルロットと戦い続けてきた。そこに、彼女自身の意志はなかった。あるとすれば、《乙女》ジャンヌを排除してモンモランシを地上の世界に引き戻したい、という恋する少女としての執着だけだった。

だが、今のフィリップは違う。

コンピエーニュでジャンヌとの間になにがあったのかわからないが、フィリップさまはまことのブルターニュの主《あるじ》になられた、まさしく「王者」の表情になられた、とリュクサンブールは震えた。

善と悪。フィリップとノワールに分裂していた人格が、統合されたかのような――。

「今までの《乙女》を巡るご無礼をお許しいただきたい。すべて、フィリップさまのご意志のままに！　私はただ、わが主君に忠誠を誓うのみです！」

リュクサンブールが静かに牢から引き下がり、ここに、フィリップとジャンヌの対話が、繰り広げられることとなった。

フランスの「運命」、仏英戦争の「結末」を決定づける対話が――。


「……うう……う……うう……くる……しい……モンモランシ……」

餓え渇《かわ》き悶《もだ》え続けていたジャンヌの痩《や》せた身体を、そっとフィリップは腕の中に抱き留《と》めていた。

エリクシルがないと活動を維持できないジャンヌの心臓は、すでに限界にあった。

聖槍《サント・ランス》によってひとたびは失われ、エスカリボールの鞘《フロー》によって再生されたという、特殊な心臓である。地上の原理、人間の原理を超えた存在。「聖なる心臓」と言ってもいい。

いくら血や栄養や薬を与えても、ジャンヌの心臓を救うことはできない。

ただひとつ、エリクシルによってのみ、ジャンヌの心臓は再び「延命」されるのだ。

「聖杯はもう被らないと決めたわ。ジャンヌ。でも……エリクシルは、ここに。あなたの命を、繋ぎ止めるために。モンモランシのために」

フィリップは、聖杯を運んできたのだ。

聖槍の力を吸収した聖杯は、無限にも近い疑似《ぎじ》エリクシルを錬成する「器《うつわ》」となっている。真のエリクシルほど純度は高くなく、従って「力」もほんものほどには強くない。有効期限は短く、不安定なために空気に触れると蒸発してしまうが、それでもモンモランシが錬成するエリクシルよりはまだしも完全なものに近い。ユリスの資質を持たない者が飲めば毒になって死ぬが、ユリスならば摂取《せっしゅ》することによる副作用はない。

「口移しになるけれど、我慢してね。孤児たちを聖別《コンセクラシオン》し続けてきた忌《い》まわしい『死のベーゼ』だったけれど……はじめて、命を救うために使うことができた……」

「……あ……フィリップ……？」

「だいじょうぶよ、ジャンヌ。あなたが、私に勝ったのよ。エリクシルを供給したら、すぐにあなたをモンモランシのもとに戻してあげるから。だから、今は私のベーゼを受けて」

ジャンヌは、（人間の世界も、妖精さんたちのように、雌《めす》だけ……女の子だけの世界だったら。わたしたちはどんなに、平穏に暮らせたんだろう。でも、モンモランシが女の子になっちゃたら、なんだか、違うかも……それとも、そのほうが……よかったのかな……フィリップと戦うことも……なかったのかな……）とフィリップのベーゼを受けながら、ぼんやりととりとめのないことを感じ続け、そして、やがて目を覚ました。

混濁《こんだく》していた意識が、目の前の「現実」へと収束していく。

牢の中だった。が、不潔な場所ではない。むしろ、「貴族」として優遇されていることがわかった。

そして、フィリップ善良公女がジャンヌの身体を抱きしめて泣いている。

「よかった。ジャンヌ。疑似とはいえ、エリクシルが有効だったのね。これで、あなたがエリクシル切れで死ぬ恐れはなくなったわ。あとは、あなたを解放してフランスへと戻すだけ。リュクサンブールは、あなたを幽閉する意志を捨てたから。もう、だいじょうぶよ」

目に涙を浮かべながらも、嬉しそうに微笑むフィリップの表情は、どこか大人びていた。

あの泣き虫でお漏《も》らし癖《ぐせ》がある幼いフィリップとも違う。

破滅願望に憑かれていたノワールとも違う。

ニコラ・フラメルならば、「人格の統合」と呼んだであろう精神の変成が、フィリップの中で達成されていたのだった。モンモランシと結ばれずとも、フィリップは成長し、「大人」になった。ジャンヌは、あのコンピエーニュでの戦いによって自分がフィリップを成長させたことには思い至らなかったが、フィリップが聖杯の呪いから解放され、ジャン無怖公暗殺事件の時に植え付けられた「恐怖」から自由になったことだけは、理解できた。

わたしも、「大人」に成長できるのかな、とジャンヌは思った。

変わるならば、今しかない、とも。

今、この「死にたくない」「モンモランシたちと別れたくない」という恐怖に打ち勝たなければ、わたしはモンモランシからエリクシルを——すなわち「処女の血《ヴィエルジュ》」を供給され続けて生きながらえる「永遠の子供」になり果てる、とも。

ジャンヌはもう、人間ではない。ならば、処女の血をエリクシルという形に変換して飲み続ける「永遠の子供」として存在し続けるか、あるいはその存在を「伝説」へと昇華《しょうか》させて聖女にならなければならないのだ。仏英戦争を終わらせるための役割を、最後までまっとうしなければならないのだ。

だから、フィリップの「すぐに釈放してあげるからね。安心して。あなたはまもなく、モンモランシのもとに……」という言葉を、ジャンヌは静かに拒絶した。

「フィリップ、ありがとう。でも、コンピエーニュの人たちがわたしの到着を待たずに跳ね橋を上げて城門を閉ざしたさまを聞かされたよね？　あの瞬間に、わたしの中で結論は出たんだ。可能性は、二つあった。生き続ける道と、聖女としてのお芝居を続けて物語を完成させ、ほんものの聖女になる道。フランスの民《たみ》の心はまだ、ひとつになっていない。シャルロットが戴冠《たいかん》しても。オルレアンを解放しても。まだ、ひとつになっていないの。コンピエーニュだけじゃないよ。王都パリだって。ノルマンディだって。みんな、まだ、ばらばらなんだよ。ひとつになっていない……」

「……ジャンヌ？　なにを言っているの？　私は、シャルロットと和平を結ぶつもりになったのよ。あなたが、私を聖杯の呪いから救ってくれたのよ？　もう、あなたをモンモランシから引き離そうだなんて、あんな真似はしないと誓うわ。だから」

「……ダメなんだよ。王家と貴族の人たちが仲直りしただけじゃ、戦争は終わらないんだよ、フィリップ。わたしは羊飼いの娘だから、わかるよ。身分だけは『貴族』になったけれど、わたしは農民の子だから。どこの町の人々の気持ちも、コンピエーニュと同じ。町を、家族を、故郷を守るので精一杯。イングランドが優勢になればイングランドに。フランスが優勢になればフランスに。チェスの駒の奪い合いが、ずっと続くんだよ……なによりも、パリの市民たちが、シャルロットを受け入れようとしない限り」

　フィリップは、ジャンヌがいつの間にこれほど聡明《そうめい》になったのか、と驚いていた。

だが、ジャンヌは日々、戦場で成長し続けていたのだ。身体が、幼いだけなのだ。

「シャルロットの開城命令に、コンピエーニュの人たちは背《そむ》いた。貴族たちの戦争ごっこの駒として扱われていることに、人々は不満を感じている。真剣にどこかの勢力に肩入れして協力したって、いつ貴族たちの都合で敵勢力に売り飛ばされるかわからないのだから。わたしの故郷のドンレミ村も、そうだった。周囲はもうイングランドとブルゴーニュの勢力に包囲されているのに、頑固にシャルロットを支持して敵中で守りを固めていた……たとえフィリップがパリ開城を命じても、パリの市民たちだってコンピエーニュの人たちと同じことをするよ。フィリップの命令を拒否し、籠城《ろうじょう》して、シャルロットとわたしの入城を再び阻《はば》もうとする……仮に力ずくで攻め落としても、また新しい遺恨が生まれるだけ……」

　フィリップは反論することができなかった。モンモランシは長い旅の道程で、ドンレミ村の素朴な少女だったジャンヌに、フランスを巡る情勢を丁寧《ていねい》に教え続けていた。その、モンモランシから与えられた知識が、ジャンヌの目を開かせていた。「民《たみ》の視点」と「貴族の視点」の両方を公正に俯瞰《ふかん》して戦争終結に必要なものはなにかという考えをまとめられる存在は、奇《く》しくもジャンヌ以外にはいなかったと言っていい。

「それに、ノルマンディ。イングランド王家の発祥《はっしょう》の地でもあり、フランスの領土でもある、あの国……ノルマンディの人々の意識が『自分たちはフランス人だ』という方向に変わらなければ、イングランド軍は永遠にノルマンディから撤退しない。させられない。いくら戦場で敵軍に勝っても、国も土地も、ほんとうはそこに暮らしている人々のものなのだから。ブルゴーニュの公女とブルターニュのリッシュモンさまがフランスに――シャルロットに忠誠を誓ってくれても、それだけじゃ足りない。パリやノルマンディの『民』が自らをフランス人だと意識してくれない限り、戦争は終わらないんだよ」

　フィリップも、ついに、察した。

　ジャンヌが、「イングランド軍による処刑」を、望んでいることに。

「……ダメ……いけない……そんなことしたって、誰も幸せになれない……ジャンヌ。モンモランシも。シャルロットも。みんな、酷《ひど》く傷つくわ」

「……わかっている。そうだよね。傷つけちゃうよね。でも……『人間』である前に、王さまや貴族は、『王』として、『貴族』として行動する義務を負っているんだよ……わたしだって、もう、貴族だからね……戦争を終わらせるために、わたしは、モンモランシからあとしばらくの命を与えられたと思うんだ。そして今日、フィリップからも命を……フランスの人たちの心をひとつにする《救世主》は、救国の《聖女》は、わたし一人しかいない。ゴルゴダの丘に登るべき者は、わたしだけ。代わりは、いないんだよ、フィリップ」

ジャンヌは、静かにフィリップを説得し続ける。

「フィリップ？　あなたは敬虔《けいけん》なカトリック教徒だから、わかってくれるよね。ジェズユ・クリさまが、武力でローマ帝国と戦ってエルサレムを解放してほしいという人々の期待に応《こた》えずに、非暴力に徹して自ら処刑される『運命』を選択した理由が、わたしにはやっとわかったんだ。この戦いの中で。ジェズユ・クリさまだって、その『聖杯』を持っていた。不死のユリスの力を得ていた。ユリスとして戦ってローマ軍を倒し、エルサレムに王国を再興してユダヤの人々をローマ帝国の支配から解放することだって、できたはず。でも、敢《あ》えて武力闘争の道を捨てた……『ユダヤの王』と嘲笑《ちょうしょう》されながら、十字架を背負って丘を登った……」

「……ああ……ジャンヌ……ジェズユ・クリさまは、戦いによる解放、『力』による救済という選択肢ではなく、救世主であり神の子である存在が無力なままに裁かれて殺されていくその姿を人々の前に晒《さら》すことで、人間の子から真の救世主へと……救世主としての悲劇的伝説を完成させて、人々の心に消えない『アムール』を遺《のこ》した……英雄も、救世主も、最後には悲劇的な最期《さいご》を遂《と》げなければならない。勝利と栄光のままに命をまっとうした者は、人々から『惜《お》しまれない』……『伝説』を遺すことが、できない……ジェズュ・クリさまの命はゴルゴダの丘で散ったけれど、ジェズュ・クリさまの伝説は、永遠に人々の心に刻み込まれた……それは、『悲劇』だったから」

「そう。生き続けて現世で『成功』してしまったら、もう、『伝説』にはならないんだよ。未完成のまま、終わる。不完全なまま、命を失う。物語を、完成させられないままに、死ぬ。もっと生きてほしかったという無念を、想いを遂げてほしかったという祈りを、人々の心に残す。未完成に終わった物語の続きを誰もが語らずにはいられない存在として、人々の心の中で生き続ける。それが、救世主になるということ。ジェズュ・クリさまの伝説は、エルサレムの民だけでなく、ローマという『世界』に生きる人々すべての心を揺さぶったよね。それは、志半《こころざしなか》ばで捕らえられ、卑《いや》しめられ、裁かれて殺されるという『悲劇』が、人々に惜しまれたから……人々に愛されたから……ジェズュ・クリさまは、そこまでわかっていて、敢えてゲッセマネで怯《おび》え震え祈りながら、『運命』を選択したんだよ……きっと」

「……だから……ジェズュ・クリさまの王国は地上ではなく、心の中に……そして、ジェズュ・クリさまが……正しかった……地上の繁栄を誇った西ローマ帝国は、北から移動してきたゲルマン人たちの武力によって滅び去ったわ。それでも、ヨーロッパは崩壊しなかった……ほんとうならば、跡形もなく文明が失われてしまっていても、当然だったのに」

破滅は、回避された。ジェズュ・クリを神の子と信じ続ける人々が、教会を作り、迷える人々の魂を癒《い》やし、西ローマ帝国が滅び去って文明の終焉《しゅうえん》を迎えたはずのヨーロッパの人々の心を「カトリック」のもとに緩《ゆる》やかに統合した。

　征服者ゲルマン人のクロヴィスがフランク王国によるヨーロッパの再統一を達成できたのも、「カトリック」に改宗したからこそだった。カトリックという「共通文化」なくして、ローマ人とゲルマン人はヨーロッパで共存できなかっただろう。シャルルマーニュがローマ教皇から皇帝の冠を授けられたのも、「ローマ」の後継者はヨーロッパの「土地」を統一することよりも、カトリックという「共通文化」をこそ継承する者でなければならなかったからだ。

「でもジャンヌ！　ドイツはもう、フス派との戦争でめちゃくちゃになってしまっている。カトリック勢力による帝国の統一は不可能になってしまったし、フランスもイングランドもいずれはそうなるわ！　もう、カトリックの信仰さえあればヨーロッパ人が文化的に統合され続けていられる時代ではなくなったの！　むしろ、カトリックと異端とが戦い続ける悪循環《あくじゅんかん》に……」

「わかっているよ、フィリップ。わたしは『カトリック』のために死ぬのではなくて、『フランス人』という意識が人々の心の中で目覚めてくれることになると信じて、イングランド軍に裁かれようと決めたんだよ。そこが、ジェズュ・クリさまの時代と違うところかな……フランスの人たちが『フランス人』という意識に目覚めたら、イングランドの人たちは『イングランド人』になるよね。だから、永遠にヨーロッパは統一できなくなると思う。古代ローマ帝国は復興できない……わたしは、アスタロトの夢を壊そうとしている……でもね。それでいいんだよ。わたしたちは……国境をなくさなくたって、分裂したままだって、違う言葉で喋《しゃべ》っていたって、共存できるよ。ブルゴーニュとブルターニュとフランスだって。ドンレミ村で、村人たちと妖精さんたちが共存できたように。フィリップたちが、パリの騎士養成学校で幼なじみとして過ごせたように。だいじょうぶ」

ジャンヌは、死ぬ。

イングランド軍に捕らわれれば、パリ大学からピエール・コーションがやってくる。ただちに異端審問裁判を開始する。もちろん最初から、判決は「死刑」と決まっている。ジャンヌは強引に裁かれて、異端の魔女として刑死する。おそらく、ノルマンディの「都」ルーアンで焼き殺されるだろう。死体を残さずに灰にすれば、その魂は天国へ行くことができなくなるからだ。おそらくは、ヘンリー六世のパリ戴冠式を正当化させるための「景気づけ」として。なんとなれば、イングランド兵たちはジャンヌを《魔女》だと信じて怯えきっている。ジャンヌを殺せば、ただのエセ救世主だった、単なる田舎娘にすぎなかったと証明すれば、イングランド兵たちは恐慌状態から解放される。ジャンヌを焼き殺した時にはじめて、ベドフォード公はヘンリー六世をパリへ入城させられるのだ。

「……ジャンヌ……考え直して……お願い……！　あなたはまだ子供だわ……この戦争の中で精神は成長していても、子供であることに違いはない！　ジェズュ・クリさまとは、違う……！　あなたを犠牲にしなければ戦争が終わらないなんて、そんなはずはない！　私たちに任《まか》せて。お願い……！」

ううん、とジャンヌは首を横に振っていた。

「……いろいろ考えたんだよ。わたしも、死にたくはなかったから……モンモランシやシャルロット、アスタロトたちと、もっと一緒にいたかった。でも、もう、八十年もこの戦争は続いているんだし、今までたくさんの人が死んだ。これからも……銃や大砲といった武器がどんどん強力になっているから、もっとたくさん死ぬかもしれない。そんなフランスに、《救世主》が現れた。やりたいことは、いろいろあったけれど。でも、なすべきことは、やっぱり、ひとつ。《救世主》としての役割をまっとうすること。わたしが処刑されれば、フランスの人々の意識は、変わる。変わると思うから。一日では変わらなくても、何年もかかるかもしれないけれど、きっと、変わる。戦争は……終わる。もちろん、ほんとうに戦争を終わらせる仕事は、フィリップやシャルロットたちに押しつけちゃうけれど。モンモランシは簡単には納得してくれないだろうし……フィリップは憎まれ役になっちゃうし……とっても、面倒をかけちゃうけど……ごめんね」

一人の女がフランスを滅ぼし、一人の《処女》がフランスを救う。

王妃イザボーがかき乱したフランスの民が語り続けていた「予言」を、オルレアンを解放したことで《救世主》になってしまったジャンヌは、自ら「成就《じょうじゅ》」させようとしているのだった。

「モンモランシをよろしくね。モンモランシは、実はフィリップより寂《さび》しんぼうで、たくさん傷ついているから……ジャンヌを、また妹を守れなかったって思い詰めたら、モンモランシは……どうか、モンモランシを、闇へと堕《お》とさないで。フィリップのアムールで、モンモランシの魂を救って。それだけが……心残りで、心配の種かな」

フィリップは、ジャンヌの小柄な身体を抱きしめながら泣き崩れた。

もう、「殉教《じゅんきょう》」を決意したジャンヌを変心させることはできない、と悟ったからだった。

信仰のためではなく教会のためでもなく、フランスという「国」のために殉教する。カトリックという共通文化を生みだすためではなく、「フランス人」という共通意識を人々に芽生えさせるために殉教する。

カトリックの敬虔な信者であり、同時にヨーロッパにおけるカトリックの限界が来ていることを身近に悟っているフィリップだからこそ、ジャンヌの「信念」を正しく理解することができた。ああ、でも、モンモランシは、神も悪魔も恐れないモンモランシは、絶対に納得しない、と悪い予感に震えながらも、フィリップは決断していた。

ジャンヌの「勇気」に応える、と。

モンモランシがあれほどに愛さずにはいられなかった、無私の勇気。ジェズュ・クリさまと出会った者は、みな、このような思いに――これが、「改悛《かいしゅん》」――。

もう、モンモランシに女性として愛されなくてもいい。

生涯モンモランシに憎まれ続けてもいい。

殺されてもいい。

「死にたい」という破滅願望は、もう、ない。ジャンヌが私たちヨーロッパの片隅で戦い合いいがみ合い苦悩し続けるすべての人間に与えてくれたアムールに殉じたい、ジャンヌの苦しみを私も背負いたい、ともに分かち合いたい、そう願った。

ブルターニュ公としての義務を、遂行《すいこう》する。

フランスの民を、終わりのないこの戦争から解放し、平和をもたらすために。

私は「フランスのユダ」になろう、とフィリップは泣きながらも誓っていた。

「……わかったわ、ジャンヌ。あなたを、イングランド軍へと引き渡させる。リュクサンブールに命じて……彼女は抵抗するだろうけれど、逆らうことは許さない、と強く命じる……」

「……ありがとう、フィリップ」

「ううん。ただ、これだけは注意して。せめて、獄中では男装していて。男装さえしていれば、決して誰もあなたに触れられないわ。あなたを辱《はずかし》めようとするであろう、イングランドの獄卒《ごくそつ》たちであろうとも。だから男装を解いてはダメよ」

ジャンヌの「男装」とは、すなわち、ジャンヌが「獄中でなお、人間の娘ではなく、聖女もしくは魔女として存在している」ことを意味する。

「男装は、異端の罪に数えられる。でも、男装を解いてもジャンヌ、あなたは異端の罪からは決して逃れられないわ」

「そうだね。はじめから、死罪、という結論は決まっているものね、フィリップ」

「ええ。きっとイングランド軍は、いいえ、ベドフォード公は、処刑する前にあなたの《処女》を奪おうとするわ。《聖女》から聖性を剝奪《はくだつ》してほんものの《魔女》にしようとするわ。

《聖女》のままのあなたを殺してしまったら、ノルマンディの人々がフランス人としての感情に目覚めてイングランド軍への叛逆《はんぎゃく》を開始するかもしれないもの。それくらいは、女心に疎《うと》いベドフォード公にも予想できるもの」

だいじょうぶだよ、ジェズュ・クリさまだって酷い拷問《ごうもん》を受けたんだから。どんな責め苦にだって耐えるよ、わたし、とジャンヌは微笑もうとした。

しかし、自分でも意識しないうちに、涙が、こぼれていた。

胸が、痛い。張り裂けそうだ。ああ。イヤだ。死ぬことは覚悟できても、汚されるのはイヤだ。もしかしたら、《聖女》ではなくなってしまうかもしれない。なぜならば……。

「ジャンヌ。結末は同じ『死』であっても。どれほどの苦痛を与えられようが、あなたの魂が決して汚されないことはわかっていても。どうか、処女だけは守り抜いて。モンモランシのために……！」

ああ、そうだ、とジャンヌはうなずいていた。

モンモランシのために。

わたしがイングランド軍に辱められたら、きっと、モンモランシは――堕《お》ちる。

魔王に、なってしまう。

それじゃ、わたしの願いの半分は叶《かな》うけれど、半分は叶わない。

戦争は終わらせたい。でも、モンモランシには、幸せになってほしい――わがままかもしれないけれど、モンモランシにこの苦難を乗り越えてほしい。何年も、何十年も苦しみ続けることになるけれど。もしもわたしが陵辱《りょうじょく》されたら……モンモランシは、もう、乗り越えられないかもしれない。ううん。敢えて、乗り越える道を自分の意志で捨てるかもしれない。

「ありがとう、フィリップ。わたし、処刑されるその時まで、身を守るね。最後まで貞操を守り抜くよ。モンモランシのために」

「私の妹アンヌは、ベドフォード公の妻よ。これからはアンヌと連絡を密にして、もしもベドフォード公があなたを陵辱させようと企《たくら》んだら即座に潰《つぶ》すわ。いきなり、ということはないと思う。あの手この手を尽くして、あなたが《聖女》でなくなる瞬間を待ち続けると思う。陵辱はきっと、あなたを《聖女》の座からどうやっても引きずり落とせないと悟って追い詰められた時の最終手段だわ。それでもどうか、異端審問裁判の席では、《聖女》として振る舞い続けて——そうよ！　そうだわ。生きてさえいれば。裁判を粘れば。あなたは死なずに済むかもしれない。生き延びられるかもしれないわ、ジャンヌ！」

ジャンヌはもう、死は覚悟していた。だが、モンモランシだけがどうしても心配だった。

だから、「そうだわ」と不意に希望に満ちた表情を浮かべたフィリップに、

「……どういうこと？」

と尋《たず》ねていた。

「あなたが堂々と《聖女》として裁判の席で戦い続ければ、きっとフランスの人々の心に火がつくわ。あなたの心さえ折れなければ、いくらイングランドといえども、仮にもジャンヌ・ダルクという救国の英雄をそう簡単には死刑にできない。凛々《りり》しく振る舞い続ければ、あなたの仲間のもとに続々と人々が集まって、ルーアンを解放してくれるはず。私は、アンヌとともに

ベドフォード公を脅《おど》して圧力をかけ続ける。もしもジャンヌを殺したり汚したりすれば、即座にブルゴーニュはイングランドとの同盟関係を解消してフランスに臣従する。裁判を開くことは認めるが、ジャンヌを正当に貴族として遇するようにと。戦争終結と、モンモランシの心を守ること。二つの矛盾《むじゅん》する夢を、あなたはどちらも叶えられるわ、ジャンヌ」

そんなおとぎ話のような結末が、あるのだろうか。ジャンヌには、わかっていた。限りなくその可能性は低い、と。フランスにはもう、本格的な遠征軍を編制する資金がないのだ。

「それでも事態が好転しないのならば、私自らがブルゴーニュ軍と金羊毛騎士団を率いて、ルーアンを攻撃するわ、ジャンヌ」

「……それはダメだよフィリップ。わたしを奪回できても、肝心の戦争を終わらせることはできないよ。ブルゴーニュとイングランドの全面戦争なんて、絶対にダメだよ……」

そうね、ごめんなさい、私はつい、とフィリップは言葉に詰まっていた。

イングランド、フランス、ブルゴーニュ。三つ巴《どもえ》の戦いになれば、もはや収拾がつかなくなる。国土はいよいよ荒廃する。窮《きゅう》したベドフォード公は、ドイツを、帝国軍をフランス内へと引き入れかねない。そうなれば、ヨーロッパ各国が続々とこの戦争に参戦して、フランス全土が灰燼《かいじん》と帰《き》すかもしれない。

いわば、フランスが「世界大戦」の戦場と化してしまう。

力ではダメなのだとジャンヌから教えられていながら私は、とフィリップは顔を伏せた。

「それに……フィリップは、もうノワールになっちゃダメだよ。フィリップの身体がこれ以上聖杯に侵《おか》されたら、元の優しいフィリップには戻れなくなっちゃうかもしれないよ。だからね。それだけは……約束して」

「……わかったわ、ジャンヌ。お父さまが暗殺された時に、私が恐怖のあまり自分を見失っていなければ……ごめんなさい……」

フィリップは、ジャンヌの頬に口づけし、牢を後にした。そして、「イングランド軍へのジャンヌの身柄引き渡し」をリュクサンブールに告げていた。リュクサンブールは「どうしてですか？　なぜです？」と驚き抵抗したが、反論は許さなかった。

私はユダになった、もうモンモランシは私のもとには戻ってこない。でも、これが私に相応《ふさわ》しい罰なの、とフィリップは心の中で泣いた。

だが、たとえブルゴーニュ軍が参戦できなくても。

ルーアンからジャンヌを救出するために蜂起《ほうき》する人々が「間に合えば」、ジャンヌは生きられる。

そのわずかな可能性に、フィリップは懸《か》けていた。

※

「なぜだ。なぜジャンヌの身柄をイングランド軍に引き渡した……フィリップ!?　異端の魔女として裁かれちまうことは明らかなのに。ありえねえ……！　ジャンヌ。どうして。どうして、コンピエーニュに出撃なんて無茶な真似をしたんだ……!?　絶対に救出するぜ……！」

かつて、モンモランシたちが永遠の友情を誓った、セーヌ川。

「フランス」を象徴する大河である。

このセーヌ川は、パリから北へと流れ、ノルマンディの海へと繋がっている。そのノルマンディの都こそが、ルーアン。イングランド軍のフランスにおける本拠地《ほんきょち》だった。パリの自力防衛を断念したベドフォード公は、ノルマンディまで前線を引き下げてルーアンを固く守っているのだ。

そのルーアンに、リュクサンブールからイングランド軍へと引き渡されたジャンヌの身柄が護送されるという。

モンモランシは、ジル・ド・レ騎士団を率いてノルマンディへと進軍し、セーヌ川南岸のルーヴィエの町を拠点としてイングランド軍との戦いを続けていた。

むろん、ジャンヌを奪回するためにノルマンディに集結して戦っている武人は、モンモランシだけではない。

バタール。

アランソン。

ラ・イルとザントライユ。

ジャンヌとともにオルレアンで、パテーでともに戦ってきた仲間たちが、みな、資産を吐き出して兵をかき集め、ジャンヌ奪回義勇軍とでも言うべき私兵軍団を結成して一丸となって戦闘を続けていた。

だが、フランス本国の遠征軍はすでに解体されている。モンモランシたちは、私兵のみでイングランドの本隊と戦わねばならなかった。さらにはヨーロッパが寒冷期に突入しているため凍ることすらあるセーヌ川が、渡河《とか》を阻《はば》む。その上、イングランド兵たちはジャンヌをこそ《魔女》として今なお恐れているが、ジャンヌの抜けたフランス軍に対しては相変わらず侮《あなど》っていた。元の脆弱《ぜいじゃく》なフランス軍に戻った、と彼らは信じている。

そして、どれほどモンモランシたちがノルマンディを荒らそうともルーアンを固く守り続け、決して挑発に乗ってこないベドフォード公――。

ベドフォード公の目的が「ヘンリー六世のパリ戴冠」にあることは明らかであり、ヘンリー六世のパリ入城を実現するために、最大の障害となっている《乙女《ラ・ピュセル》》ジャンヌを処刑するつもりであることも確かだった。

「シャルロットはなぜ軍を派遣しない？　シャルロットとフィリップは和平を結ぼうとしていたんじゃなかったのか。なぜジャンヌは解放されなかった？　なにがどうなっている？　俺にはさっぱりわからねえ。なにもかも、腑《ふ》に落ちないことばかりだ……！」

「モンモランシ。どうか落ち着いてください。裁判もせずに『貴族』たるジャンヌを処刑する暴挙は、いくらベドフォード公でも許されません。宗教裁判で無理矢理にジャンヌを異端と断じなければ、死刑にはできませんよう。だから、まだボクたちには時間が残されています。今は、ルーアンを攻略する方法を考えましょう」

モンモランシは「俺が一瞬目を離した隙《すき》に……俺のせいだ……！」と、ジャンヌ捕縛の一報を知らされて以来、自分を責めて荒れ狂い続けていた。ほんのわずかな間に、モンモランシは人が違ったように凶悪な顔つきになっている。

作戦本部となった聖堂内では、今日もバタールがそんなモンモランシを宥《なだ》めていた。

「ブールジュのシャルロットさまのもとには、ほんとうにもうお金がないんです。前《さき》のランス戴冠、パリ進軍の際に軍資金をすべて使い果たしてしまったんです。遠征軍の解散は、あながちラ・トレムイユの陰謀だけのために行われたというわけじゃないんですよぅ。パリを力攻めで落として、パリ市内を略奪すれば、なんとかなったかもしれませんが……それはそれで、フランス王家の将来に重大な禍根《かこん》を残すことになっていたと思いますよぅ……」

「だが！　三部会を開催して、ジャンヌの身《み》の代金《しろきん》を支払うために税金をかき集めればなんとかなるだろう!?　ジャンヌは救国の《乙女》、フランスの救世主だ。オルレアンの市民たちを中心に、各地の民たちがジャンヌを救ってほしい、と訴えている。みんな、ジャンヌのためならば高額な税をかけられても承知してくれる。俺も、ブルターニュ、アンジューの領地を片っ端から売り払ってでも、金を調達する！　ブルターニュ公に持ち城を売り飛ばす準備だって進めているんだ！」

そう叫びながらも、モンモランシは（バタールにあたっても仕方がねえ……）とほぞをかむ思いだった。モンモランシがジャンヌを引き取る交渉を続けられていたのは、ジャンヌがリュクサンブールに囚《とら》われている間だけだった。もはやジャンヌの身柄がイングランドの手に渡った以上、モンモランシがどれほどの身の代金を支払うと言ってもイングランド側は聞く耳を持つまい。交渉は間に合わなかったのだ。故に、こうして兵を率いて武力でルーアンを攻略する以外に、ジャンヌを救う道は残されていないのだ。

「モンモランシ。ジャンヌの身の代金は、最終的には一万リーブルという天文学的な数字に吊り上がりました……フランスの国庫は空《から》っぽで、オルレアン市民たちの募金をかき集めても、とても足りません……」

「くそっ。ベドフォード公の野郎が、吊り上げやがったな……！　あの黒眼鏡野郎こそ、そんな金額をどうやって支払うつもりだ!?」

「イングランドの国庫も厳しい状態で、本国からの資金調達もままなりません。それこそ、ノルマンディの市民に莫大《ばくだい》な課税を行うしか、方法はないでしょう」

「あの黒眼鏡が……それでなお戦争を続行できると思っているのか？　仏英戦争前半戦の英雄エドワード黒太子《ブラック・プリンス》がカステーリョ遠征をやらかしたためにどうなったか、あいつだって知っているだろうに。フランス軍を次々と撃ち破って南フランスを支配するアキテーヌ公となった黒太子は、たしかにカステーリョ遠征で輝かしい武勲《ぶくん》を立てた。だが、無謀な遠征のためにアキテーヌの国庫は文字通り空っぽとなり、黒太子はアキテーヌの住民たちに強引な課税を。しかしアキテーヌの民には、カステーリョ遠征のために税を払わねばならない理由がなかった。反乱が起こり、アキテーヌの統治は困難に。黒太子は半ばアキテーヌから追い出されるかのようにブリテン島へ逃げ帰り、アキテーヌに復帰できないまま失意のうちに死んだ……」

ジャンヌの身柄を奪い取って《魔女》として処刑するという目先の「作戦」のために、ベドフォード公はノルマンディ市民の支持を失う。今まで何年もかけて、ノルマンディを英国領として巧《たく》みに統治してきたあの男が、ジャンヌ一人のために戦略眼を狂わせている。ジャンヌと引き換えにあいつはブリテン島へ追い出されるぜ、とモンモランシは熱に浮かされたようにバタールを相手に語り続けた。

「あの黒眼鏡の大馬鹿野郎め……！　しかし、いちばん解《げ》せないのはフィリップだ。フィリップはジャン無怖公からブルゴーニュ公国とフランドルを継承して以来、フランス一の大富豪だ。彼女には、銭なんて必要ない。そんなにジャンヌが邪魔だったのか？　なぜだ。なぜ、イングランドへ売り渡した……？」

モンモランシには、とても信じられなかった。フィリップがやることとは思えない。そんな子じゃなかった。あだ名の通り、善良な子だ。聖杯《グラール》の呪いでノワールになっている時は別人のようになってしまっていたが、あれは賢者の石《ピエール・フィロゾファル》の副作用のせいだ。聖杯を脱げば、心優しいフィリップに戻るはずなのに。

フィリップも、ジャンヌも、モンモランシにとっては最愛の「妹分」である。

ほんとうに、フィリップは俺を独占したくて、ジャンヌを排除したのだろうか？

いや、違う。聖杯に呪われたとしても、最後には彼女自身の敬虔《けいけん》で善良な魂が、聖杯に打ち勝ってくれたはずだ。

「……ボクたちにも、フィリップがジャンヌをイングランドに引き渡した理由はわかりません。

ただ……シャルロットさまと戦うつもりは、もうフィリップにはないようです。すでにコンピエーニュから撤兵して、ベドフォード公に『同盟破棄《はき》』を匂《にお》わせて揺さぶっているそうです。ジャンヌが率いていたコンピエーニュ救援軍は、敗れはしましたが、結果的にはフィリップをフランスとの全面戦争から遠ざけてくれました……政局は、再びフランス有利に傾きつつありますよ。二人の間で、なにかがあったのかもしれないです」

「ジャンヌとフィリップの間で、か――」

なにがあったのだろう。

二人は、なにを話し合い、こんな悲劇的な結論を選択したのだろう。

もしかしてイングランドを「敗戦」に導き、戦争を終結させるため、なのか?

フランスの民たちはみな、憤《いきどお》っている。救国の《乙女》をイングランドが勝手に裁こうとしていることに。

もしも、幼いジャンヌがイングランドの手で処刑されれば――《魔女》として残虐な火あぶり刑に処されれば――ノルマンディの市民たちだって。パリの市民たちだって。今はイングランドに心を寄せているが、一瞬のうちに変心するだろう。それこそ、「改悛《かいしゅん》」する。人間には悪の心もあるが、善の心もある。破壊衝動や性欲もあれば、慈悲の心、アムールもある。赤髭《あかひげ》のジャンですら、そうだったように。人々は、目覚めるだろう。ジェズユ・クリが十字架上で刑死した後、その「死」に心を揺さぶられて劇的に改悛した使徒たちが次々と出現し、ジェズユ・クリが理想として掲《かか》げたアムールをローマ中の人々が共有するようになった。

ジャンヌとフィリップはまさか、戦争を終わらせるために、ジェズュ・クリの「神話」をこのフランスで再現して人々の心をひとつにしようとしているのではないのか。ジェズュ・クリとユダの役割をともに演じようと二人で話し合って決めたのではないか。

だが、フィリップがそんな犠牲役をジャンヌに担《にな》わせるはずがないし、そもそもまだ幼いジャンヌ自身もそんな「生贄の子羊」の役目を自らに課すだろうか？

「待てよ……戦争とはいえ王や貴族が勝手に争っているだけで、民にとっては結局は他人事《ひとごと》……だからこの戦争を終わらせるためには、人々の心をひとつにまとめなければならない……『フランス』という国のもとに。だから、羊飼いの少女ジャンヌを、姫太子に仕《つか》える姫騎士《シュヴァリエール》に……《聖女》……《救世主》……なにもかも、この俺のハッタリから生まれてきた話じゃないか……ジャンヌに異端の嫌疑をかけさせないために打った芝居が、いまや、『真実』になろうとしているじゃないか……俺の、せいなのか」

モンモランシは、顔を覆いながら、呻《うめ》いた。

ジャンヌはなにを思い、フィリップはなにを考えて、この「悲劇」へと突き進んでいるのだろうか？

身体ばかりがでかくて心はガキのままの俺には、想像もできない。

「男」ならば。「大人の男」ならば。想像できるのだろうか？

「……モンモランシ。元気を出してください。オルレアン市民たちからの募金と、オルレアン公家の資産は、ボクが兄に成り代わってとりまとめてあります。すべて、ジャンヌを救うための軍資金に使い果たしてください」

「なあ、バタール。その昔、アザンクールでリッシュモンとアランソンが人質になった時。リッシュモンがイングランドに連れ去られた時……俺は、すぐに兵を率いてリッシュモンを奪回しようとはしなかった。彼女を目指してまっすぐに走らなかった。曲がりくねった道を通って、錬金術《アルシミー》という裏技に頼ってリッシュモンを取り戻そうとした。しかし七年間研究を重ねてもエリクシルは完成せず、黒魔術師の嫌疑をかけられて実家から夜逃げしただけだった……あの時の俺の選択が、間違っていたのかな……俺は、リッシュモンが捕らわれていながら、即座に『騎士《シュヴァリエ》』になれなかった。七年もの時間を浪費して、リッシュモンを失望させた。『その時』が来ていながら、俺は『男』になりそこねた。あそこから、なにもかもが……」

そんなことはありません、モンモランシは立派なジャンヌの騎士です、世界にただ一人しかいない錬金の騎士ですよ、とバタールはモンモランシの手を握りながら慰《なぐさ》めの言葉をかけていた。

「こんどこそルーアンへ辿《たど》り着きましょう、モンモランシ。ラ・イルもザントライユもいます。アランソンももうすぐブルターニュから戻ってきます。アランソン率いる主力部隊がブルトン騎士団を連れて合流すれば、ルーアンのイングランド軍と互角に戦えるはずです」

ラ・イルとザントライユは、ガスコーニュ傭兵隊を率いて、今も戦場の最前線で暴れまわっている。だが、イングランド軍は決して応戦しようとせず、ラ・イルの赤マントを見るとルーアンへと引きこもってしまうのだ。ジャンヌ捕縛からの経緯《けいい》に激怒し続けているラ・イルは、イングランド軍が捨てた村や町を略奪することで憂《う》さを晴らしつつ、「糞眼鏡《くそ》野郎め！　堂々と出てきてあたしたちと決戦しろ！」とベドフォード公を挑発し続けているが、むろん、戦局を動かすには至らない。

アランソン公家の兵団を率いているアランソンは、今、ルーアン戦線から一時的に離脱してブルターニュへと遠征している。ブルターニュの「森」のどこかに、リッシュモンがいる。リッシュモンはパテーの戦い以後、エスカリボールの力を制御する「修行」を続けている。賢者の石が増幅させる「嫉妬」の感情に打ち勝つために。しかし、もはやリッシュモンにそのような修行を続けさせている猶予《ゆうよ》はなくなっていた。至急リッシュモンを呼び戻して、ルーアンにエスカリボールの「光」を放たねばならなかった。

だが、人間の世界から切り離された森の奥で、「妖精の世界」で修行を続けているリッシュモンには、当然、ジャンヌを巡る事態急変の知らせは届かない。リッシュモンは今、「現世」から離れているのだ。まるで、ブロセリアンドの森で妖精に育てられた湖の騎士ランスロのように。

故に、アランソンが兵を率いてブルターニュの森に分け入り、リッシュモンを見つけだして事態を伝えなければならなかったのだ。「正義の人」リッシュモンならば、事態を知らされればジャンヌを救うために即座に舞い戻ってきてくれるだろう。しかも、ブルターニュ公国が誇る最強のブルトン騎士団を率いて。

もうすぐ、待望久しいアランソンがリッシュモンとブルトン騎士団を率いて、戻ってくるはずだった。

「リッシュモンの修行がまだ完成していないとしても、パテーの時のような暴走は起きないと ボクらは信じていますよ、モンモランシ。あと少しの我慢です。エスカリボールが戦場に戻ってくれれば、ベドフォード公の籠城策はその効力を失います。リッシュモンのあの『武具』は、人間と戦うための兵器というよりは、城や町を薙《な》ぎ払うための兵器ですから。ルーアンの堅牢《けんろう》な城壁も、一撃で消し飛ばしてくれますよう」

ためらいながらも、リッシュモンならば、ジャンヌのために「賭け」てくれる。そしてリッシュモンならば賭けに勝つ、自分の心に勝つ。賢者の石の呪いに勝つ。モンモランシも、そう信じて疑わなかった。

が、はたして期限内にリッシュモンが見つかるかどうか。前線の指揮をアランソンに委《ゆだ》ね、俺自身がブルターニュの森へ向かうべきだったか……だが、アランソンのほうが土地勘がある……アランソンならば、エスカリボールの鞘《フロー》を見つけてきてくれた時のように、こんどはリッシュモンを見つけてきてくれる。そのはずだった。

しかし、アランソンはまだ帰還を果たしていない。ジャンヌのルーアン護送のほうが、先に実現しつつある。これ以上待ち続ければ、裁判がはじまる。何日も保《も》つまい。あるいは、ジャンヌは自分が魔女であると認めるように強《し》いられ、「貴族」ならば決して受けないような残虐な拷問《ごうもん》を受けるかもしれない。なにが、神だ。なにが、司教だ。かつてパリでブルゴーニュ派筆頭《ひっとう》として市民を煽《あお》り内乱を誘発し、国王とシャルロットを見捨てて敵国イングランドと懇《ねんご》ろになり、果てはそのシャルロットとジャンヌのランス進軍を見て大慌てでランスから逃げだした。そのような恥ずべき経歴を持つピエール・コーションという名の聖職者とも思えぬような男が、ジャンヌの裁判を担当するのだという。

拷問……まさか……陵辱……まさか……ジャンヌのような子供を……ありえない……しかし、《処女》のままジャンヌを焼き殺すことは、仮にも聖職者であればできないはず……。

ああ。

故郷での薄暗い記憶が、フラッシュバックする。

カトリーヌの母を誘拐して拷問する赤髭のジャン。泣き崩れる幼いカトリーヌ。赤髭のジャンが資産目当てで次々と攫《さら》ってくる、モンモランシの「花嫁」たち。カトリーヌを残して、俺の「花嫁」たちは次々に死んでいった。まるで呪われたかのように。心の病《やまい》で。あるいは黒死病《ペスト》で。幼い命が。命が、俺の目の前で消えていった。俺さえいなければ、攫われることもなかったのに。「死の花嫁」になんて、されずに済んだのに。

ジャンヌ。ジャンヌもまた。俺が、賢者の石を与えて強引に生かしたばかりに、こんな「運命」を――。

絶望のあまり、吐きそうだった。

これからルーアンでジャンヌにどんな試練が訪れるのか、どんな責め苦が与えられるのか、どんな陵辱が加えられるのか。想像することもできなかった。その「可能性」を感じるだけで、モンモランシ自身の心が、己を痛めつけ続ける。

ああ、そうだったんだ。

俺は――ほんとうは、「男」には、なりたくなかったのだな、とモンモランシは思った。

しかし「成長したくなかった」のでもなければ、「子供でいたかった」のでもない。

赤髭のジャンのような怪物に、なりたくなかったのだ。

死ぬその瞬間まで、「善《よ》き人間」で、ありたかった。

花嫁殺しの青髯《あおひげ》、などという忌《い》まわしい存在には、堕《お》ちたくなかった。

そのためならば、「男」になれずとも、「大人」になれずとも、錬金術の工房に引きこもって無為に時間を浪費して人生を棒に振ろうとも、構わなかったのだ。

アザンクールで捕らわれたリッシュモンを即座に「武力」で救援しようとしなかったのは、迂遠《うえん》な「錬金術」に頼ったのは、家督《かとく》を継いでジル・ド・レ騎士団を率いることができる年齢に達していなかったからではなく。

戦場に出れば、戦えば、命を奪い合えば、俺は「堕ちる」、いずれ赤髭のジャン以上の怪物になる、という恐怖が俺を縛っていたからだ。

そしてその恐怖は、「現実」になろうとしている。

ソロモンの指輪の半球を、俺が飲み干せば。

バビロンの穴を、開くことができる。

すでに悪魔と言っていい存在へと堕ちたあの古代の神々を、召喚することができる。

ただし、問題は――奴らは、俺がもっとも愛しているものを「贄《にえ》」として要求するということだ。つまり、俺の破壊願望を叶えるために地上の世界で暴れまわる代償として、ジャンヌを喰らおうとするだろう。すでに所有権を得てしまった石だ。口から吐いただけでは穴は閉じられない。奴らをかいくぐって吐いた石を遠くまで運ぶのは不可能だ。

だが、問題ない。解決策は、ある。ラ・イルに俺の頭を撃たせれば、脳を破壊させれば、俺が死ねば、俺がユリスの力を失効すれば、バビロンの穴は再び閉じる。ジャンヌが「贄」にされちまう前に、俺がくたばっちまえば、間に合う。俺はもう、ヴァンパイアだ。ジャンヌを救出できれば、それでいい。ジャンヌにエリクシルを供給できなくなっちまうが……それでいい。いっそ俺が消えれば、ジャンヌは二度とユリスとして戦わずに済む。

モンモランシは、万策尽きた時の「最後の作戦」について、バタールに前もって伝えておこう、と決めた。なぜだろう。なにもかもが、うまくいかない。正攻法ではルーアンを落とせない。リッシュモンは間に合わない。そんな悪い予感がするのだ。

「……なあ、バタール。リッシュモンが間に合わなければ、俺が指輪を飲むしかないな。ルーアンの城壁を破壊して市内に突入した神々がジャンヌを食い殺そうとする前に、ラ・イルに命じて俺を撃ち殺させろ。ユリスは、脳を破壊されれば死ぬ。脳さえブチ壊せば、もう再生できない。あいつの『必中《ク・ディレクト》』の力を宿したマスケット銃ならば、可能だ」

「そんなこと、できませんよ！　ラ・イルはモンモランシのお嫁さんになるという夢を抱いているんですよ？」

「……それは知っている……あいつとは古い戦友のような付き合いだし、ともに旅を続けてきた間柄だ。情だって移っている。俺が『善き人間』であれば、ラ・イルの想いに応えたかった。しかし、俺自身の命とジャンヌの命、どちらかを選ぶとなれば、俺の答えはひとつだ」

ラ・イルは、誰よりも戦い続けてきた。はじめて出会ったラ・イルは、獣《けもの》のように荒れていた。戦いを求めて、フス戦争へ身を投じたほどだ。ボヘミアでは、文字通りの地獄を見たのだろう。宗教戦争、異端との戦争ほど、残虐なものはない。イングランドとフランスの戦争は、カトリック同士の争いであり、騎士道というルールがある。が、異端との戦いには、そのようなものはない。文字通りの神の敵が相手なのだから。皮肉なものだった。

そんなラ・イルも、ジャンヌと出会って、「善き人間」になりたいと願うようになった。事実、彼女は変わった。神に祈る習慣さえ、身につけていた。今は日々、戦場のただ中にあっても敬虔な修道女のような表情でジャンヌの無事を祈り続けている。

「バタール、お前からラ・イルに言い含めてくれないか。俺が説得しようとすれば、こじれる。だがお前なら、俺なんかよりもずっと人あたりがいいから……」

「……無理ですよ……イヤです！」

「バタール？」

「ボクだって、そんなこと、ラ・イルに命じられません！　セーヌ川で誓ったじゃないですか。ボクたちの友情は永遠だと。たとえ、敵味方に分かれて戦うことになろうとも、心はひとつだと！　そうでしたよね、モンモランシ？」

モンモランシが「大人の男」にならないのならば、なってはいけないのならば、ボクもずっと「男」にはなりません。モンモランシに寄り添い続けます。一人じゃないですよ、とバタールは目に涙を浮かべながら微笑んで言った。

「ボクにも、わかるんです。暴力も陵辱衝動も欲望もなにもかも。自分自身の身体に潜《ひそ》んでいる男性性から生まれる荒々しい獣のような衝動のすべてが、モンモランシ自身を傷つけてやまないんですね。ボクは、男性を恐怖していたシャルロットさまの意向でずっと女装していましたから、わかります……ボク自身、そういう獣の視線を向けてくる多くの男たちから狙われてきましたから。彼らと『同類』になりたくない、というモンモランシの思いは、理解しているつもりです。ジャンヌを救出したら、男になりそこねた二人で揃って修道院に入るのも、いいじゃないですか」

「修道院、か……」

「もちろん、錬金術の工房でも構いませんよ。モンモランシが師匠《ししょう》で、ボクが弟子で。でも、修道院のほうがより静かで、より『善き人間』の世界に近いです。きっと。異端として狩られる心配もないですしね」

「……バタール。錬金術も、人間が生みだす欲望の産物だったよ、結局は。永遠の命、死からの逃避。その結果が……」

「いいんです。モンモランシは、自分にできることを精一杯、頑張りましたよ」

人間に二種類の性が存在しなければ、世界にはびこっている戦争と暴力と混沌の過半数は生じなかっただろう、シャルロットはそんな「夢」を学園で見ていたんだ、とモンモランシはバタールの肩を抱きながら呟《つぶや》き、いろいろな思い出を回想していた。

子供時代のパリでは、いろんなことがあった。

だが、モンモランシとバタールが「無垢《むく》だった時代」の思い出に浸《ひた》っていられた時間は、ごくわずかだった。

傷だらけになったアランソンが、ブルターニュから敗走してきたのだ。

モンモランシには、なにが起きているのか、理解できなかった。

アランソンが、敗走？

いったい誰と戦った？

ブルターニュは、だって、アランソンの母親の実家じゃないか。

アランソンは、ブルターニュ公及びリッシュモンと、従兄弟同士なのだ。

だからこそ、土地勘がある。アランソン率いる軍勢ならば、ブルターニュ領内で移動を阻まれる心配はない。そのはず、だったが……。

「申し訳ありません、モンモランシ……！　ブルターニュ公の領内を通過しようとして、戦闘を仕掛けられてしまいました……！　ブルターニュ公は、モンモランシが所有する領地を巡ってフランス側と一触即発の状態だったのです。僕は、モンモランシの意を汲んでブルターニュ領内を逆に侵略してきたのだとブルターニュ公に誤解されてしまい、そのまま戦闘状態に。ああ、なんてことだ。姉上の捜索を急ぐあまり、僕は手回しを怠《おこた》って……！」

アランソンは、リッシュモンを見つけることができなかった。

それどころか、一方的にブルターニュ公の軍勢に攻撃され、アランソンの部隊は壊滅に近い打撃を受けて敗走してきたのだ。

なぜだ。赤髭のジャンは、「ブルターニュ公がレ家の城を狙っている」と言っていた。俺はその件もあったから、ブルターニュ公に自分の領地と城を売却するという話を進めていたんだ。俺は自分の資産に興味がない。ジャンヌを救出するためならば、いくらでも切り売りするから好きなだけ持っていけと、何度もブルターニュ公に説明した。すでにブルターニュ公との対立は回避できたはずだった。だから、まさか……まさか、領内を通過しようとしたアランソンの部隊をブルターニュ公が「敵」と認定するだなんて……想像していなかった……！

「モンモランシ。ブルターニュ公は、『わが妹リッシュモンがアザンクールで捕らわれた後、モンモランシは七年間も怪《あや》しげな錬金術の実験にふけって妹を救うために兵を挙げなかった。それなのに今さらジャンヌという小娘のために戦うとは信じがたい。なぜわが妹を見捨て、羊飼いの娘を救おうとするのか』と立腹して……僕がどれほど弁明しようとも、聞く耳を持ってくれなかったのです……！　きみのせいではありません。ブルターニュ公は、戦うか否《いな》か逡《しゅん》巡《じゅん》したためにアザンクールの戦場に辿り着けなかった自分を責めるあまり、きみのことを、自分と同類の『妹の敵』だと断じて……姉上が森の奥に引きこもってしまったのは、姉上がモンモランシ、きみに失恋したためだ、と信じきっていて……戦《いくさ》嫌いだった彼が『戦意』を剝《む》き出しにした姿を、僕ははじめて見ました。でも、それがよりによって……こんな時に……従兄弟の僕に対して……なんてことだ。僕のこの失策は、万死に値《あたい》します！」

「……いや。俺がやってきたことのツケだ、アランソン。お前のせいじゃない」

「モンモランシ。ジャンヌに忠誠を捧《ささ》げた騎士として、僕には弁明の余地も……ブルトン騎士団どころか、アランソン公家の軍勢も、消えたも同然です。今ここに残された兵力だけでは……ルーアンは……落とせません……僕は……僕は」

「アランソン。お前はアザンクールでも立派に戦ったじゃないか。武人としての能力は、俺なんかよりもお前のほうがずっと優秀だ。お前が戦線を指揮して、俺がブルターニュ公の前に出頭するべきだったんだ。ブルターニュ公はてっきり、俺の領地を欲しがっているだけなんだと思い込んでいた。俺の失策だ」

「……戦況は絶望的です。モンモランシ。まるで、聖杯を見つけられなかった円卓騎士団の如く、僕の軍勢は消え去ってしまった。このままでは、僕たちはジャンヌを救えません……！」

「いや。まだ、方法はある。俺の命とジャンヌの命を等価交換するという方法が」

「指輪を使うのですか？　あれは危険すぎます！　最悪の場合、ヨーロッパ全土が死の世界に……」

「……問題ない。俺を殺せばそれで済む」

「いけません、モンモランシ。正攻法でジャンヌを救出する努力を、ぎりぎりまで続けましょう！」

妹を守れなかった兄、か……。

たしかに、ブルターニュ公と俺とは、同類だ。

あの男はあの男なりに、ずっと自分を責めてきたのだ。ブルターニュ公国を統《す》べる立場でありながら、最強のブルトン人軍団を率いる君主でありながら、妹のリッシュモンを救出できなかった自分を。イングランドとフランスの間で彼が揺れ続けていて常に去就《きょしゅう》定かでないのも、フランス王宮がリッシュモンを受け入れないからだ。本音では、妹のリッシュモンを追放したフランスが憎い。が、リッシュモンはそれでもなおフランスに忠誠を誓い続けている。愚直なまでに。この戦争においてはフランス王位を窺《うかが》い侵略戦争を開始したイングランドに非がある、と信じて。だから、ブルターニュ公はイングランド側につくこともできない。

そんなフランスとブルターニュに両属しながら、両国の国境地帯で悪事を働き続けてせっせと領地を拡大してきた不届きな貴族がいる。赤髭のジャン、そして赤髭のジャンの孫の俺。とりわけ、俺だ。リッシュモンの幼なじみでありながら、ブルターニュ公と同様に、アザンクールに間に合わなかった。しかもそのあと、リッシュモンをユリスにしようと錬金術の実験に耽《たん》溺《でき》するあまり、「リッシュモンを救出する」という本来の目的すら見失ってしまった。

ブルターニュ公が、密かに自分を「同族嫌悪」していたことを、モンモランシはようやく悟った。だからこそ俺の領地を狙っていたのだ、と。気づかなかった自分の鈍感さを、呪った。モンモランシに同族嫌悪を抱いている「男」は、従兄弟のラ・トレムイユだけではなかったのだ。

（畜生。あの時に。アザンクールでの会戦前夜に。時間を巻き戻せれば。こんどこそ俺は、リッシュモンを守るために、アザンクールにはせ参じて……！　「善き人間」に。「男」に。そうだ。アランソンのように、「男」に成長できたはずだったのに。たとえアザンクールで死ぬことになっていたとしても、それでも、俺は）

だが、もう時間は巻き戻せない。アスタロトは言っていた。時間は逆流しないのだと。一方向にのみ流れるのだと。過去や未来という概念《がいねん》は、人間が生みだした幻想なのだと。人間の生には、現在というこの一瞬しかないのだ。

バタールもアランソンもそしてモンモランシも絶望して言葉を失っていた、この時。

どこからともなく「ふわり」と飛んできたアスタロトが、モンモランシの肩の上にちょこんと座ると、耳元にそっと囁いてきた。この時のアスタロトがどんな表情を浮かべていたのか、モンモランシには確認する余裕がなかった。しかし、声色がいつもと違っていた。とても優しく、そして、なにかを覚悟したかのような凛《りん》とした声――。

「ほんとうに愚かね。絶対に、所有権が確定してしまった指輪を飲んじゃダメよ、モンモランシ。わたしに、考えがあるわ。今のわたしならば、ジャンヌを救出できる。ヨーロッパを統一しなければならないという呪いに囚《とら》われたままに、あなたを錬金術の世界に誘ったわたしが、間違っていたの……でも、そんなわたしでもあなたの役に立てるわ。こんどこそ」

なにをするつもりだ、待て、とモンモランシが止めるよりも早く。

アスタロトは、宙を舞って、そして陣の外へと姿を消していた。

永遠の命を持ち、人間たちの戦いと滅びの歴史を繰り返しその目で見続けてきた誇り高き妖精の女王はこの時、「ある決断」を下していたのだった。

※

ルーアン法廷での異端審問裁判は、すみやかに開始されていた。

ジャンヌに「死罪」を与えるべし、とベドフォード公から命令されているピエール・コーションは、ドンレミ村の羊飼いの娘など、審問を二、三日も続ければすぐにボロを出すだろう、即座に《魔女》として認定してやる、しょせんは子供だ——とジャンヌを甘く見ていた。

だが、この目論見《もくろみ》は外れた。

ジャンヌが《魔女》である「証拠」は、いくらでもあった。

ピエール・コーションを中心とした法学者と神学者たちが、けんめいに「罪状」を作成し、ジャンヌを法廷で責め立てた。

たとえば、天使から「フランスを救え」と命じる「声」を聞いた、というジャンヌ自身の証言。これはドンレミ村からボーヴォワール、シノンへと至るジャンヌの「旅」の過程で、何度もジャンヌ自身が兵たちの前で「天使からフランスを救うべく命じられた」という内容の寸劇を演じてきたから、疑いようがない事実である。「天使」との直接の会話が、異端とされた。ジャンヌと天使との対話は、教会を経《へ》ていない。これは不遜《ふそん》であり、カタリ派やフス派に匹敵する傲慢の罪でもある。

そもそも、「声」の主《ぬし》がほんとうに天使だったのかどうか。

天使を騙《かた》る悪魔ではなかったのか。

ドンレミ村で、ジャンヌは幼い頃から泉の妖精たちと親しくしていた、との証言も多数得られている。

さらに、ジャンヌに常に侍《はべ》っていた、と証言されている羽を持った妖精は、その漆黒《しっこく》の衣装に五芒星《ごぼうせい》の紋章を縫い付けていたという。五芒星からは、十字軍の騎士としてエルサレムで異教徒と戦っているうちに異教に接して自ら異端となったテンプル騎士団が容易に連想される。しかも、シャルロット陣営ではあの天使は「アスタロト」と呼ばれていたとも言うではないか。アスタロトとは、言うまでもなく「ソロモン七十二柱《はしら》」の一柱、つまり古代異教の悪魔だ。

妖精アスタロトを法廷に「出廷」させれば、ジャンヌを即座に《魔女》として認定できるはずだった。

（だがしかし、あの黒い守護天使……小さな五芒星の悪魔は、姿を見せない。あれさえ捕らえることができれば決定的な「物証」として利用できるのだが）

ピエール・コーションは、羽つき妖精を発見捕獲して「物証」にするというもっとも確実な戦術を断念した。あのような小さな妖精を捜索していては、いったい何カ月かかるかわからない。ヘンリー六世のパリ戴冠まで、時間がないのだ。しかもジル・ド・レたちフランスの将軍どもは、ジャンヌを奪回するために私兵を率いて、ルーアンの目と鼻の先まで攻め寄せてきている。いまや、ノルマンディ全土でゲリラ戦が展開されているのだ。

ジャンヌが聞いたという「声」について、法廷で数日間にわたる言葉の応酬を終えた後――。焦ったピエール・コーションは、ベドフォード公の私室を訪れて、ジャンヌ裁判の戦術を練り直していた。どうにも「命令」を達成できそうにない。ぶよぶよと太っていたピエール・コーションの頬が、心持ちげっそりとしているのも、想定外だったジャンヌの「機智」に戸惑っているからだった。

「ベドフォード公。あの小娘はどうも奇妙です。ただの無学な子供にすぎないはずなのに、まるで聡明な貴族か聖職者であるかのような立派な受け答えを……しかも、どれほど言葉の矛盾をつつこうとしても、決してボロを出しません。まるで、あらかじめ想定問答集でも用意していたかのように完璧なのです。このままでは日数ばかりが費やされ、いつまでもジャンヌを異端と認められません。むしろ、この裁判の不当性が喧伝《けんでん》されるばかりです」

「そうか。ジャンヌ自身に、それほどの学があるはずはない。もしかしたら、フィリップ善良公女が入れ知恵したのかもしれんな」

「どういうことです？」

「フィリップ善良公女は、たしかにジャンヌをイングランド軍に引き渡した。しかし、裏では

『ジャンヌを拷問したり処刑したりすれば、ブルゴーニュはイングランドとの同盟を解消して敵に回る』と私を脅してきているのだよ、ピエール・コーション」

「あの善良公女さまが、ですか？　ジャンヌを目の敵《かたき》にしていたのでは？　そもそも、われわれがジャンヌを異端審問にかけることを承知していながら引き渡したにもかかわらず、なぜそのような態度に？」

「……わからん。だが、わが妻アンヌもまた、姉のフィリップと同様に、私を責め続けている。あのような幼い子供を虐待するというのならば、戦争に勝つためにジャンヌを《魔女》として裁き殺すというのならば、私たちの夫婦関係は終わりにする、ジャンヌを貴族として丁重に扱いなさい、と……もともとアンヌは、フィリップがイングランド陣営に打ち込んできたくさびのようなものだ。たかが女の言うことなど戦争に勝つためならば無視すべきだ、とは思う。思うが、ピエール・コーションよ。私は、こと女や子供絡みの問題に関しては、アンヌに逆らえぬのだ……ハハ。笑ってくれていい」

「なるほど。それで、ジャンヌの牢を見張らせている獄卒どもが、ジャンヌに手出しできぬのですな。おかげで、《乙女》《ラ・ピュセル》は今でも《処女》《ヴィエルジュ》のままです。本来、宗教裁判にかけられた被告は、聖職者のもとに管理されるのが決まり。その決まりをねじ曲げてまで、ジャンヌの身柄をイングランド軍の牢へと閉じ込めているのは……」

「……聖職者にはできない真似が、気性の荒い獄卒の兵士どもにならばできるからだ。ジャンヌは《魔女》として恐れられていて、しかも男装することで《魔力》を維持していると信じられているから、そうおいそれとジャンヌを陵辱しようとするような無謀な兵士は出てこない。が、いずれはその時が来る……処女でなくなれば、もはや《聖女》ではなくなる。《聖女》ではない者が救世主になりすましていたのならば、堂々と《魔女》だと断じることができる。そう想定して、ジャンヌをイングランド軍の牢に収容したのだがな」

「たかが小娘一人の貞節を奪い処刑するために、アンヌさまを激怒させ、フィリップ善良公女さまを敵に回せば、この戦争は一気にイングランド不利に傾きましょうな。おお。わたくしはイングランドとブルゴーニュのために奔走《ほんそう》してきたというのに……ジャンヌめ……」

「ジャンヌに寄せられる女たちからの人気、民衆からの人気は、信じがたいものがある。あの子供は、フランスの連中にとってはまさしく《救世主》なのだ。それに、年頃の女ならばともかく、ジャンヌはまだ子供だ……異常性癖《せいへき》の持ち主でもなければ、囚われのジャンヌの貞操を奪おうとするような男はおらんよ。それこそ、《魔女》の呪いを受けてその場で殺されてしまう、と獄卒たちは怯えている」

「いえ、ベドフォード公。幼いとはいえ、身体は女なのです。《魔力》の源泉になっていると信じられている男装をやめさせられれば、あるいは」

「……よそう、ピエール・コーション。子供を犯す算段など。胸くその悪い話だ。私もかつてパリで、まだ幼かったリッチモンド伯《はく》――リッシュモンに出会って理性を失ったことがある。今思えば、恥ずべき過去だ。しかも、ジャンヌはまだ幼いどころではない。子供に欲情する男がいれば、その者こそ異端として裁かれるべきではないか？」

「ベドフォード公。左様なことは些末《さまつ》な問題です！　フィリップさまは、裁判を長引かせて日数を稼ぐつもりで、ジャンヌの身柄を引き渡したのかもしれませぬぞ。このままでは、われらはジャンヌの裁判に時間を奪われ、身動きが取れなくなります。もしかするとシャルロットとフィリップさまの間で、和平を結ぶ動きが進んでいるのでは……なんとしても、獄中でジャンヌの貞節を奪って」

ベドフォード公は、なおもジャンヌを陵辱することにこだわるピエール・コーションを（こやつ、もしかして異常性癖の持ち主なのではないか？）と軽蔑するかのように黒眼鏡の奥の目を光らせると、

「もういい。そうだとも。抑えが効かない情欲のために、私はリッシュモンを失った……それでも、彼女に対してアムールはあったのだ。ましてやこの戦争は、わが兄ヘンリー五世が開始した『神話』なのだ。貴様は、わが兄を侮辱するつもりか？　世俗から超越したはずの聖職者ともあろうものが、そのような穢《けが》れた言葉を二度と唱えるな！　『神学』に基《もと》づいて異端判決を下せ！」

と一喝して黙らせていた。

日頃の冷静な彼とは思えないその激昂《げっこう》ぶりに、

「もも申し訳ございません！　わたくしはただ、イングランドのすみやかなる勝利と戦争終結のために……ええ、ええ。わたくしは聖職者でございます。神の代理人でございます。決して、幼子を陵辱することを是《ぜ》としているわけではありませんとも。ですが、今は戦時中なので

す、ベドフォード公。今は、シャルロット陣営は軍事費が尽きて大攻勢をかけられずに立ち止まっておりますが、《魔女》を生かし続けていれば、戦局はどんどん悪化していきますぞ！」

と、ピエール・コーションは平身低頭して詫《わ》びねばならなかった。

「いや。他にも『攻め手』はある」

ベドフォード公は、幼いジャンヌが戦場で数々の「奇跡」を為したことを、罪状にあげることができる、と主張した。

たとえば、目にも止まらない速さで「加速」して駆けたこと。これは明らかに黒魔術を修めた魔女の仕業《しわざ》である、と言える。人間は、あのような速さで走ることなどできない。

それだけではない。オルレアンでは、悪魔としか言いようがない怪物たちを召喚してイングランド軍を撃退した。パテーでは、天空から「光の柱」を放ってイングランド軍とブルゴーニュの金羊毛《トワゾン・ドール》騎士団を殲滅した。実際にはソロモンの指輪を用いてバビロンの穴を開いた者はモンモランシであり、パテーで「光の柱」を放った者はリッシュモンだったのだが、人々は戦場で起こったすべての奇跡を《聖女》ジャンヌのわざだと信じていたのだ。

「むろん、すべては『賢者の石』が為したことで、ジャンヌの聖性や異端性にはいっさい関《かか》わりがないことは明らかだがな。しかし、『賢者の石』とユリシーズに関する具体的な情報は、一般人には知られていない。ピエール・コーションよ。貴様は『賢者の石』についてはしらばっくれて、ジャンヌが戦場で為した『わざ』についてのみ、法廷で追及するのだ」

「小娘が、『賢者の石』の秘密についてぺらぺらと喋《しゃべ》りませんか？　それでは、教会や各国の王家がこれまで『賢者の石』について隠してきた真実が明るみに出て、大問題に。教会が長らく人々を戒《いまし》めてきた『七つの大罪』の由来《ゆらい》が賢者の石であることも。実は古代においては神が一柱ではなかったことも。賢者の石を巡ってテンプル騎士団と教会が対立した結果、あの大弾圧が起きたことも。賢者の石をはじめとする古代知識に人間たちを近寄らせないために学問を制限し、聖書の価値観を覆《くつがえ》そうとする者を異端として弾圧してきたことも。なにもかもを、白日の下《もと》に晒《さら》される結果に――そうなれば、教会の権威は失墜《しっつい》し、北フランスでも反教会勢力が跋扈《ばっこ》勃興《ぼっこう》いたしますぞ。カタリ派やフス派の如き連中がノルマンディやイル・ド・フランスに跋扈すれば、もはや戦争どころでは。一人の異端を殺すために、数万人の異端と戦う羽目に」

「それはない。なぜならば、『賢者の石』の出所について突っ込まれるとジャンヌは困るからだ。ジャンヌに石を与えた者をも、連座して逮捕できるからだ。ルーアンを陥落させようと私兵を率いて執拗に攻め立ててきている、あのジル・ド・レだろう。奴は七年間も錬金術に耽溺《たんでき》し、黒魔術師としてフランス中で指名手配されていたこともあったという。私と似た種類の男だよ」

ベドフォード公は、賢者の石の探求者であり、黒魔術師に近い存在である。ただ、彼は自分自身をユリスに――ユリシーズにしようとは思わなかった。単に、石を集めて眺めることを至福としている趣味人だった。そのために、石に挑戦して死ぬ運命から免れていたと言っていい。逆にフランス王位をほぼ手に入れてしまった兄ヘンリー五世は、人生に飽《あ》きたかの如く、興味がなかったはずの聖槍《サント・ランス》の力によって性急にユリシーズになろうとした。そして、「黒い死の天使」に魅入《みい》られたかのように、死んだ。

そうか。あるいはあの「黒い死の天使」こそがジャンヌの「守護天使」！　そういえば、あの黒い死の天使も五芒星の紋章を、とベドフォード公は気づいた。あれは、なんのためにイングランド軍が制圧したパリに来たのか。もしかすると、フランス征服という大業を若くして成し遂げて生に飽きてしまった兄に「死」を与えるためではなかったのか。フランス王位の簒奪《さんだつ》を水際《みずぎわ》で阻止するためではなかったのか。単なる偶然だったのかもしれない。だが、それにしてはあの者の出現は絶妙のタイミングだった……！

その黒い死の天使が、ヘンリー五世の死後、いつしかジャンヌのもとに侍っていたという。フランスを救え、とジャンヌに命じた「天使」を騙っているという。

いったいどのような意図があるのかは、わからない。だが、あれはフランスを、シャルロットの亡命政権を勝たせようとしている！

ならば、あれはいずれルーアンに現れるかもしれない。だが、「物証」として捕らえることはできないだろう。あれは、不死の妖精なのだ。兄はたしかにあれを殺し、その体液を口にした。兄はユリシーズになることなく、まもなく死んだ。しかし、兄よりも先に死んだはずのあの妖精は、なにごともなかったかのように再生して夜空へと飛び立っていった……。

「なぜだ。なぜフランスに加担《かたん》し、イングランドを阻むのだ。人間の世界に、われらの歴史に、なぜ古代異教とともに滅び去る運命の妖精などがかくも干渉《かんしょう》する……？　仮に賢者の石の力を用いてヨーロッパを統一させるためというのならば、イングランドこそ。わが兄、英雄ヘンリー五世こそがその使命に相応《ふさわ》しい男だったはずだ！　兄は、ヨーロッパを統一して十字軍を編制し、東方を奪回するつもりだった。どこまでも東へと向かうつもりだった。むろん、オスマン帝国は強大だ。フランス軍の騎士たちを相手にする戦いとはわけが違う。だからこそ、兄は人間として戦うという意志を曲げてまで、ユリシーズの力を手に入れようとしたのだろう。それなのに」

　あれが再びイングランドの野望を阻止するためにジャンヌのもとに現れる前に、裁判を終わらせねばならない。

「法廷では『賢者の石』には言及せずに、ジャンヌが為した『奇跡』を魔術だと証明するのだ、ピエール・コーション。大至急だ！　いいな」

「それほどに、戦局は？」

「私はジル・ド・レの戦力を削《そ》ぐべく、ブルターニュ公とフランスを嚙み合わせるためにあれこれ策謀《さくぼう》を練り、アランソン公の軍をブルターニュ公に撃破させた。だが、シャルロットの後見人ヨランド・ダラゴンが、ブルターニュ公をジル・ド・レの居城シャントセ城に招いて素早く和平を結んでしまったのだ。王妃イザボーに見捨てられたシャルロットを母親代わりに支えてきた、あの女が。ジャンヌが囚われているこの重大事にイングランドに与《くみ》するような真似をすればあなたの妹リッシュモンが哀しみます、とブルゴーニュ公を説得したという。ならばジル・ド・レは兵力不足であろうとも、ルーアンへ猛攻撃をかけてくる！　そして、奴らにはまだ『賢者の石』という切り札が――ただの『一手』で、戦局をひっくり返せる切り札があるのだ。私たちには、もう時間がない」

ピエール・コーションは法廷で狼狽《ろうばい》していた。

ブルゴーニュもブルターニュも、イングランドから離反しつつある！　ベドフォード公の政略に狂いが生じている。ジャンヌをこれ以上生かし続ければ、状況はフランスに、いや、シャルロットに利するばかりだ。

しかし、追及する問題を「神の声」から「奇跡」へと変えた翌日の法廷でも、ピエール・コーションはジャンヌを《魔女》と断じる発言を引き出すことができなかった。

そもそも、どのような難題をふっかけても、ジャンヌはさらりと躱《かわ》して、決して言質《げんち》を取らせない。「羊飼いの子供」とは思えないのだ。たとえば。

「そなたの守護天使と称する者は、悪魔ではなかったのか。髪の毛はあったのか？」

「天使さまに髪の毛があったかどうかは、神さまの、ジェズュ・クリさまの思《おぼ》し召し次第です。わたしが決めることではありません」

このように、矛盾が生まれそうなところでは必ず「神」と「信仰」を持ち出して、ピエール・コーションを沈黙させてしまう。要は、具体的に供述させることでほころびを見出《みいだ》そうとしても、「神」という概念を用いた抽象論に持ち込まれる。

「光の柱」についても「オルレアンの悪魔」についても、やはり同じだった。

「そなたは魔道具を――『ソロモンの指輪《ソ・ドゥ・サロモン》』を所持しているのではないか？　オルレアンに出

現したあれらの魔物は、そなたと契約している悪魔ではないのか？」

「たしかに指に『指輪』はつけていましたが、すでに没収されております。魔道具ではありません。神さまのご加護を得るための品です。お調べください」

こんな話し方をする娘ではなかった、とピエール・コーションは閉口した。

ダメだ。ダメだダメだダメだ。

やはり、フィリップ善良公女が、想定問答集をジャンヌに暗記させているのだ！

彼女はカトリックの敬虔な信者で、われら聖職者ですら太刀打《たちう》ちできないほどに神学に通じている。異端裁判を躱すためのあらゆる論法を、捕らえたジャンヌに教え込んでいたのだ。

「賢者の石《ピエール・フィロゾファル》」という決定的な切り札となるキーワードを法廷で繰り出すことができないピエール・コーションは、たちまち行き詰まった。ジャンヌがユリスになっている以上、必ず所有している。だが、コンピエーニュで捕らわれたジャンヌが所持していた品物の中には、賢者の石などはなかった。ジャンヌは「指輪」を塡《は》めてはいたが、それはよくあるただの指輪にすぎなかった。すべて、賢者の石の専門家であるベドフォード公が調べ尽くしている。

ベドフォード公によれば、可能性は二つ。

ひとつは、遠隔距離の問題によって、ジャンヌと賢者の石とは今、繋がらない状態になっている。賢者の石と所有者との距離が開けば、ユリスは石の力を発動できなくなるのだ。ジャンヌがユリスの力を放って脱走しないのも、距離が開いたからだ、と考えれば腑《ふ》に落ちる。しかし、それではコンピエーニュでジャンヌがユリスとなってフィリップと戦っていたことの説明ができない。石を隠す暇《ひま》など、コンピエーニュで四面楚歌《しめんそか》となって捕らわれたジャンヌにはなかったはずだ。

もうひとつの可能性は、ジャンヌが体内に「賢者の石」を隠している、という「トリック」である。ジャンヌはコンピエーニュで所持品をすべて没収された。が、石は見つからない。ならば、身体の中に隠し持っているに違いない。ただしこの場合、なぜ石の力をジャンヌが使わないのか説明がつかない。

やはりジャンヌは、シャルロットと手を結ぶと密かに決めたフィリップと結託してこのルーアンで裁判を開かせ、完璧な答弁を日々繰り返すことでシャルロット陣営が軍を立て直す時間を稼いでいるのではないか？

もしもピエール・コーションとベドフォード公が強引にジャンヌを処刑すれば、それを口実にフィリップはイングランドとの同盟を破棄するのではないか？

さりとてジャンヌを処刑できずにえんえんとこの茶番の如き裁判を続ければ、ヘンリー六世のパリ戴冠はいつまでも実現できず、ジル・ド・レたち貴族やフランスの民たちの反イングランド活動はいよいよ激化し、イングランドはどんどん窮地《きゅうち》に追い込まれていく。

（体内か。体内に、だと……？　ひとつ考えられるとしたら……）

ピエール・コーションは女の身体の構造を知っている。聖職者でありながら。むしろ知り尽くしてる、と言っていい。

隠す場所ならば、ある。そうとも。あの、忌まわしい……すべての「悪」の源泉、人間に「原罪」を与える呪わしい……。

いや。違う。なぜならば、ジャンヌは間違いなく《処女》だ。かつてシャルロット陣営に派遣された聖職者たちも、ルーアンで新たに彼女を調べた修道女たちも、絶対に間違いないと保証している。《処女》ならば、石をあの忌まわしい部分に収納することはできないのだ。

ならば、石を口から飲み込んで胃の中に？

（いや。人間の腸は長いから、すぐには出てこないだろうが、飲めばいずれは排出されてしまう。仮に腸を通れないほどに大きなものであれば、そもそも飲み込むことができないはず）

だとすれば、体内のどこかに石を「縫い付けて」あるのか。

まさか、すでに排出されて、捨てられてしまったのか？

だが、ジャンヌが自らの生命線である石を手放すだろうか？　この裁判はイングランド陣営による茶番であり、彼女の死刑判決は最初から確定しているのだ。こんな危機的な状況で、むざむざユリスの力を放棄してただの無力な羊飼いの子供に戻るだろうか？　ありえない！

（隠しているのだ。体内に。機を見計らって逃げるつもりか。あるいはジャンヌは、ベドフォード公を暗殺するために、石を体内に隠し持ってルーアンへ？　ベドフォード公の出廷を待っているのか？　裁判そのものがベドフォード公を釣り上げるための罠なのか？）

その日の夜。

ジル・ド・レ、ラ・イル、アランソンたちジャンヌの戦友が率いるフランスの私兵団がいよいよルーアンへ迫っている、明日にもルーアンへ攻め込んでくる、とりわけジル・ド・レは自室でまるで人がわりしたかのように自ら最前線に出ては容赦《ようしゃ》なく剣を振るい続けているとの報告を受けたピエール・コーションは、とてつもない恐怖に襲われていた。

（まさか。ジル・ド・レは、ベドフォード公とよく似た知識人にして趣味人。錬金術を生きがいとし、戦争を嫌う男だったはず……祖父の赤髭のジャンとはなにもかも正反対で、無益な殺《さつ》戮《りく》行為や略奪を好まなかった男……ジル・ド・レ騎士団は、兵士の強さよりも「華美な装飾」が売りだったはず……なぜ、それほどに人がわりした？　ジャンヌだ。ジャンヌをイングランドに奪われて裁かれようとしていることに、怒り狂っているのだ！）

ジル・ド・レだけではない。ラ・イル。ザントライユ。アランソン。バタール。オルレアンで、パテーでイングランド軍を撃ち破ったフランスの勇将たちと、彼らのもとに結集した兵士たちがこぞって、「ジャンヌを救え」と目を血走らせてルーアンを目指し突き進んできたのだ。

彼らの兵力はまるで足りていない。だが、その勢い、その闘志、その容赦ない苛《か》烈《れつ》さ、全滅をも恐れずに大軍めがけて突進し続けてくる姿はまるでエルサレムで異教徒と戦う「聖戦士」だという。

イングランド軍の兵士たちは、戦力では圧倒しているものの、彼らの執念に気《け》圧《お》され、ジル・ド・レやラ・イルの姿を見ただけで恐慌を来《きた》すようになっている。

（これでは《乙女》を捕らえた意味がない！　きゃつらがルーアンへと突入してくれば、ジャンヌを裁こうと陰湿な裁判を続けてきたわたくしまで殺されてしまう！　明日ただちに有罪判決を下して処刑してしまわねば！）

たとえ、ランスから逃げ延びた時のようにルーアンから首尾よく脱出できたとしても、ベドフォード公の信頼を失えば、破滅だ。なんとなれば、ピエール・コーションはパリではシャルロット陣営と敵対し続け、ジャン無怖公の「駒」としてあらゆる策謀を用いて働き続けた。市民を煽動《せんどう》して暴動を誘発したこともあった。ジャン無怖公が暗殺されたあとは、フィリップが継承したブルゴーニュとイングランドに媚《こ》びへつらって権勢を保っていた。司教座都市ランスを仕切ろうと意気揚々《ようよう》と乗り込んだのも、オルレアン攻略に失敗したブルゴーニュとイングランドに対して「得点」を稼ぎたかったからだ。シャルロットのランス戴冠だけは阻止してご覧に入れますよ、とベドフォード公に豪語までした。が、そのランスから脱兎《だっと》の如く逃げた。《乙女》が百合《ド・リス》の旗を掲《かか》げて遠征軍を率いてきた姿を見て、幼い《乙女》の姿に感激したランスの市民たちが城門を開きシャルロットを女王として認めると決めてしまったさまを見て、夜逃げするしかなかったのだ。

シャルロットがこの戦争に勝利すれば、ピエール・コーションはフランスに居場所を失う。ジャン無怖公の娘――ブルゴーニュのフィリップには、もう、見限られている。彼女はすでにジャンヌと手を結んでイングランド陣営を追い詰めようとしている。そもそも、フィリップは筋金入りのカトリック教徒だ。このような「政治」によってねじ曲げられた宗教裁判など、はなから認めはすまい。ピエール・コーションは、信仰をないがしろにして「政治」に血道をあげていた、と断罪される。

この上、最後の頼みの綱であるベドフォード公に見限られれば……！

「おのれ……ジャンヌめ……どうあっても、わたくしを破滅させるつもりか！　今すぐに！　法廷に提出する！　切り刻まれても、ユリスの身体は再生するという！　ジャンヌはかつて聖槍《サント・ランス》で心臓を奪われたが、それでもなお生き返った！　腹を裂いたくらいで死ぬはずがない！」

混乱の極みに達したピエール・コーションは、ベドフォード公に無断でイングランド軍が守備している「塔」へと乗り込んでいた。

他ならぬジャンヌが幽閉されている塔である。

彼らは、ピエール・コーションが突然乗り込んできたことを知って、仰天《ぎょうてん》した。しかもピエール・コーションは死人のような顔色になっている。

「ピエールさま？」

「こんな夜更《よふ》けに、いったいなにを」

「牢に入ってはなりません！　《魔女》は、魔力をいまだに秘めています。わかるんです、おいらたちにも！」

「あの《魔女》と牢内で二人きりになるなど、論外です。殺されてしまいます！」

だが、ピニール・コーションは「《魔女》を陵辱する度胸もないイングランドの臆病者どもめ！　わたくしが彼女の身体から悪魔の印を摘出《てきしゅつ》してみせる！」と彼らの制止を振り切って、牢へと突入していた。なにしろ、異形《いぎょう》とも言える巨漢だ。理性を失ったピエール・コーションが本気で暴れれば、獄卒たちには止められない。しかも相手はパリを代表する高名な聖職者である。傷でもつけようものなら、どんな神罰が下されるかわからない。

「……ジャンヌ……魔女め……！　貴様の腸《はらわた》を引きずり出し、『賢者の石』を奪い取る！　明日、裁判は終わる！　貴様が魔女だという動かぬ証拠、『ソロモンの指輪』を法廷に提出すれば、その瞬間に裁判は結審する！」

牢の中のジャンヌは手枷《てかせ》と足枷を填められ、首輪をかけられて、寝台の上に身体を固定されていた。いつ何時《なんどき》ユリスの力を放って《魔女》化するかわからないために、裁判が終わると、すぐさま明け方までこのような縛《いまし》めを取りつけられて厳重に拘束されていたのだ。とりわけ、「ジャンヌを走らせてはならない」とベドフォード公は厳命していた。ジャンヌの力は「加速」である。加速させ得る機会を与えてはならず、従って、四肢を拘束しておくしかなかった、のだが……。

「……あ……裁判が、はじまった、の……？　まだ、夜が明けていないのに……どうして……？」

牢の中では歩くことも許されず、食事も満足に与えられず、日中は法廷で陰湿な言葉責めに毅然《きぜん》と対応しなければならない。そのような過酷な状況下で、すでにジャンヌの身体は衰弱していた。エリクシルの再供給は、ルーアンへ入ってからは受けられないからだ。フィリップが聖杯《グラール》から生みだす疑似エリクシルもまた、空気に触れるとすぐに蒸発してしまう性質を持っているため、フィリップは、新たなエリクシルをジャンヌに届けることができない。

「寝ぼけるな、《魔女》め！　どうやって体内に石を繋ぎ止めた？　そうか。処女膜を破って体内に石を隠し、処女膜を『再生』したのだな!?　そうに違いない！　お前は、心臓さえも再生できるバケモノだ。たかが膜一枚如きの再生なんぞ、お茶の子だろう……！　女が苦手なベドフォード公は、このトリックに気づけなかった！　だが、わたくしは違う！　無数の女を、とりわけ幼い少女を弄《もてあそ》んできたからな……！　そうとも。わたくしは幼女愛好者なのだ。聖職者という仕事は、歪《ゆが》んだ獣欲を満たさねば生きられない男にとっては、隠れ蓑《みの》に最適なのだよ！」

貴様の処女を奪ってやる、《魔女》め、ランスでの報《むく》いを受けよ！　とピエール・コーションは咆吼《ほうこう》しながらジャンヌの小さな身体の上にのしかかっていった。重い。全身の骨が折れてしまいそうだった。四肢を拘束されているジャンヌは抵抗できない。ユリスの力を解き放たなければ、逃げられない。だが、ここでエリクシルを使い果たせば、ジャンヌは衰弱して死ぬ。裁判の結審を待たずに力尽きる。

それでは意味がない。死ぬのならば、ルーアンの広場で、人々の前で処刑されなければならないのだ。

そこから先はもう、ジャンヌはなにも考えられなかった。頭が真っ白になっていた。脂肪の塊《かたまり》が。淫獣が。自分を汚し犯そうとしている。しかも、ただ自分を犯そうとするだけでは飽き足らずに、容赦なく腸の中に手を突っ込み賢者の石を引きずり出そうとさえしている。

ルーアンへ来て以来、覚悟はしていた。いずれこの時が来る、と。

どれほどフィリップとアンヌがベドフォード公を脅して止めてくれても、やがてはしびれを切らせた誰かがわたしを襲ってくる、と。

「男装の呪いなど、無知な兵士たちには通じても、わたくしには通じぬぞ！　なぜならば！『神罰』などは決して下らないということを、わたくしは知っているからな……！　そうとも！　神は、人間を助けなどしない代わりに、神罰を下したりもしない！　神罰が存在するのならば、悪徳に塗《まみ》れたわたくしが崇高《すうこう》な聖職者としてフランスに君臨し続けられたはずがない！　ひひ。うひひひひ。どちらを先に選ぶ？　《純潔》の喪失か。それとも腸をぶちまけられる解体か。自分で選べ。絶望しながら選ぶがいい！　おとなしく有罪を認めていれば、すみやかに死ねたものを……！　貴様がこの受難の道を選んだのだ！　ジェズュ・クリ気取りの田舎娘、ペテン師の糞ガキめ……！」

選べない。言葉が出ない。恐怖で、全身が固まってしまっていた。

涙が、止まらなかった。

死は、恐れていなかった。でも、これは。

まさか神父さまが。どうして。どうして、子供を傷つけようと。

酷い。こんなことって。酷い。

どうして、神さまは、罰を与えてくれないの。

ジャンヌは震えながら目を閉じて、モンモランシに「ごめんね」と心の中で謝っていた。

ユリスとしての力を開放せず、体内に残されたエリクシルを維持する。この夜の陵辱に、解体に、地獄の責め苦に耐え抜けば、石を奪われてもあと数日ならば生きられる。一秒でも長く、生きる。時間を稼ぐ。牢では死なない。広場で処刑されるまでは、生きる。死ぬ時は、《聖女》として、《救世主》として。

自分の腹の下でぶるぶると震えているジャンヌの衣服を剝《は》ぎ取ったピエール・コーションが、高笑いする。聖職者の仮面は、すでに脱ぎ捨てている。

「貴様は、どれほどいたぶっても容易には死ぬまい！　《魔女》よ。お前は最高の玩具《おもちゃ》だ！　生きながらに地獄の苦痛を与えてやろう！　貴様の身体とともに、魂までをも闇に堕としてやろう！　穢してやる！　魂を穢してやる！　今宵《こよい》は、わが生涯最高の快楽を得られる夜だ！　ひひ。ひひひひひひひ」

ああ。わたしは妖精になりたかった。どうして。どうして人間には、男と女が、いて……。

ピエール・コーションが、ジャンヌの頭を片手で押さえつけながら、もう片方の手で自分の衣服を脱ぎはじめていた。

ジャンヌがその身体を獣に貫《つらぬ》かれようとした、その時。

「愚かな人間の雄《おす》め。お前には、この子に触れる資格もなければ、この子を『見る』資格すらない。その視線ですら、彼女を穢すのだから。覚えておきなさい。神は――自らの『罪』を認識することすら拒絶した人間を、罰するのよ！」

思いがけず頭上から声をかけられたピエール・コーションの目は、一瞬、五芒星の紋様を見た。小さな窓枠を潜《くぐ》り抜けてきた、羽つき妖精の姿を見た。こいつが。こいつが、《魔女》を守護する悪魔。悪《あ》しき妖精。ジャンヌを陵辱させまいと、ついに、しびれを切らせてルーアンの牢へと飛び込んできたか。ああ。今夜は最高だ。これで、わたくしが《魔女》との戦いに勝利する。こいつも、この女の姿をした妖精も、この場で捕らえて——二度と逃げられぬよう、《魔女》の腸《はらわた》の中に突っ込んでやろう！　再生を果たして閉じた《魔女》の腹の中に封じ込めてやろう！　再び悪魔を《魔女》の体内から引きずり出すのは、明日の法廷で、だ！　こやつこそ、《魔女》を即時処刑するための、動かぬ「物証」……！

ピエール・コーションは、頭上を舞うアスタロトへと手を伸ばした。

その瞬間。ピエール・コーションを睨《にら》むアスタロトの「目」が、肥大した。まるで昆虫の目のように。その「目」から、なにかが、ピエール・コーションの眼球へと飛び込んできた。左右の眼球に、それぞれ一滴の液体が、弾丸のように打ち込まれていた。目映《まばゆ》いばかりの光を伴う、アスタロトの身体に流れる「生命の水《メラム》」。エリクシルとそしてキエンギの猛毒と融合した、女神の血。熱い。脳を焼き尽くされそうなほどに熱い。目が。目が。もう、ジャンヌの頭を押さえつけてなど、いられなかった。これほどの苦痛がこの世にあるとは、彼は想像したこともなかった。

ピエール・コーションは、悲鳴をあげながら寝台から転がり落ちていた。

「う、う、うひいいいいいいいいっ!? あ、あ、あ、あ、悪魔、あく……わ、わ、わたくしの目が……目が……あ。ああああ。なにも……見えない……!」

「わたしはこれまで、人間の命を可能な限り尊重してきた。お前たち人間の生は、死ねばそこで終わってしまうから。永遠の命を持つわたしとは違うから。だから、人間がエリクシルを求めてわたしの体液を奪おうとした時も、わたしは黙って殺されてきた。でも、お前だけは許さない。消えぬ罪の証《あかし》を背負って、神に罰され呪われた恐怖に縛られながら一秒でも長く彷徨《さまよ》い歩くがいい。できることならば、このままお前に永遠の命を与えてやりたい。永遠に地獄を彷徨わせてやりたい。ピエール・コーション。お前はもう、人間ではない。豚よ」

アスタロトの肥大した眼球が、再び収縮してもとのサイズに戻っていく。

だが、その姿をもう、ピエール・コーションは見ることができなかった。

二度とその目に光が戻ることはない。

エリクシルの力に適合する「素質」など、この男にはまるっきりなかったのだから。

ただの二滴ですら、彼の身体にとっては呪わしい猛毒だったのだから。

「ひ、ひいいいいいいいいいっ!?」

失禁し、反吐《へど》を吐きながら、牢から這《は》いずり逃げていくことしか、できなかった。

ジャンヌの牢には、あらかじめ「女性用の衣服」が準備されていた。ジャンヌは純潔を守るため、決して男装を解くことはなかった。だが、ジャンヌになんらかの「変心」があった際にはすぐに着替えられるように、ベドフォード公があらかじめ牢内に置かせておいたのだ。

獄卒たちは、失明して牢から逃げだしてきたピエール・コーションの様子に恐怖して、牢へは近寄ってこない。陛下に留まったまま、ジャンヌの様子をたしかめようともしなかった。やはり、ジャンヌは《魔女》だった。うかつに危害を加えようとすれば、これほど崇高な聖職者といえども魔術によって痛めつけられ、呪われるのだ、と彼らは心の底から怯えている。

牢の中には、アスタロトの奮闘《ふんとう》で拘束を解かれて女の子の服に着替えたジャンヌと、そしてジャンヌの掌《てのひら》の上にそっと乗っているアスタロトだけが残された――。

ジャンヌはまだ、震えている。戦場で戦い、命のやりとりをしたことはあった。心臓を射貫《いぬ》かれて奪われたこともあった。二度、死を経験した。だが、ピエール・コーションは、もっと恐ろしいなにかだった。もしもアスタロトが現れてくれなければ、自分の心は折れていただろう。壊れていただろう……。

「ジャンヌ。もうだいじょうぶよ。あの男は二度とあなたの純潔を狙わないし、獄卒たちはもう絶対にあなたに害を為そうとはしない。これで、あなたに残された危険は、でっちあげの裁判で有罪判決を受けて異端の魔女として焼き殺される『結末』だけ」

「……アスタロト……ありがとう。これでもう、わたし、『結末』を受け入れるだけでいいんだね。モンモランシを裏切らなくて済んだんだね。ほんとうに、ありがとう」

「……やっぱり、《聖女》としての伝説を完成させるつもりなのね、ジャンヌ」

「うん。ヴォークルールで、お芝居をしたよね。天使さまからフランスを救えと命じられる羊飼いの女の子のお芝居を。みんな、信じてくれたよね。だからこそ、シャルロットに謁見《えっけん》することもできた。あの『嘘』をね、ほんとうにしようと思っているんだ、わたし。それで、ばらばらだったフランスの人たちの心ははじめてひとつになる。内輪もめはやめて、《聖女》を勝手に《魔女》として裁いたイングランド軍を、ドーヴァー海峡の彼方《かなた》へ追い返そう、と誓ってくれる。戦争を止められる。フィリップはあくまでもわたしの刑死を回避させようとして、わたしにいろいろと裁判での答弁のやり方を教えてくれたけれど……もう、これ以上の引き延ばしは無理みたいだから、ね」

「ピエール・コーションは、あなたの身体から石を摘出する無謀は諦《あきら》めた。けれど、明日になれば法廷でなんらかの罪状をでっちあげて、即座に有罪判決を下し、あなたを処刑するわ。ジャンヌ。モンモランシたちはもう、すぐそこまで来ているのよ。明日には、モンモランシやラ・イルたちがこのルーアンに殺到して、決戦がはじまる。だからこそ、イングランド軍は焦っている。このままでは、明日あなたは処刑される」

「それでいいんだよ。もちろん、モンモランシが間に合ってくれれば、もっと嬉しいけれど。でも、戦力差は圧倒的すぎるし、ルーアンの城壁は固いから。間に合わないよ。無理にルーアンへ突撃したら、モンモランシたちまで捕らわれちゃう。純潔をあなたが守ってくれただけで、わたしはもう満足だよ。羽つき妖精さん……ううん。妖精の女王さま」

いいえ、あなたは生きてニンモランシのもとに戻るべきだわ、ジャンヌ、とアスタロトはジ

ャンヌの指に頰ずりしながら説得した。

「そうはいかないよ。フランスとイングランドの戦争を終わらせるためには、民の心をまとめなければならない。モンモランシは、だから、わたしを《聖女》にしたんだよ？　わたしにしかできないことなんだよ、アスタロト」

「違うわ！　彼は……モンモランシは、あなたを生かしたかっただけ。あなたをほんとうに《聖女》にして、ゴルゴダの丘に登らせようだなんて、そんなことはこれっぽっちも考えてはいなかった……！　わたしはもう、ヨーロッパを再統一するという夢を捨てた。モンモランシの願いを叶えるために。彼の願いは、あなたを救出して生かすことよ。《聖女》にすることなんかじゃない！」

「でも、《聖女》が……オルレアンの《乙女》がルーアンで処刑されなくちゃ、《聖女》の伝説は完成しないよ。ここで脱走したら、わたしは偽者《にせもの》の救世主だったことになっちゃう。もちろん、ほんとうは偽者なんだけどね。モンモランシは喜んでくれるだろうけれど、救世主が逃げだしたら、戦争は……終わらないよ」

アスタロトは、ただ「逃げなさい」と言葉を連ねてもジャンヌを脱走させることはできない、彼女は、自らを仏英戦争を終わらせるための生贄の子羊にするという「運命」を受け入れてしまっている、とすでに気づいていた。

だから、それ以上、同じ説得を繰り返すことはなかった。

ジャンヌ・ダルクは、イングランド軍に《魔女》として処刑されなければならない。ルーアンの市民たちが見ている前で、焼き殺されねばならない。身体が灰になるまで。二度と復活できないように。永遠に再生できないように。魂を地獄へと堕とすために。そしてそのジャンヌの「死」こそが、人々の魂を揺り動かし、歴史を転換させる決定的な契機になる。

思えばモンモランシがジャンヌを生かすため、《聖女》を演じさせたその時から、この「運命」は確定していたのだ。

だが、解決策をアスタロトはその小さな胸に抱いてきた。

「ジャンヌ。わたしはかつて、永遠の命という名の呪いを受けた。ずっとずっと昔のお話よ。まだ、神々が人間や妖精とともに共存していた時代のお話。わたしを生かすために、エリクシルを与えてくれた者がいた。わたしを愛してくれていた、人間だったわ。わたしは、神からキエンギの毒を、人間からエリクシルをともに与えられて、死ねない身体になったの。その代わり、永遠に成長することもない。いつまでも妖精の小さな身体の中に閉じ込められて、『時間』を停止させられて、『女』にはなれない。永遠に地上を彷徨う。失われてしまった楽園時代の復興、分裂してしまった世界の再統合という使命を果たすために。それが、わたしの定めだった」

「……モンモランシも、不完全なエリクシルを浴びてヴァンパイアになったけど、アスタロトは、もっと苦しんできたんだね……」

「もういいのよ、呪いは解けたのだから。ジャンヌとモンモランシが、わたしを呪いから解放してくれたの。今のわたしは、望めば、自分の身体の成長を停止させている『時間』を再び動かすことができる。ジャンヌ。エリクシルを含んでいるあなたの血を一滴でもいい、わたしに与えなさい。それでわたしの身体は、自在に成長できる。もちろん、人間のサイズに留《とど》めることだって。あなたと同じ顔、同じ身体、同じ容姿を持つ『人間』に変身できるわ。はっきり言えば、あなたとそっくりな『替え玉』になれるのよ」

ありがとう。でも、それはできないよ、とジャンヌはアスタロトの頭をそっと撫でながら微笑んで言った。

「『時間』が動きはじめたら、アスタロト、あなたは不死ではなくなってしまうんだよね？　わたしの代わりに焼き殺されたら、もう、蘇《よみがえ》れないいんだよね？　そんなの、ダメだよ。わたしの分まで、モンモランシをお願い」

「ジャンヌ！　わたしはもう、十分すぎるほどに生きたわ。何千年、何万年も生きた。何度も過《あや》ちを繰り返しながら。多くの英雄たちに賢者の石を与えて、彼らの人生を狂わせてきた。そんなわたしが、やっと贖罪《しょくざい》の旅の最後に、死に値する『目的』を見つけることができたのよ？　わたしは、あなたとモンモランシを生かすためならば、喜んでこの永遠の命を捨てるわ。あなたたちは、わたしにとって……」

「……人間を、ずっとずっと愛して見守ってきてくれたんだね。アスタロト。人間たちから、どれほど酷い仕打ちを受けようとも。ほんとうに、あなたは神さまなんだね。モンモランシには、あなたが必要だよ。これからは、アスタロト自身が幸せになってもいいんだよ。いっぱい哀しんできたんだから。幸せになってね」

「ダメよ！　生きるのはあなたよ、ジャンヌ！　モンモランシはあなたを失うことに耐えられない！　こんな形で別離することに、あなたをイングランド軍の手で処刑されることに、彼は
……………！」

「……わたしも、モンモランシは心配だよ。自分の死よりも、モンモランシの心のほうがずっと心配だよ……でも、アスタロトが寄り添ってくれれば、きっとモンモランシを支えてくれるよ。それにね。替え玉にすり替わったら、それはもう《聖女》でも《救世主》でもないよ。もしもゴルゴダの丘でジェズユ・クリさまが替え玉と入れ替わって生き延びていたら、なにもかも台無しでしょう？　生き延びれば、必ずどこかで誰かに見つかってバレちゃうよ。わたしをほんとうの《救世主》だと信じて戦場で死んでいったみんなを裏切ることになっちゃう。だから、わたし自身が処刑されなければ意味がないんだよアスタロト。ごめんね」

「そんなはずはないわ。《乙女》は復活した、《聖女》は火刑からも復活したと言い張ればなにも問題ないわ！　どうしてそんなにも地上の世界から消えたがるの、ジャンヌ！」

アスタロトは、ジャンヌの頰を引っ張りながら、「血を一滴、わたしに与えなさい。替え玉を務めさせなさい」と繰り返し懇願《こんがん》した。

しかし、もう、ジャンヌの決意を翻《ひるがえ》すことは、アスタロトにもできなかった。

「消えたくはないけれど。モンモランシと一緒に、旅を続けたかったけれど。わたしの旅の目的は、『戦争終結』だったから。わたしはこの役割を演じるために、命を延長してもらったんだな、って思うから。だから、哀しくて辛《つら》いけれど……我慢するよ」

「モンモランシたちは明日ルーアンの城壁を越えるために総攻撃をかけるのよ！　たしかに、ルーアンに突入できる可能性はほとんどないわ。でも、あなたが火刑台に上らされれば、モンモランシたちは戦術も戦略もなにもかも放棄して全員戦死する道を選ぶかもしれない！　最悪の場合、モンモランシはあなたを救うために指輪を飲んでしまう……！　バビロンの穴を開いて、神々を使役《しえき》してルーアンの城壁を破壊してしまう！　それは、モンモランシの死を意味するのよ？」

「……そっか。あの黒い神さまたちがわたしを食べてしまう前に、ラ・イルに自分の頭を撃ち抜かせようとするんだね、モンモランシは……」

アスタロト。モンモランシ。ジャンヌ。誰かを生かそうとすれば、誰かが犠牲になる。

ああ。自分は、ずっと愛されてきた。お父さんから。お母さんから。お兄ちゃんたちから。村の人々から。妖精さんたちから。アスタロト。モンモランシ。ラ・イル。ザントライユ。乙女義勇兵のみんな。アランソン。バタール。そして、シャルロット……。

わたしはもう、十分に幸せだった。

生きて幸せを摑むべきは、アスタロトでありモンモランシだ。アスタロトとモンモランシは今まで、たくさん苦しんでたくさん傷ついてきた。アスタロトが「人間」になれるのならば、モンモランシを安心して託すことができる。モンモランシの、処女の血を供給しなければ生きられないあの呪わしい体質も、アスタロトが呪いから解放されたように、いつかきっと治せる時が来る。

モンモランシを、「自分はバケモノになってしまった」という後悔を抱かせたまま、ラ・イルの銃弾で死なせたくはなかった。ううん。心優しい乙女のラ・イルには、撃てないかもしれない。モンモランシが魔王に――世界を滅ぼしてしまう存在になってしまったとしても。だってラ・イルは、モンモランシを愛しているから……。

ジャンヌは、ドンレミ村で妖精たちと戯《じゃ》れていた頃と変わらない笑顔を、アスタロトに向けた。

「それじゃ、あんまりのんびりしていられないね。アスタロト、ごめんね。わたし……今この場で『有罪』を確定させるね。獄卒さんたちを呼んで、『女の衣服は着たくない。再び男装させろ』と要求するね」

「ひとたび男装をやめて女の姿に戻っていながら、再び男装を？　それは重大な異端行為だわ。そんなことをしたらジャンヌ。あなたは明日、死罪を申し渡されてしまう！」

「それでいいんだよ。石を摘出するためにお腹《なか》を切り裂かれるよりは、ずっといいよ。最後にあなたに会えてよかった、アスタロト。この身体を、魂を、汚されなくてよかった。もしかしたらわたし、苦しくて哀しくて、ほんものの魔女になっちゃったかもしれないもの。ほんとうに、ありがとう……」

アスタロトは、ついに、ジャンヌの説得を断念した。

（ジャンヌの尊い決断を尊重しなければならない。わたしはゲッセマネで、ジェズュ・クリの決断を止められなかった。あの時とまるで同じだわ。ああ。不思議だわ。時間は一方向にしか流れないはずなのに、歴史は反復するのだわ。これ以上引き留めても、ただ、ジャンヌを苦しませるだけ……）

これで、仏英戦争は終局へと向かう。

戦争が終われば、ジャンヌの存在は急激に忘れ去られていくとしても。

それでもフランスの人々はいずれ、ジャンヌ・ダルクを救国の奇跡を成し遂げた《救世主》として崇《あが》め、《聖女》として祀《まつ》るだろう。ジャンヌを異端の魔女として裁き焼き殺す教会の連中でさえ、彼女を《聖女》と認定するだろう。自分たちの手でジャンヌを殺したということすら忘れて。

だが。

フランスの民が救われ、フランスという国家がひとつにまとまったとしても。

モンモランシは、どうなるのだろう？

ジャンヌは、信じている。モンモランシならば、踏みとどまってくれると。人間として幸せに生きてくれると。

しかし、アスタロトは、どうしても無垢なジャンヌのように「幸福な未来」を信じることはできなかった。彼女は、あまりにも長く生きすぎていたのだ。そして、モンモランシがジャンヌに抱いているアムールの炎をこそ、恐れた。満たされず叶えられることのなかったアムールは、裏返るのだ。光の影には、闇が発生するのだ。

「それでもジャンヌ。あなたの祈りを、無駄にはしたくない。わたしは……全力でモンモランシを支えるわ。わたしの命を捧げてでも……」

「……ありがとう。アスタロト。モンモランシに伝えて。愛している、って」

Ⅵ　聖女

翌朝、ルーアン。

モンモランシ、アランソン、ラ・イルたちジャンヌ救出軍が本拠地《ほんきょち》のルーヴィエを完全に放棄《ほうき》し、守備兵をほとんど残すこともなく一直線にルーアンへと攻め寄せてきた。彼らにはもはや、退路も拠点もない。「ジャンヌがいよいよ裁かれる」との情報を耳にして、早朝から全滅覚悟で特攻を仕掛けてきたのだ。

絶望的な戦力差でありながらその戦意は凄《すさ》まじく、将から兵に至るまで、まさしく「死兵」と化している。

ベドフォード公は、城壁へと押し寄せてくるフランス兵を防ぎ止めるべく、自《みずか》ら陣頭に立ってルーアンのイングランド兵を指揮せざるを得なかった。出陣する直前には、いまだ失明した両目の激痛に苦しみもがいていたピエール・コーションを呼び出して、

「ことここに至れば、他に選択肢はない。ただちにジャンヌを処刑せよ。ジャンヌを処刑しなければ、ルーアンの城壁を越えられるかもしれん。相手がいつものフランス軍なら圧倒的な兵力と城壁の固さによって守りきれるはずだが、ジル・ド・レの手許《てもと》には『賢者の石《フィロソフィアズ・ストーン》』とい

う切り札が残されているのだ！　どれほどの副作用や危険が伴おうとも、奴はジャンヌを救うためならば最後には石を使ってくる！　オルレアンで。パテーで。フランス軍は信じがたい奇跡を二度も為した。ユリス・ノワールが抜けた以上、『賢者の石』を保持しているきゃつらのほうが有利だ！　しかも、ジャンヌとて、その気になればユリシーズの力を放てるかもしれん！　ジャンヌが変心しないうちに、イエス・キリスト気取りの殉教《じゅんきょう》の道を望んでいるうちに、始末しなければ！　もしもジャンヌがジル・ド・レたちの危機を救うためにユリシーズの力を放てば、ルーアンは内部から陥落《かんらく》するぞ！」

と厳命している。

ベドフォード公がジャンヌ処刑を焦《あせ》るのも当然だった。

目の前まで迫ってきているジル・ド・レたちの勢いも異常だった。

さらに、今朝飛び込んできた間諜《かんちょう》たちの報告によれば、同盟国であるはずのブルゴーニュ軍や、資金が枯渇《こかつ》して遠征軍を解散してしまったブールジュのシャルロット陣営＝フランス宮廷までもが、この不当な裁判に憤《いきどお》り、急遽《きゅうきょ》「ジャンヌ救援軍」を編制してルーアンに兵を向けようとしているという。

長引く裁判で晒《さら》し者にされ、いっこうに解放されないジャンヌに心を痛めた各地の市民たちや農民たちが、《乙女《ラ・ピュセル》》のためならば税を宮廷へ提供する、と続々と陳情《ちんじょう》しているのだという。

（しまった。ランス戴冠《たいかん》で国庫を空《から》にしてしまったフランスが、立ち直ってしまった。ジャンヌというたった一人の存在のために……！　ラ・トレムイユはなにをしている！）

どうやら、フランス宮廷を牛耳《ぎゅうじ》っていた「非戦派」ラ・トレムイユの求心力は、ジャンヌをイングランドに捕らわれたことで大幅に低下しているらしい。ラ・トレムイユはシャルロットの義母《は》の不興を買い、いまや青息吐息で、今までは政治の表舞台に出てこなかったシャルロットの義母《はは》とも言えるヨランド・ダラゴンが「彼にはもう任《まか》せておけません」と自ら宮廷の実権を握ったのだという。

ラ・トレムイユ自身も、パリ攻撃を中断させた失策を認め、「ええ。ええ。ジャンヌを救うためならば、外交による勝利という大方針をもかなぐり捨てねばなりますまい」と己《おのれ》の政策を引っ込めてしまったらしい。なぜか、あの煮ても焼いても食えないような男が、急に弱気になったのだという。

フィリップは今まで「軍」を動かすことには消極的で、同盟解消をちらつかせることでイングランド軍の動きを止め続けていたのだが、「イングランド軍とピエール・コーションは、ジャンヌを有罪にするめどがいつまでも立たず、この長引く裁判がむざむざフランス宮廷に財政立て直しの機会を与えてしまっていることに気づき、カトリックの『神』の名を騙《かた》ってジャンヌを強引に処刑しようとしている」との情報を得て、「外交」から「戦争」へと急遽方針を変えたのだという。

おそらくは、ベドフォード公の妻・アンヌが、フィリップにジャンヌの窮状《きゅうじょう》を訴えたのだ。アンヌは、「絶対にあの子を処刑しないで」と何度もベドフォード公を説得し続けてきた。それでも夫がジャンヌを処刑する方針を改めようとしないので、業を煮やしたのだろう。

ならばこそ、もはや外交で「圧力」をかける局面は終わった、イングランドとの同盟を破棄して武力を行使してでもジャンヌ処刑を阻止《そし》する、とフィリップも決断したのだろう。

そして——なによりも、ピエール・コーションが、やらかした。

決定的な失策を。

（昨夜ピエール・コーションが起こした事件も、まもなくアンヌの耳に入り、フィリップに伝わる。そうなれば、ブルゴーニュとの同盟破棄は確実だ。フィリップ善良公女は、聖杯《チャリス》を被《かぶ》っていない時は、素《す》の自分に戻っている時は、罪に穢《けが》れた自分の身体を激しく鞭打《むちう》つほどの敬虔《けいけん》なカトリック教徒……！　言い逃れはできぬ）

もうジャンヌを生かしておくわけにはいかない。フランス全土から、ジャンヌ救援のために諸侯が軍を投入してくる。ブルゴーニュ軍とフランス軍がルーアンに到着するまで、一カ月もかからないだろう。その前に、ジャンヌを消してしまわなければならなかった。ならなくなった。

いや。もしもジル・ド・レがルーアン市民を全員巻き込んで殺すつもりになれば、奴が賢者の石の力を「全開放」すれば、そしてジャンヌが変心してジル・ド・レに呼応《こおう》すれば、ルーアンはまもなく陥落するかもしれない。あと数時間で。それは陥落というべきか、壊滅というべきか。

「ルーアンが落ちれば、イングランド軍はフランスにおける最大の拠点を喪失するのだ。イングランドは戦争に敗れる！　わが兄の偉業が、台無しになってしまう！　ピエール・コーションめ。ルーアンへフランス軍が突入するよりも早くジャンヌを処刑できねば、私がこの手であの男を処刑する！　罪状ならばあるぞ！　昨夜、奴がなぜジャンヌの牢の中で失明に至ったかは、すでに獄卒《ごくそつ》どもから聞かされている。あの外道《げどう》が！」

馬上でベドフォード公は（私がリッシュモンの愛を得られなかったのは当然だった。この局面は、私自身の愚かさが招いたのだ。激情にかられてリッシュモンにあのような無礼を働かなければ、今頃は……）と己を呪い、ピエール・コーションを八つ裂きにしてやりたい怒りにかられていたが、ピエール・コーションを殺してもジル・ド・レたちが撤退するわけではない。かろうじて耐えていた。

なにしろ、さしものイングランドの拠点ルーアンといえど、市民たちはフランス人なのだ。ピエール・コーション以外に、幼く無垢《むく》な《聖女》ジャンヌを異端として処刑したがっている聖職者などルーアンにはいなかったのだ。

有罪判決ありきの異端裁判の茶番ぶり、信仰のためではなく「イングランド」の国益のために行われている汚れた宗教裁判、そして法廷でのジャンヌの堂々とした答弁ぶり――はじめはオルレアンの《魔女》を裁くために裁判に参加していた神学者たちや法学者たちは、みな、口を揃えて「彼女はただの羊飼いの子供ではありません」「《魔女》どころか、《聖女》です」「ベドフォード公。ジャンヌを処刑すれば、あなたはピラトになります。ジェズュ・クリを殺させたローマ領ユダヤの総督に。ジェズュ・クリを処刑した古代ローマ帝国はどうなりましたか？」とジャンヌの助命と解放をベドフォード公に言いつのってくる始末だった。

ましてや、牢の中でジャンヌに「改悛《かいしゅん》」を迫ると称してまだ幼い彼女を穢《けが》そうとしたピエール・コーションがどうなったかを、彼らはすでに知っていて、「やはりほんとうの《聖女》だったのだ」「《聖女》を焼き殺せば、われわれは地獄堕《お》ちだ」と震えあがっている。

皮肉にも、殺しても飽《あ》き足らない罪を犯したピエール・コーションだけが、ジャンヌに「神罰」を与えられて地獄の苦しみにのたうち回っているあの男だけが、ジャンヌに平然と有罪判決を下せる人間となっていた。

時間との戦いとなった。

城壁の外での激戦。激しい喧噪《けんそう》。炸裂《さくれつ》する砲弾の音。

ジャンヌが生きている限り、奴らの戦意は上昇し続ける！

殺せば、戦意は一気に消滅する！

黒い死の天使から「毒」を吹き込まれた目に白い布を巻いて「光」を遮断《しゃだん》し、少しでも激痛をやわらげようと苦しみ続けていたピエール・コーションは、生き延びるために、そして自分にこのような呪いをかけた《魔女》に復讐を果たすために、裁判に関《かか》わっている神学者・法学者たちに相談することなく、法廷でジャンヌの裁判を開くや否《いな》や卑怯卑劣《ひきょうひれつ》な「策」を強行した。

「昨夜、わたくしは《魔女》ジャンヌを改悛させ、悪魔の誘惑から彼女の魂を切り離して救済するために、ジャンヌの牢へと単身乗り込んで悪魔祓《ばら》いを試みた。ジャンヌは、ひとたびはわたくしの説得に応じ、《魔女》の証である男装を解いて、女物の衣服に着替え、『異端を捨ててカトリックの信仰に戻る』という誓約書にサインをした——今のわたくしは《魔女》の呪いを受けて目が見えないが、たしかにジャンヌ自身がサインをしたことを確認している。これが、その誓約書だ。ジャンヌは異端を棄教《ききょう》し、カトリックに帰依《きえ》し、悪魔との契約を破棄したのだ。わたくしは、彼女の魂を救ったのだ。よって、今朝のこの法廷においてわたくしはジャンヌに無罪判決を出すはずだった。しかし！」

ピエール・コーションが広げた「誓約書」には、たしかに、ジャンヌのサインが書き込まれている。だが、法廷に詰めかけている人々は、誰もジャンヌの筆跡を知らない。そもそも、羊飼いの子供であるジャンヌに文字が書けるのか？　偽《にせ》のサインではないのか？　聞いているぞ。ピエール・コーションがジャンヌの牢に乗り込んだ目的は、悪魔祓いなどではなかった！　といっせいにピエール・コーションの「陰謀」に気づいて騒ぎたてた。

だが、ピエール・コーションは彼らを完全に無視して、強引に「判決」を下した。下さなければ、自分の首が飛ぶのだ。もう、フランス軍はすぐそこまで迫っている。ランスに続いて、ルーアンでもまた、ジャンヌのためにわたくしは。だがランスとは決定的に違う。そう。もう、逃げ場がない。

大砲の轟音と銃声が鳴り響く中、ピエール・コーションはもはや「ジャンヌを殺す。焼く。殺す」という執念に取り憑《つ》かれた悪鬼と化して、叫んでいた。

「しかしながら、残念なことにその時、黒き小さな悪魔が窓から牢の中へと入り込んできて、ジャンヌの魂を再び魔力で縛《しば》り、わたくしは《魔女》に戻ったジャンヌの呪いを受けてこのような姿になり果てたのである！　ジャンヌは誓約書にサインをしてカトリックに再転向しておきながら女の衣服を捨てて、再び男装姿に戻った！　それが、彼女が『異端』に戻ったなによりの証拠である！　諸君！　知っての通り、『戻り異端』に対する判決はただひとつ！　問答無用で――死刑！　ジャンヌの魂はもはや、神の慈悲をしても救いがたい！　ジャンヌを裁く宗教裁判はこれをもって結審する！　ただちに、イングランド軍の世俗裁判所へとジャンヌを引き渡す！」

閉廷！　閉廷！　とピエール・コーションとその取り巻きが絶叫し、可能な限り公正な裁判を、とこれまで粘ってきた神学者たちと法学者たちはみな激怒した。

「なぜこれほど強行する！　おかしいではないか！」

「横暴だ！　その誓約書のサインの真偽《しんぎ》を鑑定すべし！」

「フランス軍が壁の向こうまで迫っているから、ただちにジャンヌを処刑せよとイングランド軍に命じられたのだな、ピエール・コーション！」

「そもそも、被告をイングランド軍の世俗裁判所へ引き渡すとはどういうことだ！」

「これは宗教裁判だぞ。被告は神の名のもとに裁くのだ！　イングランド軍に裁かせてはならない！」

「われらは、イングランド軍のいいように踊らされ利用されたということになる！」

「ようやく教会大分裂《シスマ》が解決したばかりだというのに、ローマ教皇の権威をまたしても失墜《しっつい》させるつもりか！」

「われらは、この裁判を通じてもはや真に理解している。ジャンヌが《魔女》であるはずがない！」

「この幼子は、疑うことなき《聖女》である！」

「彼女の処女を奪おうとして奪えなかった卑劣漢《ひれつかん》が、なぜ、彼女に死刑を言い渡せるのか！」

法廷に呼び出されて立たされていたジャンヌは、言葉を発していなかったが、死刑判決を受けるとともに、静かに目を閉じ、なにかを祈っていた。

「……これで戦争は終わる。シャルロットは必ず、パリへと戻ってくる……戦争は終わるよ。モンモランシ……」

ジャンヌのその呟《つぶや》きは、法廷に集《つど》う人々には正確には聞き取れなかった。

が、「シャルロットがパリへ戻る」という言葉だけは、かろうじて、聞き取れた。

その姿に、ピエール・コーションは、ジャンヌを除く誰もが、胸を打たれた。

ピエール・コーションはすでに、ジャンヌの姿を見ることができないのだった。

「わかったぞ！　ルーアンの人々に。ノルマンディの人々に。パリの人々に。シャルロット憎しでイングランドに加担《かたん》し続けてきたわれら神学者たちに――」

「『フランスの王はフランス人のシャルル七世』だと」

「『フランスの人間はフランス王とともに』と」

「訴えるために……教えるために……われらの蒙《もう》を啓《ひら》かせるために」

「外見こそ少女の姿だが、このお方は、ジェズュ・クリさまだ」

「大きな『愛』をわれらに与えてくださろうと」

「われらの贖罪《しょくざい》を、お一人で成し遂《と》げようと」

「……ジェズュ・クリさまと同じ『贖罪』の物語を、このルーアンで、完結させようと」

だがダメだ！　ジャンヌの「志《こころざし》」には賛同したくとも、《聖女》殺しに加担して地獄に堕ちたくはない！

神学者たち、法学者たちはジャンヌの「真意」に気づいたことで、いよいよ激しく抵抗した。

しかし、ピエール・コーションはイングランド軍の兵を法廷へと突入させると、ジャンヌの身体を拘束して、力ずくでルーアンの広場へとジャンヌを連行させたのだった。

世俗裁判など開かれない。そんな余裕はもうない。

ジル・ド・レがルーアン市内へ突入してくるよりも早く。

広場へと《魔女》を引き出して、群衆の前で《魔女》を焼き殺し、灰にしてしまわねばならなかった。二度と「復活」はない、と人々に知らしめるために。

数では圧倒的に不利でありながら、ジル・ド・レたちフランス軍の強さは異常だった。

いよいよ、ユリシーズの戦線投入が近い。

ノワール不在、金羊毛騎士団《トワソン・ドール》不在のルーアン守備兵たちだけでは、ユリシーズに対抗するのは難しい。たしかにユリシーズには時間制限がある。「賢者の石《ピエール・フィロソファル》」に詳しいベドフォード公がその時間制限を利用して、たとえジル・ド・レ軍が投入してきたユリシーズを打ち払えたとしても、もしもジャンヌ自身がユリシーズの力を開放して仲間を救う道を選んだら？

（ベドフォード公は最前線で戦っていて、ここにはいない。防ぎようがない）

一刻一秒を争う事態だった。

ピエール・コーションは、ジャンヌは本気で「殉教」などするつもりなどない、と信じている。必ずこの《魔女》は、城外の仲間に呼応して、ここいちばんで心変わりしてユリシーズになる。自分を穢そうとしたわたくしを焼き殺し、自分を幽閉《ゆうへい》して異端裁判にかけて辱《はずかし》め続けてきたルーアンに復讐の鉄槌《てっつい》を下す。そうに決まっている。

ルーアンの広場。

まもなくフランス軍が突入して「復讐」を遂げるかもしれない、と怯《おび》えながらも、群衆は《聖女》見たさに広場へと殺到していた。オルレアンを解放し、ランスでシャルロットを戴冠《たいかん》させるという奇跡を成し遂げたドンレミ村の少女ははたして《聖女》なのか。それとも《魔女》なのか。

すでに火刑の準備は終わっていた。一本の「柱」のもとに、大量の薪《まき》を積み上げている。この柱にジャンヌを縛り付けて薪に火をつければ、あとは業火《ごうか》が《魔女》の身体を灰にしてくれる。絞首刑ではなく、火刑。それが、異端の最期《さいご》だった。「肉体」を残せば、《魔女》は再生するかもしれず、たとえ殺せたとしても魂が残ってしまう。肉体が灰になれば、魂も消滅する。永遠の「死」。救済されない。千年王国が到来しようとも、ジェズュ・クリが再臨して「天国」が実現しようとも、焼き殺された異端は決して蘇《よみがえ》らない。それは、単なる死刑よりもはるかにおぞましい「極刑」だった。異端は神に救わせない、という断固たる処置だった。

ルーアンの人々は、長きにわたってイングランド軍の統治を受け、自分たちがフランス人であるという意識をすでになくしていた。もともと、イングランドの王朝はノルマンディのフランス人貴族が立てたものだったし、はっきり言えば善政さえ敷いてくれれば支配者はイングランド王であろうがフランス王であろうがどちらでもよかった。

だが――。

ピエール・コーション、そしてイングランド軍の兵士たちに連れられて広場に姿を現したジャンヌの姿を見た人々は、驚嘆《きょうたん》した。今までこのルーアンでなにが行われていたのか、これからなにが行われようとしているのかを想像しただけで、震えあがった。

「なんてことだ。まだ子供じゃないか！」

「……女の子だ！　十歳を過ぎたばかり……《乙女《ラ・ピユセル》》にすら、なっていない！」

「こんな子供が長らく幽閉され続け、無残に衰弱して……」

「わしの孫ほどの歳ではないか！」

「なぜイングランド軍がこの子を裁く？　宗教裁判はどうなったんだ？」

「だいいち世俗裁判は、開かれてすらいない！」

「やめろ！　イングランド人！　その子を殺す権利が、お前らにあるはずがない！」

「そうだ！　フランス人を裁ける者は、フランス人だけだ……！」

「アングル野郎ども……！　そんなにしてまで勝ちたいのか。勝手に神の名を騙《かた》るな！」

まだ幼く、そして衰弱しきった《乙女》の姿を一目見ただけで、この戦争を他人事《ひとごと》のように感じ、イングランド軍の統治を当然のものと受け入れてきたルーアンの人々の心は劇的に「改悛」した。

「反イングランド感情」。いや、正しくは、「自分たちはフランス人だ」という共通意識。

モンモランシが、戦争終結のために求め続けてきたもの。

ジャンヌは、「みんな。これが《聖女》の最後の予言だよ。パリにシャルロットは戻ってくる。フランスの女王さまとして」と呟き、微笑を浮かべながら、自ら柱のもとへと歩み続けていた。

その足取りに、怯えも迷いもない。

ルーアンの人々の目には、そんな幼い《乙女》の姿が、十字架を背負ってゴルゴダの丘を登るジェズュ・クリの姿に重なった。

彼らは、なぜ彼女が「戦場での勝利」ではなく「刑死」を選んだのかを、理屈でなく、感情で瞬時に理解した。

「ダメだ。ダメだダメだダメだ！」

「アングル野郎！　《乙女》を解き放て！」

「こんな火刑、やらせてはならない！」

「ルーアン市民たちにとって、永遠の恥辱《ちじょく》となる！　ジャンヌを殺させるな！」

「そうだ！　《乙女》を救え！」

「ああ。なぜ、何十年にもわたって海の向こうから渡ってきたイングランド軍に侵略され、支配され続けてきたのに、気づかなかったんだろう」

「俺たちは……フランス人だったんだ！」

ルーアン市民たちは、この瞬間から、ルーアン市民であると同時に「フランス国民」となったのだ。

このままでは暴動になります！　とイングランド兵たちがピエール・コーションに耳打ちする。

そんなピエール・コーションのすぐ後方を、ルーアン城外の最終包囲網が突破された、と叫び続けている伝令が馬を飛ばして駆け抜けていった。

ジル・ド・レがユリシーズを投入してくる！

奴は、将軍としての能力は平均レベルだが、ユリシーズという「切り札」を絶妙なタイミングで切ってくる男だ！　戦局を一手で覆《くつがえ》すことのできる、錬金術師《アルシミスト》だ……！

ピエール・コーションは震えながら、「焼け！」と叫んでいた。

「やめろ！」「処刑するな！」「《聖女》を殺すな！」と市民たちが怒号と悲鳴をあげる中、ピエール・コーションを制止しようと法廷から追いかけてきた神学者たち、法学者たちは、ピエール・コーションの「仲間」と見なした市民たちから石礫《いしつぶて》を投げつけられ、頭から血を流して再び広場から逃げださなければならなかった。だがピエール・コーションは、もう、いくら石礫が当たろうとも、なにも感じない。黒き死の天使の「呪い」を受けた目の痛みに比べれば、こんなものは痛みのうちにも入らない。そうとも。どうせわたくしは生きながらに地獄に堕とされている。今さら、どれほどの悪行を重ねようが――。

ピエール・コーションに命じられたイングランド兵たちが、

「こんなことして、いいのか？」

「俺たち、地獄行きじゃないか」

「この子は間違いなくほんものの《聖女》だぞ」

「これじゃ俺たちはまるでイエス・キリストを槍で貫いたロンギヌスだ……！」

と恐怖に青ざめながらもジャンヌを柱に縛り付け、そして。

ジャンヌの足下の薪に、火が放たれていた――。

「いいんだよ。だいじょうぶ。神さまは、『罪』の意識を抱いている人を絶対に罰しないから。わたしは、ほんものの神さまに会ったことがあるから、知っているよ。神さまってね、口は悪いけれどとても優しいんだよ……ジェズユ・クリさまも、知っていたんだね、きっと。辛《つら》い役目をやらせちゃって、ごめんね」

ジャンヌを柱に縛り付け、そして薪に火をつけた兵士たちに、彼女はそんな言葉をかけて、すべてを赦《ゆる》すかのように笑った。

ジャンヌに「死」の運命を与えようとしている男たちが、泣きながらひれ伏していた。

《聖女》さま。お許しください。《聖女》さま。

口々に、そう叫びながら。

この残虐な「処刑」に激怒した群衆に石礫を投げつけられ、全身血まみれになった一人の聖

職者が、すでに燃えはじめていたジャンヌのもとへと駆けよって、そして、

「姉の懺悔《ざんげ》の言葉を、お伝えいたします。『申し訳ありません、《乙女》！　私はどこまでも短慮《たんりよ》でした……！　私はユダの如《ごと》く、わが命を《乙女》への贖罪のために捧《ささ》げます……！　あなたを破滅させたリュクサンブール家を滅ぼしてください！　ですから。どうか、ブルゴーニュを。フィリップさまを。天上の世界へ召された後も、お守りください……！　あのお方は、お父上を暗殺され、独りぼっちで地上の世界へ放りだされて聖杯《グラール》と戦争に運命を狂わされたおかわいそうな人なのです……！』」

と、ルーアンへ入ることができなかった「姉」に成り代わって「懺悔」していた。

彼は、ジャンヌをコンピエーニュで捕らえたリュクサンブールの実の弟だったのである。

足下から炎と黒煙に包まれはじめる中。

だいじょうぶだよ、とジャンヌは精一杯微笑んでみせた。

「……ああ……」

ベドフォード公に命じられてイングランド兵を率いていた部隊長は、絶望していた。自分たちがなにをやってしまったのか、ようやく悟った。ベドフォード公は、決定的な誤ちを犯した！

「《聖女》を焼き殺してしまう。イングランド軍は、もう終わりだ。この戦争は、われらの負けだ……亡きヘンリー五世陛下《へいか》の偉業はまもなく、《聖女》の肉体とともに霧散《むさん》する」

故郷ガスコーニュの村で「復讐」のために傭兵《メルス・ネール》たちを業火に焼いたラ・イルは、居場所を失い、少女傭兵となってフランス国境を越えて神聖ローマ帝国へと流れついていた。

帝国の東の辺境・ボヘミアまで。

ボヘミアの居心地がよかったのは、帝国領でありながら「ドイツ人」の国ではなかったからだ。ボヘミアの住民たちには、「チェコ人」と呼ばれるスラブ系民族が多かった。帝国でありながらドイツではない。「古代ローマの復興」という理念のもとに多数の民族を抱《かか》え込んだ帝国ならではの、「人種の坩堝《るつぼ》」とも言える雑多な国だった。ラ・イルのようなよそ者であっても、ボヘミアには居場所があった。

しかも彼らチェコ人は、「フス派」と呼ばれる「異端」を信奉し、帝国軍の騎士たちと戦い続けていたのである。

※

そこではヤン・ジシュカと名乗る隻眼《せきがん》の老将軍が、フス派の市民兵たちを率い、山岳を要塞《ようさい》化して立てこもっていた。市民兵といっても、その内情は本来ならば非戦闘員である女や子供が主力だった。戦国日本における本願寺《ほんがんじ》一揆《いっき》に近い。

理由は複数あった。教会の腐敗を訴え、チェコ人のチェコ人による信仰を唱えた宗教指導者ヤン・フスが、皇帝と教皇によって「異端」と宣告されて火刑に処されたことが、発端《ほったん》だった。殉教者ヤン・フスこそは、のちの「プロテスタント」の先駆者と言っていい。

チェコ人たちは自分たちの指導者を「異端」として殺した皇帝に、教皇に、カトリック教会に、激怒した。「フス派」を名乗り、武力蜂起を開始したのである。

この事態に慌てた皇帝ジギスムントは、チェコ人の暴動を押さえ込むため、自らボヘミアの王位を奪い取った。これが愚策だった。ジギスムントはハンガリー女王だった若かりし頃に、十字軍を率いて東方へと遠征し、オスマン帝国の軍勢と戦って大敗している。まだヌベール伯《はく》と名乗っていたジャン無怖公《むふこう》がオスマンに捕らわれて東方で「錬金術」に出会うきっかけとなったあの「ニコポリスの戦い」では、東方情勢に詳しいジギスムントが軍師的な立場を務めていたのである。もっとも、多国籍軍である十字軍には「統制」という概念《がいねん》がなく、フランス騎士の暴走によって戦線は破綻《はたん》し、ジギスムントの知略が活《い》かされる場面はなかったのだが——。

ともあれ、ジギスムントは東方から迫り来る異教徒に怯えきっていた。ハンガリーはすでに東欧《とうおう》である。オスマン帝国は国家としての絶頂期を迎えつつあり、東ローマ帝国の首都コンスタンティノープルを陥落させようとしていた。コンスタンティノープルが陥落すれば、古代ローマ帝国の正統な後継国である東ローマ帝国は滅亡し、東方世界からキリスト教文化圏は消滅するのだ。そうなれば、次に落とされるのはヨーロッパの東の玄関口であるハンガリーであり、ハンガリーが落ちればウィーンが危うい。ウィーンを突破されれば、ヨーロッパは異教徒の軍勢によって蹂躙《じゅうりん》され、滅び去る。

ジギスムントが皇帝位を得てすぐに着手した事業こそが、だから、教会の大分裂《シスマ》を解決することだった。フランス王家がローマに干渉《かんしょう》して教皇をアヴィニョンへ連れ去ったために、それ以後は教皇が「何人も」出現し、それぞれ対立している。日本にたとえれば、朝廷が二つに割れた南北朝時代の如き乱れぶりだったと言っていい。

ジギスムントは、カトリック世界を宗教的に再統一しなければオスマン帝国の異教徒たちを防ぎ止めることはできないと熟知していた。だから全身全霊を込めて、この大分裂を修復し、教皇位を再統一したのだ。すでにフランスは内紛とイングランドとの戦争によって、教皇問題に口を挟める余裕を失っていたから、フランスからの妨害《ぼうがい》はほとんどなかった。

かくして皇帝ジギスムントは、難題だったシスマを解決し、ヨーロッパ一丸となってオスマン帝国との再度の対決へと乗り出せる、はずだったのだが――。

足下のボヘミアで布教活動をしていた宗教者ヤン・フスの処遇で、致命的な失策を犯したのだった。

よりにもよって「処刑」してしまったのだ。

ジギスムントは、異教徒を異様に恐れていた。ボヘミアはチェコ人の国とはいえ、帝国領である。帝国内に異端が増殖し、東方へ向けるべき十字軍を国内へ投入しなければならなくなる事態を恐れていた。ヤン・フスはアンチ・カトリックの異端であり「テンプル騎士団」の系譜を汲《く》む者だとジギスムントは確信しており、その処刑はあまりにも性急だった。

シスマの解決であれほど有能さを発揮したジギスムントは、ヤン・フス問題では信じがたい愚策を犯したのである。

その結果――帝国は、ボヘミアのフス派と、帝国軍の騎士たち及び十字軍の兵士たちによる

「内戦」へと突入した。隣国ポーランドの市民たちもボヘミアのフス派を支持したため、内戦はポーランドを巻き込んで本格的な「宗教戦争」へと突入してしまった——。

「いいか。『殉教』ってのは、いちばん効くんだぜ、ラ・イルよ。結果だけを見ればよ。一見、ヤン・フスの旦那《だんな》は無様に焼き殺されて既存《きぞん》勢力に負けた無力なエセ救世主のように見えるかもしれねえ。でもな、わしのような隻眼《せきがん》の男には逆に『裏』がよく見えるのさ。戦いってのには、二種類あってな。ひとつが『武力闘争』。ケンカさ。ぶん殴《なぐ》って相手をやっつけた者が勝ち、っていう地上の戦いよ。そいつは今、わしがやっている。だが、ケンカに強いだけじゃあ、最終的な勝者にはなれねえのよね。力自慢の武人なんぞ、次から次へと湧いて出てくるんだからよ」

山岳要塞に立てこもり、村から籠城戦《ろうじょうせん》に身を投じてきた少年少女兵たちに、最新鋭のマスケット銃の扱い方を教えて「射撃訓練」をさせながら、老《お》いた隻眼将軍ヤン・ジシュカは新入りのラ・イルに「殉教こそ『天上の戦い』で勝利を収める切り札よ」と教え込んでいた。

ヤン・ジシュカは、ゲリラ戦の天才だった。騎士道精神など糞食《くそく》らえだ、戦争ってのは勝てば正義なんだぜ、フスの旦那が教会の時代を終わらせた次は、騎士の時代をわしが終わらせてやると公言し、要塞拠点に立てこもり女や子供にマスケット銃を撃たせて騎士たちを倒すという新戦法を考案し、連戦連勝を重ねていた。

この男がなぜか、ガスコーニュから流れてきてチェコ語も喋《しゃべ》れない幼いラ・イルを、目にかけてくれる。

この小娘は自分に似た「怒り」の持ち主だ、その「怒り」のやり場がないから傭兵になっちまったんだ、と見抜いていたのだろう。それほどにヤン・ジシュカの人間観察眼はずば抜けていた。

「おっさん。地上の戦い以外に、戦いがあるのか？　殉教がなんで効くのさ？」

「おいおい。師匠《ししよう》と呼べよ。いいか、ラ・イル？　将軍ってのは生きてなくちゃならねえ。地上の軍隊を率いるんだからな。しかし《救世主》ってのは、生きていちゃいけねえんだ。生きていちゃあ、ただの人間だろう？　殉教して『敵』に命を奪われてこそ、《救世主》の伝説ってのは完成する。フスの旦那だって、そりゃあ逃げようと思えば逃げられたさ。ポーランドへ逃げちまえば、帝国軍だって手出しできなかった。しかし旦那は、自ら帝国に処刑されることで、『帝国に現れた第二のイエス・キリスト』になる道を選んだのさ……現にこうして、旦那を殺した皇帝と教皇に対して、市民も農民も蜂起している。《救世主》を殺された怒りと哀《かな》しみが、《救世主》を奪われて『心の孤児』にされちまった絶望こそが、わしらフス派の強さの秘訣《ひけつ》よ。ま、戦争の天才であるわしがいなければ、素人《しろうと》ばかりの烏合《うごう》の衆だがな……」

「ヤン・フスはそれじゃ、自分が死ねばフス派が『心』をひとつにして蜂起するからこそ、死を選んだってことか？　あたしには理解できねー世界だな。死んだらそれで終わりじゃねーか。自分が死んじまったあと、世界がどうなろうが、確認することもできないだろ？」

「それだけじゃねえよ、ラ・イル。この戦争だって、最後にはフス派が敗れるさ。なんだかんだ言ったって、帝国は強大だ。戦力差は圧倒的。それによ、フス派には教皇のような『中心』がいねえんだから、っていうか信仰の中心となる権威を否定しているんだから、仲間の間で分派して対立し続けることになるだろうよ。このわしとて、内部抗争でいたずらに戦力と時間を消耗している」

「ヘッ。仲間割れはフス派のお家芸だもんな。ざまぇねえな」

「わしがくたばればフス派は終わりだよ。わしゃあ、いつ何時《なんどき》暗殺されるかもしれねえし、なにしろ伝染病ってやつがあるからな、ヨーロッパにはよ。しかし、フス派が敗れようとも、『新教』の精神ってやつは残る。ヤン・フスが道を開いた、教会と教皇に服従しない自由な市民たちの信仰ってやつが。帝国内に、必ず残る。フスの旦那は『天上の世界』で戦っているわけよ。『心』の戦いってやつよ」

「……『新教』、ねえ……意味あんのかよ、そんなもん？　やっぱり、あたしにはよくわかんねえや。死んでまで、新しい宗教を生みだそうって奴の気持ちはよ」

「はは。ラ・イル、お前は武人だ。ただ戦って敵を蹴散らせばいい。小難しいこたぁ、考えなくてもいい。イエス・キリストさまってのは、とんでもない知恵者だったんだろうよ。フスの旦那も、イエスさまに則《のっと》って殉教という最強の切り札を切ったってことさ。まあ、皇帝がフス派を異端扱いしなければ、こんな戦争、必要なかったんだがなぁ……自分からボヘミアという業火に油を注ぎやがった。バカな皇帝だぜ、ありゃ」

「あんたも、そこまでわかっていながら女や子供まで集めて皇帝と戦ってるんだから、相当なバカだよ。あたしも、だけどな」

「違《ちげ》ぇねえ。なんだかんだ言って、暴れるのが好きなんだろうよ。わしもお前も。戦場でしか生きられねえ人間さ、わははは！」

「……あたしは《乙女》に戻ってみたいけどなぁ。ハハ。まあ無理だな。今のあたしは、あんたから授けられたマスケット銃に夢中さ」

変わった人間が世の中にはいるもんだ。ラ・イルはこの時、ヤン・ジシュカの「言葉」の重さをいまいち理解できなかった。「殉教」が「心の戦いにおける切り札」だという、言葉の意味を。

しかし。

今、圧倒的な戦力差を誇り、鉄壁の守りを誇るルーアンへと絶望的な特攻を繰り返しながら。イングランド兵たちの包囲を何度も突き崩し、全身傷だらけになりながら。

赤マントの猛将ラ・イルは、やっと理解していた。

「ヤン・ジシュカの野郎が言っていた言葉の意味が、やっとあたしにもわかった。ジャンヌは……自分から『殉教』の道を選んだんだ！　しかも、新しい宗教を立ちあげるためじゃない！『フランス』と『イングランド』を別個の国として切り分けるために……！　両国を併合《へいごう》しようとするイングランド王の野心を完全に否定し、この戦争の意味そのものを永遠に打ち消すために！　フランス人同士の内紛を終わらせるために！　ブルターニュ人もブルゴーニュ人もノルマンディ人もパリ市民も、フランスに生きる人間はみな『フランス人』だ、と人々に訴えるために……！　自ら、生贄《いけにえ》の子羊になろうとしている！」

あれほどジャンヌを目の敵《かたき》にしてきたブルゴーニュのフィリップ善良公女も。

非戦派の代表としてジャンヌを妨害し続けてきたラ・トレムイユさえも。

一時はイングランドに煽《あお》られて、モンモランシの領地を狙っていたブルターニュ公も。

いまや、ばらばらだった「フランス」の諸侯たちは、ひとつに集結しつつある。

いわんや、フランスの民衆をや——！

誰もが、イングランドの横暴に本気で激怒している。あの無垢な幼い《乙女》を異端として殺そうとしているイングランド軍とピエール・コーションに。かつては、ジャンヌを《魔女》と罵《ののし》って追い返したパリの市民たちでさえ。

「尊いよ。ジャンヌ。お前は尊い。ほんものの《救世主》なのかもしれない。でも……あたしはそんなの、認めねえ！　あたしだけじゃない。モンモランシだって、ザントライユたちだってジャンヌが犠牲にならなければひとつになれねえような国だったなら、まとまらなくて上等！　滅びちまったって構わねえ！　だが！」

だが、ジャンヌ。お前が「フランスの人々を守りたい」と祈るのならば、あたしはジャンヌのために戦う。傭兵《メルスネールシュヴァリエ》も騎士もない。「新教」ってのはあたしには理解できなかった。どうせ同じ神を信仰するんだ。教義の違いなど、どうでもいい。しかし、子供を殺そうとする奴だけは、絶対に認めない。ジャンヌ。お前が《救世主》として殉教しなくても、あたしたちがイングランド軍をドーヴァー海峡の向こうへと追い返してみせる。だから、死ぬな。死なないで。ジャンヌはまだ、子供なんだから……！

「エチエンヌ！　やべぇぜ！　城門の向こうを見ろ！　広場から、煙があがっている！　処刑がはじまっちまったんだ！　早すぎる！　もう時間がねえ！」

「ザントライユうううう！　こうなりゃ、最後の切り札を出す！　あたしはユリスの力を開放して、城門を突破する！　城壁の向こうへと『跳ぶ』！　立ち塞《ふさ》がるイングランド兵は全員『必中《ク・ディレクト》』の力を使って撃ち殺す！　お前はガスコーニュ傭兵たちを率いて、あたしを後方から援護しろ！　あたしは上空から！　お前は地上から！　同時に城門を攻める！」

「おうよ！　やってくれ、エチエンヌ！　今、ユリスの力を使える味方は、エチエンヌだけだあああ！」

「……ああ。モンモランシに指輪を飲ませはしない！　モンモランシを射殺したりはしない！　モンモランシもジャンヌもともに生かして救う！　このためのユリスの力だ……！　行くぞ！」

「おおおおお！　最後の大勝負だ！　ジャンヌ……ジャンヌよう……！　早まるんじゃねえ！　もう、《救世主》なんぞ。《乙女》なんぞ。《聖女》なんぞ、捨てちまえ！　戦争は俺たち武人の仕事だ、二度とジャンヌを関わらせはしねえ！　俺たちが《聖女》の称号を、その十字架を、捨てさせる！」

「そうだ！　行くぞ、ザントライユ！　ついてこいよ！」

「ああ！　城壁を飛び越えて、城門を開いてくれ！　エチエンヌ、おめーならできる！」

ラ・イルは、「力」を、開放した。

マスケット銃を構えながら、高々と大空を跳躍する。

ラ・イルはマントの裏に、多数のマスケット銃を忍ばせている。フス戦争の折に、ヤン・ジシュカから授けられた銃を、ボヘミアの「錬金術師」が大幅に改良してくれた特別製だ。他の兵士たちが用いている銃とは、性能がまったく違う。

「きっ、来たぞ！」

「新たな魔女だ！」

「あの赤マントと無数の鈴は、噂《うわさ》の猛将ラ・イルだ……！」

城壁を守るイングランド兵たちが怯えながら、宙を舞うラ・イルめがけて、空中を直進するクロスボウを放ってくる。大きな軌道《きどう》を描いて天から地へと「落とす」ロングボウはラ・イルには当たらないのだ。

が、ラ・イルはその矢を身体に受けながら、その痛みを無視して射撃を開始する。

「『必中』！」

一発の弾丸が、「魔弾」と化して次々とイングランド兵の額《ひたい》を撃ち抜いていく。曲がりくねる軌道。人間の目には、その銃弾の動きを見ることもできない。弾丸は、推進速度を失うまで自在に曲がり続け飛び続ける。人間に、躱《かわ》せるはずもない。

「だっ……ダメだあああああ！」

「ノワールさま不在では、この魔女に勝ち目はない！」

「城門にも、ガスコーニュ兵の猛攻が！　ザントライユが門を破壊するぞ！」

イングランド兵たちが浮き足立ち混乱する中、ラ・イルの身体は城壁を越えていた。

ルーアン市内へとついに突入したラ・イルは、続々と殺到するイングランド兵たちに包囲された。しかし、みな、怯えていた。どれほど数を揃えようとも、ユリスに勝てるはずもない。

クロスボウの直撃を受けても、ラ・イルはまるで痛みを感じないかのように平然としている。

いや、激怒している。ジャンヌを殺そうとしているイングランド軍に対して。その怒りが、痛みを消してしまっている。いくら矢を放っても、意味がない。ラ・イルは自分の身体を貫通した矢を抜きとって、ぶん投げてくる。矢を放った兵の額に、その矢が深々と突き刺さる。

「ぬるい戦いやってんじゃねえ！　フス戦争はこんなもんじゃなかったぞ！　てめーら！　ジャンヌを異端として殺す度胸があるんなら、当然この戦いを『宗教戦争』レベルの殺戮戦《さつりくせん》にする覚悟はできてんだろうな……！　どけっ！　邪魔する奴は、片っ端からぶっ殺す！　あたしは、ジャンヌと違って敵に情けなんてかけねえからな！　子供を殺す悪党どもに、生きる資格はねえ！」

ケダモノだ……バケモノだ……！　とイングランド兵たちはもう、潰乱《かいらん》寸前だった。彼らとて、幼いジャンヌの処刑を快《こころよ》くは思っていない。ベドフォード公とピエール・コーションが決めたことだ。それなのに、ラ・イルの「憤怒」に巻き込まれてなぶり殺されるだなんて。この女はオルレアンで「古代の神」すら、「悪魔」すら殺したというじゃないか。

ラ・イルを包囲したイングランド兵たちの腰が、引けた。

「行けるっ！　まだあと数分ある！　ここから先は無数の敵兵に満ちているが、ユリスならば突破できる。ルーアンの広場へと間に合う！」

ラ・イルは叫びながら、マスケット銃を次々と連射して閂《かんぬき》を破壊し、内部から門を開く。

ザントライユ率いるガスコーニュ傭兵が「うおおおおお！」と雄叫《おたけ》びをあげながら、ついに突入を開始する――――！

「やったぜエチエンヌうううう！　多少つま先が焼けちまっていても、ジャンヌちゃんなら余裕で再生できる！　ぎりぎりで間に合うぜえええ！　やっぱ、最強で最高の女だ、エチエンヌはあああ！」

「ああ！　ここからが本番だ、ザントライユ！　退路となる門をこのまま確保しろ！　あたしがジャンヌを連れて戻るまで、粘れ！」

「合点《がってん》承知よおおお！」

「ジャンヌを戦線に投入したあたしたちが間違っていた……！　モンモランシのためにも！　あたしが、必ずジャンヌを……！」

モンモランシ。お前に指輪を飲ませたりはしない。お前を撃ち殺したりはしない。お前と結婚できなくても、それはそれでいいんだ。お前はジャンヌとともに生きたいんだろう、モンモランシ？　わかっている。それでいいんだよ。あたしとお前とだって。ジャンヌとお前とだって。たとえ男女としては結ばれなくても、心で結ばれていれば、それでいいんだ。そこにアムールがあるのならば。ああ。ほんとうに楽しかったよな。ドンレミ村からはじまった、あたしたちの旅は。戦争と殺人と略奪に血塗られてきたあたしの人生の中で、最高の思い出だった。血に塗《まみ》れた罪はあがなえなくとも。あたしはもう、救われている。モンモランシとジャンヌとの出会いによって。だから――。

だから、ジャンヌを、救う。

神さま。

ジェズユ・クリさま。

あたしはここで力尽き命を落としても構いません。

たくさんの人を、殺しました。

でも、ジャンヌは、違います。

どうか、ジャンヌを。

あと、いちどの跳躍で。

ひとっ飛びで。

イングランド兵どもの包囲網を突破して。

広場まで、辿《たど》り着ける。

あたしがユリスになった意味は、ここに――！

ラ・イルは、大地を二本の脚で踏みしめながら、「跳んだ」。

しかし。

あと少しでルーアンの広場へと降り立てるはずだった。

それなのに。

「……ユリスの力が、切れた……!?」

違う。時間切れじゃない。この感覚は……ユリスの力そのものが、失われた！

はっきりとわかる。なぜならば石の副作用が、嘘のように消え去っている！

（畜生！　畜生！　糞があああああっ！　なんでだよ！　なんでこんな時に。体内のエリクシルが完全に枯渇《こかつ》しちまうんだよおおおおっ！　あと少しなのにっ！　前兆もなく、いきなり空《から》っぽになって、ユリスの力をまるごと失うなんて……！　こんな時に！）

これが、罰なのだろうか。

怒りにあかせて、人間を大勢戦場で殺してきたあたしへの。

それとも、誰にも変えられないジャンヌの「運命」が、成就《じょうじゅ》しようと——。

「……ごめん……ジャンヌ……モンモランシ……」

ラ・イルの身体は、突如《とつじょ》として推進力を失い、転落していた。

イングランド兵たちのまっただ中へと。

すでにユリスではなくなっている、と気づいたイングランド兵たちが「ラ・イルを捕らえろおおおお！」「多額の身《み》の代金《しろきん》を手に入れられる！」と、地面に叩きつけられて呻《うめ》いているラ・イルへ向かって殺到していた。

「えっ……エチエンヌうううううっ!?　バカな？　なんでこんな時に時間切れにっ？　ま

だ時間はたっぷりとあったはずだ！　てめえら、俺さまのエチエンヌに手ぇ出すんじゃねええええ！　うあああああああああ！」

「姉御《あねご》おおおお!?」

「やらせるかあああ！　大将を救えええええ！」

「突貫《とっかん》ンンンンンン！」

ザントライユとガスコーニュ傭兵たちが、ラ・イルを救おうと無謀な特攻をかける。

しかし、ラ・イルがただの人間に戻ったことで、形勢は逆転していた。多勢に無勢。ラ・イルも。ザントライユも。ガスコーニュ傭兵たちも。次々と取り押さえられ、「人質」として捕らわれていく。

額から出血しながら「う、う」と激痛に呻いていたラ・イルは、かろうじて腰の剣を外して、相方《あいかた》のザントライユに託そうとしていた。そのザントライユも、この時にはすでに得物《えもの》の斧《あつ》を狙撃されて倒されているのだが、仰向けになったまま動けないラ・イルには見えなかった。

「……フランス王家の聖剣《サント・サーブル》……ジョワユーズを……誰か……モンモランシの、もとに……イングランド軍の手には渡せない……」

※

「突入作戦は失敗！　ラ・イルとザントライユは、イングランド軍の捕虜に！」

「ラ・イルにはすでにユリスの力がなく、両名ともに高名な傭兵のため、命に危険はありません！　おそらくはタルボット卿《きょう》との捕虜交換要員になるだろう、と囁《ささや》かれております！」

「ベドフォード公自身が別働隊を率いて、われらの拠点ルーヴィエを奇襲！　空っぽ同然だったルーヴィエは陥落いたしました！　元帥《げんすい》、われらは退路を断たれました……！」

「ブルゴーニュ女公、女王陛下、ともにジャンヌ救出のために軍を編制してルーアン目指して行軍を開始も、すでにルーアンではジャンヌの処刑がはじまっております！」

「元帥！　このままでは間に合いません……！」

砲弾と矢が飛び交う最前線で、馬上のモンモランシは次々と飛び込んでくる使者たちの報告を耳にし、勝機が完全に失われていくさまを呆然《ぼうぜん》と聞いていた。

「ベドフォード公め。ルーヴィエなんて俺たちは最初から捨てているんだ、今ここで落とすことに意味なんてねえ！　奴はジャンヌを処刑する現場から離れて、当事者になることを回避しやがった。ピラトになることを恐れて……！　だが！　誰よりも許せねえのはピエール・コーションだ！　聖職者でありながら……ジャンヌを……再男装させて、戻り異端として即時死刑にするだなんて……！　無理矢理に服を剝《は》ぎ取りやがったんだ……もしかしたら、ジャンヌは……」

ラ・イルとザントライユが「無事」だったことだけが唯一《ゆいいつ》の救いだった。が、すでに火刑台にかけられているジャンヌの命はもはや……。

モンモランシにはもう、「すべては終わった」としか思えなかった。

心が折れかけていた。

あと一歩のところで、ラ・イルの「力」が完全に枯渇して、彼女はユリスではなくなってしまった。そんな「偶然」があるだろうか。これは必然なのだろう。ならば、これがジャンヌの「運命」なのだ。

だが、モンモランシは「運命」など認めない。

たとえ、神を敵に回すとしても、「運命」に断固として抗《あらが》う。抗うしかない。

たとえ「魔王」に堕《お》ちようとも。

ジャンヌを救うためならば俺は、なんだってやる――!

もはや彼に残された道はひとつ。ソロモンの指輪を飲むことだ。

しかし、暴走するモンモランシを止めるべきラ・イルはもう、ユリスではなくなり、イングランド軍に捕らわれてしまっている。「必中」の弾丸は、魔弾は、どこにもない。消えてしまった。新たなユリスを即席で作りたくとも、聖剣ジョワユーズの行方《ゆくえ》もわからないのだ。

「……ならば。俺が指輪を飲めば、あの神々がジャンヌを食い殺すことになる。飲まなくても、ジャンヌは焼き殺される。俺はいったい、どうすれば……! なにか策はないか。なにか方法は?」

次々と襲いかかってくるイングランド兵をランスで突き刺して打ち倒しながら、敵兵の返り血に塗れながら、モンモランシは咆吼《ほうこう》した。もう、騎士養成学校での「劣等生」モンモランシはどこにもいない。鬼神のような一撃を繰り出して、敵兵を容赦なく打ち殺していく。

屍《しかばね》の山を築き続けるモンモランシのもとに。

　全身傷だらけになったバタールとアランソンが、馬を走らせて突入してきた。

「モンモランシ～！　まだです！　まだ、可能性は潰《つい》えていません！　ルーアン広場へと繋がっている抜け道を提供されました！」

「ジャンヌの身を案じたルーアンの妖精たちが、駆除される危険も顧《かえり》みずに教えてくれたんです！　戦場の指揮は僕とバタールに任せて、モンモランシは広場へ！」

「なんだって？　妖精たちが……？　しかし人間が通れるのか？」

「とても細い穴です！　大人数では無理ですが、一人か二人くらいならば気取《けど》られずに通れるそうですよう！」

「イングランド兵たちは抜け道の存在を知りません！　機智に富んだきみならば、ジャンヌを連れ戻すことも可能です！　さあ、広場へ！」

「わかった。感謝する！　バタール！　アランソン！　指揮は任せたぞ！　俺がジャンヌを連れて戻ってこなければ、遠慮せずに兵を撤退させろ！　ここでお前たちが全員討ち死にしちまったら、フランスは立ち直れねえ！」

「任されました！　モンモランシ……！　さあ、急いで！」

「きみになら、できます！　《乙女》を救うことが！」

　迷っている暇などない。

　罠《わな》であろうが、構わない。

まだだ。まだ間に合う。絶望するのは早い。わずかでも可能性がある限り、前へと——！

（こんどこそ、俺は……ジャンヌを……守ってみせる……！）

モンモランシは、ルーアンの妖精たちが待機しているという「抜け道の入り口」へと、単騎で駆けた。

城壁からやや離れた森の中に、その小さな「入り口」はあった。

モンモランシを待っていた者たちは、ドンレミ村やオルレアンで知り合った種族——フェイ族だった。

髪の毛が黒いものと金髪のものが入り交じっている。

「元帥さん。わたちたちは、ルーアンでの町暮らしと、この森での暮らしをかわりばんこに続けているフェイ族でちゅう」

「冬はぬくぬくした市内に。夏は涼しい森に移住するのでちゅう」

「このルーアンの広場へ繋がる『抜け道』は、人間さんには知られていないでちゅよ」

「われら妖精族のお姫さま、ジャンヌが処刑されちゃうでちゅう！」

「どうかジャンヌを助けてください、元帥さん！」

罠ではなかった。ジャンヌは、なぜか妖精に愛される。鶏《にわとり》もどきの鳥頭の妖精族たちがイングランド軍に「餌付《えづ》け」されて襲ってきたことはあったが、人間に似た姿を保持していて知性が高い妖精は、こぞってジャンヌに懐《なつ》くのだ。ジャンヌの身体からは妖精族の香りがする、と言っていた妖精もいた。

「そうか。町と森を往復して暮らす『渡り妖精』か！　恩に着る！　しかし……甲冑《かっちゅう》を脱いでも、俺の顔はすでにルーアン中に知れ渡っている……変装しなければ……！」

しまった。バタールにでもなにか衣装を借りてくるべきだった、とモンモランシは自分にまったく余裕がなくなっていることを悔いた。が、ルーアン暮らしのフェイ族たちは、ジャンヌをなんとかして救出してくれる人間が来る日をずっと待っていたのだろう。

「人間さんの衣装なら、ここに」

「ルーアンで荒稼ぎしている隻腕《せきわん》の女商人さんが、妖精族にあまあまなのでちゅう」

「大量のチーズと交換して手に入れたでちゅう」

「隻腕の女商人？　妖精と取り引きする商人なんて、いるのか？　誰だ？　まあいい。って、こいつは女の子の衣装じゃないか！」

「だって男の格好をしても、バレちゃうでちゅ」

「女の子になりすますでちゅ！」

ああ。そうか。

そうだ。たしかにそうだ。俺は髪が長い。前髪を垂らして顔を隠せば、背が高い女に見えなくもない……はずだ。

これで、ジャンヌのもとまで接近できる！

そこから先は、成り行きだ。広場を警備している多数のイングランド兵。すでに足下の薪に火を放たれているジャンヌ。だが、広場は《乙女》を一目見ようと集まってきた見物人でごった返しているはず。なんとかして、その見物人たちの「数」を利用して、目くらましに用いることができれば……！

「ありがとう……！　お前らには、礼の言葉もない！　だが今は、時間がない！　行くぞ！」

「こちらこそ、でちゅう！　錬金の騎士さん！　どうか、ジャンヌを」

もう、そこから先は、ただ「前へ進む」だけだった。

なにも、考えられない。

赤髭《あかひげ》のジャンの悪事を、止められなかった。

多くの妹たち——婚約者たちの命を、守れなかった。

アザンクールの戦場に、間に合わなかった。

リッシュモンを、救えなかった。

モンモランシが、「男」になるためには。

いや——もう、自分が男だろうが、女だろうが、大人だろうが、子供だろうが。

人間であろうが、なかろうが。

そんなことは、もう、どうでもよかった。

ジャンヌを。

ただ、ジャンヌを、救いたかったのだ。

《聖女》としての伝説など。

《救世主》としての役割を演じきる結末など。

断じて、認めない。

ジャンヌの「運命」を、成就させてはならない。

他ならぬこの、俺が――俺が、そう望むのだ。

だから、ジャンヌを、救出するのだ。

(俺は、「善《よ》き人間」に、なりたかった。だが、たとえ――魔王になろうとも)

モンモランシは、妖精たちに導かれて「抜け道」を通り、ルーアンの広場の片隅へと到達した。「出口」は鬱蒼《うつそう》とした木に覆われていて、広場からは死角になっている。

薪が焼ける匂い。

宙を舞う灰。

ルーアン市民たちの泣き声と、怒号。

誰もが、「やめろ！」「殺すな！」「酷《ひど》すぎる！」と叫んでいた。

ああ。

ああ、あああああ。

焼かれている。

柱に縛り付けられた、ジャンヌが。

身に帯びていた衣服はすでに、火が移って燃え尽きつつある。

だが、まだ。

まだ、ジャンヌの身体そのものは、焼けてはいない。

火傷《やけど》を負ってはいるが、まだ、炎に身体を包まれてはいない。

まだ、顔は無傷のままだ。

呼吸ができないのか、ジャンヌは苦しげに呻いている。

しかし、まだ死んでいない。ユリスの生命力は、常人とは違う。

本来ならば、全身に火が燃え移るよりも早く、炎と煙によって窒息死《ちっそくし》しているはずだった。

が、ユリスであるジャンヌは、酸素を断たれて喘《あえ》ぎながらも、まだ生きている。もう、なにも聞こえず、なにも見えないだろう。それでもまだ、「命」は、失われていない。えんえんと続く地獄の苦しみの中で、ジャンヌはなにかを、呟いている。人々は「ジェズユ・クリさまの名を呼んでいる」と泣いている。しかし、モンモランシにはジャンヌの唇の動きから、「言葉」を読み取ることができた。

(……俺の名を、呼んでいる……！　ジャンヌ！　俺はここだ！　ここにいる……！)

無情で残酷な光景だった。

だが、まだ「絶望」する時ではない。

今ならば――ジャンヌの身体が持ちこたえている、今ならば。

まだ、再生できる。

エリクシルを注ぎ込めば。脳が無事な限りは。必ず再生できる！

しかし、イングランド兵たちが厳重にジャンヌの周辺を取り囲み、暴徒になりかけているルーアン市民たちを威圧し続けている。

無策のまま突っ込んでも、ジャンヌのもとへ辿り着ける可能性はなかった。

今は女装することで正体を隠しているが、包囲網を突破しようとすれば、即座に正体が判明するだろう。そうでなくても、多勢に無勢で取り押さえられてしまう。

（ああ。ダメだ。燃える。足下に、火が昇ってきた……！　燃え尽きてしまう！　いくらユリスといえども……灰になってしまったら、もう、ジャンヌは……！）

ダメだ。

突破できない！

だが、目の前にいるんだ。ジャンヌは。ルーアン潜入という最大の難関はもう達成しているんだ。なにか方法がある！

（「空気の壁《ミユール・デール》」を用いて、ジャンヌに忍び寄っている炎を周辺の空気ごと「固定」する！　今まで試したことはないが――もしも炎を「固定」できれば、炎そのものを消し去れるかもしれない！）

すぐさま、試みた。

ジャンヌを燃やそうとしている火を、炎を、「固定」しようと。

「力」を、開放した。

しかし、「空気の壁」は、炎に対しては「発動」しない。

（な……なんだとおおおっ!?　「空気」ごと「炎」を固めようとしても、薪から次々と発生し続ける新たな炎を止められない……！）

「空気の壁」の力は、「気体」を「硬化」させて「固体」化する力である。故に、「気体」に対してのみ有効で、「炎」には効力がなかったのだ。なぜならば、「炎」を発生させている薪は、固体だ。固体に対しては、「硬化」の能力は有効ではないのだ――。

（他に方法はないのか。この「空気の壁」の力を応用して炎を消し去る方法は……！）

まもなく。

ジャンヌは。

燃え尽きて、灰になる。

（もうよせ。また、命を弄《もてあそ》ぶのか。また、ジャンヌを復活させるのか。性懲《しょうこ》りもなく。すでに「運命」が尽きている者を。いくら再生しても同じだ。彼女の寿命はもう尽きている。何度生き返らせても、すぐに死ぬ。なんのためにこんなことを続けている。俺のために、だろう？）

うるさい、黙れ！

黙れ黙

れ黙れ！

モンモランシは自分自身の内側から問いかけてくるその「声」に、全身全霊をかけて反論した。拒否した。否定した。自分を否定しようとする自分を。幸福を否定しようとする自分を。欲望を否定しようとする自分を。

（そうだ。俺が、ジャンヌを守りたいんだ。この俺が！　だが、それがどうした――！　なにがいけない？　この世界から哀しみと苦痛を取り除きたいと欲《ほっ》することの、なにがいけない？　この世界を、優しい世界に造り替えたいと祈ることの、なにが悪い？　いや！　そんな御託《ごたく》はもう、いい！　俺はただ……善き人間に、なりたいだけだ……！　俺自身のために！　俺が！　幸福になるために！　俺は、ジャンヌを……！）

ああ。

ジェズユ・クリよ。

神よ。

もう、この手しか、ない。

このイングランド兵どもを瞬時に蹴散らす、最後の手段は――！

俺が、賢者の石を飲み込んでユリスになるしかない！

（ソロモンの指輪。頼むぜ。「等価交換」を要求するというのならば、神々どもよ。「俺の魂」を持っていけ！　俺の身体を喰らえ！　俺がどれほどジャンヌに執着していようとも、ジャンヌにアムールを注いでいようとも、生物にとって至上の価値を持つものは「自分自身の生命」であるはずだ！　古き神々よ！　ジャンヌを救いだしてアランソンたちのもとへ運べ！　そして、対価として俺を食え！　俺は、「バビロンの穴」を開く――！）

俺は、今、魔王に堕ちる。

それでもいい。

必ず、神々どもを「制御」してみせる。ジャンヌを食わせはしない。俺を殺させてみせる。神々が俺に従わないのならば、俺の手で神々を殺すまで――！　無限のエリクシルを錬成し続けて――！　殺し尽くす――！

モンモランシは、「指輪」を、自らの口の中へねじ込もうと――。

「ダメよ！　ジャンヌは、あなたが魔王になることなんて、望んでいない！　ラ・イルもリッシュモンもフィリップもいない今、あなたが闇に堕ちれば、もう誰もあなたと神々を止められなくなる！　やめなさい！」

アスタロトが。

モンモランシの細長い指に抱きついて、「指輪」を飲もうとしていたモンモランシを必死で止めていた。

「お願い！　どれほど強大な『力』を放っても、神々は制御できない！　あなたにとっては、自分自身の命よりもジャンヌのほうがだいじなのよ！　だから、あいつらはジャンヌを殺す！　そして、この場にあなたを殺せるものはいない！　もしも『バビロンの穴』を開いたら、誰もあなたたちを止められない！　このルーアンに住まう全員が破滅してしまう！　それどころか、ヨーロッパ世界そのものが……！」

「アスタロト！　だが、お前の策も成功しなかったのだろう？　どういう策だったのかは知らないが……頼む、止めないでくれ！　ジャンヌが焼き殺される姿を見ながら、あいつを見殺しにしろと言うのか!?」

「お願い。これはジャンヌが選んだ道よ！　わたしはジャンヌの『替え玉』になるつもりだった。でも、ジャンヌは拒否した。自分自身の意志で。あの子を、錬金術師《アルシミスト》に悪魔を召喚させてヨーロッパを滅ぼす《魔女》にしてはならない。ジャンヌの願い通り、フランスの人々の心ををひとつにまとめる《聖女》として……！　《救世主》の、《乙女》の伝説を完結させてあげて……！　それで、この戦争は終わるのよ！」

彼女はもう「大人」になったのよ、《処女》《ピエルジュ》でありながら心は成長した、これは彼女自身の「選択」なのよ、とアスタロトはモンモランシに訴えた。振り払うことはできない。わかる。アスタロトが言っていることは正しい。アスタロト自身が、葛藤《かっとう》しながらもジャンヌの意志を尊重したこともわかる。ジャンヌを「大人」だと認めたということも。ジャンヌがこのまま無残に焼き殺されれば、フランス全土の人々が「目覚める」ことも。イングランド軍は「侵略者」だった、という共通認識を抱いてひとつになることも。戦争が終結することも。「フランス王位」を巡ってイングランドと戦い続けてきた「無限の循環《じゅんかん》」が終わるということも。

しかし。

どうしても、納得できなかった。どうしても。

「ジャンヌは、断念した。彼女は、ほんとうは、あなたとともに生きたかった。あなたの体質を治す方法をともに模索《もさく》しながら、あなたに幸福を与えたかった。それが、あの子のほんとうの夢。それでも、断念したのよ。自らの幸福を断念して、自らの命を喪失するという選択を、為したのよ。彼女は、わたしたちよりも早く、大人に成長したんだわ。大人になるとは、成長するとは、なにかを守るためになにかを断念することができる、ということなのだから——その喪失の痛みに耐える勇気を持つ、ということなのだから——」

「……喪失の……痛み……」

「『時間』を止める、呪い。心の傷。彼女の心は、妹を傭兵に殺された時から、ずっと時間が止まっていた。だから、妖精のように無垢だったんだわ。でも。自らの意志で、彼女は乗り越えたのよ」

「……乗り越えた……」

「『愛している』、それが彼女から預かってきた最後の伝言よ――」

ああ。俺はジャンヌに、「愛している」と言ったことがあったろうか、とモンモランシは思った。

燃え移った。

ジャンヌの、身体に。

龍のように暴れ躍る、業火が。

眩《まぶ》しい炎が。

このまま放置など、できるはずがない。

できない。

世界が滅んでも、いい。

俺は。

最後の奇跡に懸けて、指輪を飲む。

たとえ、女神アスタロトに見放され、永遠に呪われることになろうとも――。

悲鳴。

怒号。

「神さま！」と叫ぶルーアン市民たちの声。

ジャンヌを囲んでいたイングランド兵たちまでもが、恐怖と哀しみに憑かれて震えが止まらなくなり、「監視」という職務を忘れた中。

モンモランシは、まっすぐに飛びだしていた。

炎に包まれて焼き尽くされようとしていた、ジャンヌのもとへ。

指輪を飲む。ジャンヌを救う。まだ。まだ死んでいない。まだ、助けられる。

至近距離。

ジャンヌにはもう、なにも見えていないはずなのに。

燃え続けながら、ジャンヌの唇が、動いていた。

ジャンヌは、ユリスとしての最後の力を振り絞って、身体に残されていたエリクシルを解き放って、モンモランシに「言葉」を伝えようとしていたのだ。

ドンレミ村で会った時と変わらない、あの優しい声が、聞こえてくるかのようだった。

「……モンモランシ……ごめんね。魔王になっちゃダメだよ。世界を滅ぼしちゃダメだよ？ずっと、優しいモンモランシでいて。幸せを見つけて。約束、してね……？」

ああ、ジャンヌ。

俺は。
俺は。

俺は――――！

あとがき

作者です。

間に短編集『ユリシーズ0』を挟んだので、三巻からかなり時間がかかってしまいましたが、ようやく四巻です。

『ユリシーズ』のジャンヌ編は三幕構成で、「序」が一巻、二巻。「破」が三巻、四巻。「急」が五巻、六巻となる予定でして、四巻はちょうど「破」の後半部分ということになり、おおむね史実に即してパリ攻略戦・コンピエーニュの戦い・ルーアン裁判という非常に重苦しい展開が続きます。史実のジャンヌの軌跡を知っている方でしたらおわかりの通り、ランス戴冠《たいかん》でフランスの救世主としてのピークを迎えたジャンヌの運命が暗転し、星屑《ほしくず》のように堕《お》ちていく過程が描かれます。

中性的でどこか妖精っぽいジャンヌのイメージは、その一瞬の輝《かがや》きと突然の破滅という短い生涯をも含めてデビッド・ボウイのアルバム『The Rise and Fall of Ziggy Stardust and the Spiders from Mars』をモチーフにしています。いわばジャンヌとともに戦ってきたモンモランシたちザ・スパイダーズ・フロム・マーズ・バンドが解散されてしまうところから、四巻ははじまります。

『スター・ウォーズ』で言えば「帝国《ていこく》の逆襲《ぎゃくしゅう》」にあたるパートなので、負け、負け、負け……とライトノベルでやっちゃダメな展開なのですが、ここでジャンヌとモンモランシの物語はひとつの折り返しとなりますので、なにとぞご容赦《ようしゃ》いただければ……。

と、えらく弱気なのは、アルバム『★』を遺《のこ》してボウイが死んだすぐあとに、（本編には登場していませんが）エドワード黒太子《こくたいし》のモデルになったプリンスまで死んでしまったということもありますが、書いている作者自身がジャンヌのルーアン裁判にまつわる資料を調べているうちに気が滅入《めい》ってしまったり、「最後《さいご》のジェダイ」を観てトラウマになった某社の編集者をカウンセリングしているうちに仕事が詰まってしまうという事態になっており……。

「負け、負け、負けで一冊終わるのはダメだろう」と集英社新書《しゅうえいしゃしんしょ》から荒木先生が出版された春日にとっての創作バイブル『荒木飛呂彦《あらきひろひこ》の漫画術《まんがじゅつ》』の正しさを痛感しますが、なにぶん構成的にここで区切るしかないのです……あと二百ページ足せるのなら話は別なのですが。

「急」パートの幕開けとなる五巻は、なるべく最速で、夏くらいには出しますので！

ククク……たしかに夏とは言った。言ったが、今年の夏とは言ってない。

五年後、十年後の夏と言うことも……！

というのは嘘で、今年の夏くらいには出版します。

ただし、ここから先、「急」パートの内容については極秘です。

――

夜は夜明け前が一番暗い　でも約束しよう　夜明けは必ず来る

——

ということで。

「賢者の石」の力に憑かれると暗黒面に堕ちるというのは、『指輪物語《ゆびわものがたり》』以来の西洋ファンタジーの伝統なのですが、四巻ではお互いに「賢者の石」の副作用に苦しみながら、モンモランシを巡って対立してきたジャンヌとフィリップとの戦いに決着がつきます。そんなわけでメロントマリ先生の筆による表紙も、フィリップとユリス・ノワールです。これで、ジャンヌ、ラ・イル、シャルロット、リッシュモン、フィリップと人間のヒロイン五人が全員表紙を飾りました。残るは二冊。あれ。ヒロインが足りませんね……？　う、打ち合わせを実施しまして、な、なんとかします。

さて。三巻のあとがきでこっそり書いた『ユリシーズ』シェアードワールド構想計画はいまだ実現の芽がないのですが、この二月に、ダッシュエックス文庫《ぶんこ》から『ユリシーズ　ジャンヌ・ダルクと錬金《れんきん》の騎士《きし》Ⅳ』が、富士見《ふじみ》ファンタジア文庫《ぶんこ》から『織田信奈《おだのぶな》の野望《やぼう》　全国版《ぜんこくばん》20』と新作『真《しん》・三国志妹《さんごくしまい》　俺《おれ》の妹《いもうと》が邢道栄《けいどうえい》に転生《てんせい》するはずがない』が期せずして同月発売されることになり、一人で和洋中の三タイトル揃い踏みということになりました。おめでとう自分。ありがとう読者の皆さま。ら、ラノベ作家の友達がいれば、三人で分担して書けるのに……(涙)。予想通りスケジュール的に無謀だったので、作者の体調を鑑みてこのような三冊同月揃い踏みは今後二度とありません。今回は奇跡の二月ということで。

『ユリシーズ』アニメ化企画のほうは「企画進行中」から「アニメ化決定」まで進んでいるそうです。実はすでに春日もちょこちょこといろいろチェックさせていただいています。まだ具体的な話はできないのですが、五巻が出るまでには公式に情報が出ると思います。

また、アニメと並行してコミカライズ企画のほうもスタートしていまして、神馬耶樹《しんばやぎ》先生とひらふみ先生が作画を担当してくださいます。掲載媒体はニコニコ静画の「水曜日《すいようび》はまったりダッシュエックスコミックス」だそうです。連載開始時期はまた追って告知されると思いますが、ニコニコ会員になれば、なんと、タダで読めちまうんだ！

そんなこんなで、『ユリシーズ』の今年の怒濤《どとう》の展開にご期待ください。

春日みかげ

この作品の感想をお寄せください。

あて先　〒101−8050　東京都千代田区一ツ橋2−5−10
集英社　ダッシュエックス文庫編集部　気付
春日みかげ先生　メロントマリ先生

ダッシュエックス文庫

ユリシーズ
ジャンヌ・ダルクと錬金の騎士IV

春日みかげ

2018年 2 月28日　第1刷発行
2018年10月14日　第2刷発行

★定価はカバーに表示してあります

発行者　鈴木晴彦
発行所　株式会社　集英社
〒101-8050　東京都千代田区一ツ橋2-5-10
03(3230)6229(編集)
03(3230)6393(販売／書店専用)03(3230)6080(読者係)
印刷所　図書印刷株式会社

ISBN978-4-08-631233-2 C0193